DAVID BERGELSON
DAS ENDE VOM LIED

ROMAN
HERAUSGEGEBEN VON VERA HACKEN

Aus dem Jiddischen übertragen von
Alexander Eliasberg
und neu bearbeitet von
Vera Hacken

CIP-Kurztitelaufnahme der Deutschen Bibliothek

Bergelson, David:
Das Ende vom Lied: Roman / David Bergelson.
[Aus d. Jidd. übertr. von Alexander Eliasberg
u. neu bearb. von Vera Hacken]. –
Stuttgart: Edition Weitbrecht, 1986
(Die Bücher der goldenen Pawe; Bd. 6)
Einheitssacht.: Noch alemen ‹dt.›
ISBN 3 522 71580 2

NE: Hacken, Vera [Bearb.]; GT

© 1986 Edition Weitbrecht in K. Thienemanns Verlag,
Stuttgart und Wien
Alle Rechte vorbehalten. Printed in Germany.

Die Gesamtgestaltung besorgte Zembsch' Werkstatt in München.
Gesetzt von der Utesch Satztechnik GmbH in Hamburg
in der Aldus 11 Punkt.
Gedruckt und gebunden vom Graphischen Großbetrieb
Friedrich Pustet in Regensburg.
5 4 3 2 1

I Welwel Burnes

1

Ganze vier Jahre zogen sich zwischen den beiden, die in der gleichen Kleinstadt lebten, die Eheverhandlungen hin, und die Geschichte endete folgendermaßen:

Sie, Reb Gdalje Hurwitschs einzige Tochter, Mirele, schickte ihm den Verlobungspakt wieder zurück und fing von neuem an, mit dem lahmen Studenten Lipkes spazierenzugehen.

Sein Vater, der schwarze, hochgewachsene Emporkömmling, der seine große Unbildung durch feine Manieren zu verschleiern wußte und in seinem achtundvierzigsten Lebensjahre begonnen hatte, das Nachmittagsgebet auch an Wochentagen im Bejs-Medresch zu verrichten, war damals schon steinreich, sprach wenig und war solid. Er ging immer mit einer Zigarette im Munde in seinem Zimmer auf und ab und dachte an seine drei großen Güter und auch daran, daß es sich für ihn vielleicht gar nicht zieme, vom zurückgeschickten Verlobungspakt zu sprechen und selbst den Namen von Mireles Vater zu erwähnen.

Seine Mutter, eine kleine, sehr dicke Frau, die an Asthma litt und wie eine gemästete Gans keuchte, erfuhr von der Sache erst viel später, als sie mit sonnenverbranntem Gesicht und getäuschten Hoffnungen aus dem Ausland, wo sie vergebens Heilung gesucht hatte, zurückgekehrt war. Sie schimpfte still und melancholisch auf die verflossene Braut ihres Sohnes und zugleich auf das verfluchte Marienbad, das ihr die ganze Lebenskraft genommen habe. Während sie schimpfte, wiegte sie den Oberkörper hin und her, rieb sich unaufhörlich das Knie, in dem das Rheuma saß, und jammerte nachdenklich vor sich hin:

»Wer weiß, ob ich je die Hochzeit meines Sohnes erleben werde!«

Eines Abends, als das Haus voller Gäste war, sah sie durchs offene Fenster draußen Mirele vorbeigehen. Sie konnte sich nicht länger beherrschen, steckte den Kopf zum Fenster hinaus und rief mit ihrer heiseren, asthmatischen Stimme:

»Ihr Vater hat ja schon sein letztes Geld verloren, jeder weiß das, es bleibe bei ihm, das Unglück! Was läuft sie dann noch wie ein Hund an der Leine herum?!«

Der siebenundzwanzigjährige groß gewachsene hübsche junge Mann konnte der Mutter diese Bemerkung nicht verzeihen und herrschte sie gleich auf der Stelle an:

»Still! Still! Schaut nur, wie sie tut...!«

Er war von Natur aus still und gutmütig, hielt große Stücke auf seinen schweigsamen Vater, den reichen Emporkömmling, und war immer darauf bedacht, daß es in seiner Familie ebenso anständig und ruhig zugehe wie bei den christlichen Gutsbesitzern, mit denen er seit seinem achtzehnten Lebensjahr in väterlichen Geschäften zu tun hatte. Da es ihm gar nicht angenehm war, noch länger in der Stadt zu bleiben und sehen zu müssen, wie Mirele mit dem lahmen Studenten herumspazierte, pachtete ihm sein Vater das Bizniwer Gütchen in der nächsten Umgebung der Stadt, und er zog in das kleine weißgetünchte Gutsbesitzershaus, das auf dem gleichen Hofe wie das Häuschen des Dorfgeistlichen stand.

Hier, im öden, stillen Dorf redeten ihn die Bauern mit »Panitsch«, *Junger Herr*, an und zogen vor ihm den Hut. Seine verfettete, heisere Mutter und die beiden Schwestern, die jünger waren als er, kamen zu ihm oft zu Besuch und brachten ihm hausgemachtes Gebäck mit. Den Schwestern lächelte er jedesmal zu, weil sie einen Studenten aus der Großstadt zum Hauslehrer hatten und auch weil sie mit der, die ihm den Verlobungspakt zurückgeschickt hatte, noch immer verkehrten. Er schüttelte ihnen die Hände und fragte:

»Was macht ihr? Wie geht's?«

Er bemühte sich, seine Mutter mit dem gleichen Respekt zu behandeln, mit dem die Mütter in den christlichen Familien, die auf eigenen und gepachteten Gütern in der Nachbarschaft lebten, behandelt wurden. In ihrer Gegenwart stand er immer, konnte sie weder mit *Du* noch mit *Ihr* anreden und sprach daher mit ihr nur in der dritten Person:

»Vielleicht möchte die Mutter ein Glas Tee? Vielleicht will sich die Mutter etwas hinlegen?«

Und nur wenn sie, nachdem sie eine Weile über ihre Krankheit und darüber, daß er noch immer nicht heirate, geklagt hatte, auf Mirele zu schimpfen anfing, verzog er das Gesicht und brachte sie mit derselben respektvoll gedämpften Stimme, mit der er sie in seines Vaters Hause anzuherrschen pflegte, zum Schweigen:

»Still! Still! Schaut nur, wie sie tut . . .!«

In die Stadt kam er sehr selten und nur dann, wenn es die Geschäfte erforderten. Im Hause seiner Eltern benahm er sich gesetzt und zurückhaltend wie ein fremder, willkommener Gast und lächelte den Schwestern in einem fort zu. Wenn eines seiner jüngsten Geschwister durchs Zimmer lief, fing er es in seinen Armen auf, stellte es auf den Tisch, streichelte ihm die schmutzigen Wangen und fragte lächelnd:

»Und wie geht es dir? Läufst immer herum?«

Er verbrachte die ganze Zeit bei seinem Vater im kleinen vollgerauchten Kabinett, sprach mit ihm von den Geschäften, dachte an die Mitgift – an seine sechstausend und Mireles dreitausend Rubel, die beim alten Kaschperiwker Grafen hinterlegt waren, – und hatte immer Angst, daß sein Vater gleich anfangen würde:

»Ja, die sechstausend Rubel, die beim Grafen liegen, ... Was soll mit den sechstausend Rubeln geschehen?«

Die Vermögensverhältnisse Reb Gdalje Hurwitschs, des zerstreuten und gelehrten Aristokraten, dem in der Geschäftsluft der Kopf schwindelte, waren schon recht zerrüttet, und seine Gläubiger standen den ganzen Tag auf dem Markt und zählten öffentlich seine Kapitalien auf:

»Hat er also im Kaschperiwker Wäldchen fünftausend Rubel stecken und im Schorschowker Mohn dreitausend. Und in der Mühle? Wieviel hat er wohl nach Pfingsten in die unglückselige Ternower Mühle hineingesteckt?«

Er konnte unmöglich verstehen, warum Hurwitsch sich vom Grafen die hinterlegten dreitausend Rubel noch immer nicht zurückzahlen ließ, und hatte, im kleinen vollgerauchten Kabinett sitzend, nur den einen Wunsch, daß sein Vater noch lange mit der Zigarette im Munde schweigend auf und ab gehen und sich dasselbe wie er denken möchte:

»Er kennt sie wohl gut, seine einzige Tochter. Er hat

wohl die Hoffnung nicht aufgegeben, daß aus der Partie noch was werden kann...«

An einem späten Sonntagabend, als die Mutter und die Geschwister ausgegangen waren und die leeren Zimmer auf ihre Bewohner warteten, blieb er länger als sonst mit dem Vater im kleinen finsteren Kabinett sitzen. Plötzlich hörte er, wie seine jüngste Schwester, die soeben vom Spaziergang heimgekommen war und im Nebenzimmer ihr Korsett ablegte, zu jemandem sehr laut sagte:

»Wie gefällt dir diese Mirele? Kennst du dich bei ihr aus?«

Es war klar, daß Mirele seine Schwester soeben auf der Straße angesprochen hatte. Er bekam plötzlich Herzklopfen und vergaß, von welchem Geschäft er mit dem Vater eben gesprochen hatte. Er wiederholte an die dreimal die gleichen überflüssigen Worte und fühlte ein starkes Verlangen, zu seiner Schwester hinauszugehen und sie über die Begegnung auszufragen. Er beherrschte sich aber, blieb ruhig im Kabinett sitzen und unterließ es, an die Schwester auch nur eine Frage zu richten. Als die Schwester ihn später zugleich mit den anderen Familienmitgliedern hinausbegleitete und zusah, wie er sich in den Wagen setzte, um für die Nacht aufs Gut zu fahren, lächelte er ihr nur stumm zu und nickte viel zu viele Male mit dem Kopfe. Er wußte, daß Mirele wohl imstande war, seine Schwester auf der Straße anzusprechen und sich bei ihr in Gegenwart des lahmen Studenten über ihn, den gewesenen Bräutigam, zu erkundigen:

»Was treibt er eigentlich, der Welwel?«

Ihr ist ja alles zuzutrauen. Neulich, zum Beispiel, ging sie ja auch mit dem Studenten in das große Geschäft in der Mitte des Marktplatzes, obwohl sie draußen seinen

Wagen warten sah und wissen mußte, daß er sich in dem Geschäft befand. Er aber war sehr aufgeregt, wollte so schnell wie möglich das Geschäft verlassen und sagte übertrieben laut zu dem Geschäftsinhaber:

»Die Rechnung soll also bis morgen fertig sein... Jedenfalls nicht später als bis Sonntag!«

Und sie brachte es fertig, sich an ihn mit der Frage zu wenden:

Ob er wirklich glaube, daß das blonde weiche Bärtchen, das er sich letztens stehen ließ, gut zu seinem Gesicht passe?

Der lahme Student stand indessen mit einem Bekannten in der Ladentür. Er wollte offenbar zeigen, wie wenig es ihn rührte, daß Mirele sich mit ihrem verflossenen Bräutigam unterhielt, und fragte den Bekannten unnatürlich laut:

»Wo steht es geschrieben, daß Zugluft schädlich ist? Steht es vielleicht in den medizinischen Lehrbüchern?«

Er aber, der große starke Kerl, hatte ein furchtbares Herzklopfen und hielt es für angebracht, die Frage ironisch zu beantworten:

»Dem einen gefällt der Bart und dem anderen nicht.«

Jedenfalls ließ er sie merken, daß er durchaus nicht entmutigt sei und sich gar nicht unglücklich fühle. Und vor allen Dingen... vor allen Dingen war es gut, daß er zu dem Geschäftsinhaber noch einmal sehr laut sagte:

»Ich kann mich also darauf verlassen, daß die Rechnung bis Sonntag fertig sein wird?«

Er zeigte ihr damit, daß er ein vielbeschäftigter Mann sei, der nur an sein Gut denke, und für die dummen Gespräche, die sie mit ihrem Studenten führe, wenig Interesse habe.

Während der Heimfahrt war er sehr erregt. Er dachte:

›Da geht ja schon das Korn auf den Feldern auf, alles grünt schon.‹
Gar nicht übel sehen die Felder aus, er wird heuer wohl recht viel verdienen. Und im kommenden Winter, wenn hartgetretener Schnee die Erde bedeckt und das Gut satt und faul im Winterschlaf liegt, kauft er sich einen lackierten Schlitten und einen Pelzmantel mit breitem Kragen und wird, so oft er in die Stadt hineinfährt, Mirele begegnen, die mit dem lahmen Studenten zu irgendwelchen Bekannten eilt.

2

Bald kamen die Tage der Ernte und des Bindens der Garben. Die Arbeit auf dem Gut war in vollem Gang, und er hatte nicht Zeit, an die Stadt auch nur zu denken.

Auf seinen Feldern standen überall Bauern und Bäuerinnen mit Sicheln in der Hand, und eigene und hinzugemietete Wagen brachten die schon trockenen Garben zur Tenne auf dem Hügel, wo zwischen mächtigen Strohhaufen die Dampfmaschine stand und vom frühen Morgen an rauchte. Sie pfiff, wenn ihr das Wasser auszugehen anfing, und drosch lustig die vollen und trockenen Ähren.

Ganze Tage ritt er auf seinem Pferd herum, war überall dabei, paßte auf die Schnitter und auf die Arbeiter auf, die in den niedrigen halbdunklen Schuppen mit dem Sieben und Abwiegen des Weizens beschäftigt waren, und kam auch ab und zu in die Tenne, um die an der Dampfmaschine arbeitenden Bauersfrauen anzuschreien.

Er stand an diesen Tagen immer mit der Sonne auf, fiel gleich nach Sonnenuntergang müde und verstaubt auf sein Lager und freute sich vor dem Einschlafen, wenn der warme Abend einen neuen schönen und heiteren Tag verhieß.

Er schlief meist in Kleidern und träumte fast ununterbrochen von seiner Tenne, in der die Arbeit tobte, von seiner hübsch möblierten Wohnung und auch von Mirele: er sah sie am Teetisch mit dem kochenden Samowar sitzen und den Kaufleuten zulächeln, die aus der Stadt gekommen waren, Weizen zu kaufen.

»Welwel, vielleicht werden die Herren mit uns Tee trinken?« hörte er sie fragen.

Die großen Strohhaufen, die Berge des gedroschenen Getreides und selbst die ganze Luft schienen vom Gedanken erfüllt, daß seine ganze Tätigkeit – sein ewiges Herumrennen, das frühe Aufstehen und seine Jagd nach dem Gewinn – in einer gewissen Beziehung zu Mirele stünden, die dort im Städtchen tagelang mit dem lahmen Studenten herumspazierte; daß dies alles der Sache leicht eine neue Wendung geben könne, so daß man in Reb Gdalje Hurwitschs Haus die Auflösung der Verlobung bereuen würde. Vielleicht würde man dort sogar sagen, wenn man ihn – durch das Fenster – mit seinem Wagen ins Städtchen kommen sieht:

»Da fährt er gerade vorbei, der Welwel! Ein Paar neue Pferde hat er sich auch schon angeschafft!«

Als die Arbeit zu Ende war und das ausgedroschene Getreide alle Schuppen und Scheuern füllte, erwachte er plötzlich wie aus einem Traum und merkte, daß die zweieinhalb heißesten Sommermonate schon vorüber waren und daß die Tage merklich kürzer und kühler wurden; daß er müde war und viel zu viel in den Kleidern bei

Nacht wie auch bei Tage schlief, beim geringsten Regen, der vom bewölkten Himmel auf das Blechdach niederprasselte, erwachte und dann ganz verschlafen, aber mit offenen Augen, an seine Zuckerrüben dachte.

An einem der christlichen Feiertage schlief er den ganzen Tag bis zum Abend durch. Als er erwachte, war es draußen schon dunkel und kühl, und in den Bauernhäusern leuchteten zitternd die ersten Flämmchen auf. Die dunkle Luft war von einer tiefen Stille erfüllt, und nur der leise Wind wußte traurige Geschichten vom dahingegangenen Tag zu erzählen; er drang zu ihm durchs offene Fenster ein und berichtete:

»Nun ist der Tag endlich dahingegangen. Gestorben ist der Tag...«

Er fühlte sich ausgeschlafen und ruhig. Er wusch sich, zog einen reinen Kragen und reine Manschetten an, trank langsam den Abendtee und ließ den Wagen anspannen.

»Ich glaube, es ist schon Zeit, einmal wieder in die Stadt hineinzufahren. Es ist schon wirklich Zeit...«

Er war schon lange nicht in der Stadt gewesen und sehnte sich nach ihr.

Als er im Wagen saß, sagte er sich, daß er dem Kutscher eigentlich hätte befehlen sollen, etwas schneller zu fahren; wenn der Kutscher die Pferde ordentlich antrieb, würde er noch früh genug in die Stadt kommen, um unter den am äußersten Ende der Straße spazierenden Pärchen Mirele mit dem lahmen Studenten zu sehen.

Und doch sagte er dem Kutscher kein Wort und ließ im gemächlichen, behäbigen Trabe fahren. Und als der Kutscher auf das eine Pferd böse wurde und ihm ein paar unverdiente Peitschenschläge gab, schimpfte er sogar auf ihn wie ein solider, praktischer Gutsherr:

»Sachte! Sachte! Wir haben ja nichts zu versäumen!«
Er fühlte sich im allgemeinen ruhig, dachte etwas verärgert an Mirele und zuckte die Achseln:
Sie glaube wohl, daß er sich ihr aufdränge, daß er ihr nachlaufe...
In der Nähe der Stadt fing ihm aber das Herz sehnsüchtiger als sonst zu klopfen an, und er warf erregte Blicke auf die spazierenden Pärchen, obwohl es draußen schon so dunkel war, daß man einen Menschen selbst aus nächster Nähe nicht erkennen konnte. Er ärgerte sich, daß er es tat, wollte die Pärchen gar nicht anschauen und schaute sie doch immer wieder an. Er sagte sich:
»Sie ist ja gar nicht da... wen kümmert es denn? Meine letzte Sorge soll sie sein... Sie ist ganz gewiß nicht da.«
An verschiedenen Ecken des Städtchens flammten schon die ersten Lichter auf. Sie blickten nachdenklich seinem Wagen nach, erzählten ihm von der Zeit, die er sich in der Stadt nicht hatte blicken lassen, vergrößerten seine Sehnsucht nach ihr, seiner gewesenen Braut, und ließen ihr trauriges Gesicht, das er so lange nicht gesehen hatte, in der Erinnerung schöner erscheinen. Er dachte:
›Sie sitzt jetzt wohl in einem der erleuchteten Häuschen, traurig und gleichgültig gegen die Menschen, die sie umgeben, starrt mit den blauen Augen in die Lampenflamme und schweigt.‹
Und wenn die Rede auf ihn, Welwel Burnes, kommt, wenn jemand sagt: »Er hat heuer recht viel verdient«, reißt sie die traurigen Augen von der Lampe los und fragt:
»Wer? Welwel Burnes?«
Und dann starrt sie wieder in die Lampenflamme, starrt lange, traurig und stumm, und niemand weiß,

woran sie denkt. Niemand weiß, ob sie die Zurückgabe des Verlobungspaktes bereut oder nicht.

Bei den ersten Häusern der Stadt tauchte plötzlich jemand dicht vor seinem Wagen auf und rief ihm laut zu:

»Sie sind nicht daheim, die Eltern sind nicht daheim! Sie sind gestern ganz früh in die Kreisstadt gefahren!«

Er wandte sich rasch um.

Es war nur der junge Verwalter, der auf einem der Güter seines Vaters angestellt war und jetzt über Nacht ins Dorf ging.

Er fühlte sich dadurch irgendwie verletzt, daß der Bursche in den hohen Stiefeln ihn wegen einer solchen Kleinigkeit hier, am Ende der Stadt, angesprochen hatte, und weil seine Eltern ohne sein Wissen gestern früh in die Kreisstadt gefahren waren.

Es war ihm, als ob unter den spazierenden Pärchen jemand stehen geblieben wäre und über seine Schande gelacht hätte. Und er schrie den Verwalter an:

»Nun, und wenn sie fortgefahren sind? Was macht das?«

Er stieß den Kutscher in den Rücken und befahl ihm, schneller zu fahren. Er war aufgeregt und zerstreut und dachte, während sein Wagen schon mitten durchs Städtchen fuhr:

»Dieser närrische Verwalter! Ein Idiot von einem Verwalter...«

Als er sich dem Hause seines Vaters, dem Marktplatz gegenüber, näherte, sah er, daß die Fenster des Salons ungewöhnlich hell erleuchtet waren und festlich in die Nacht hinausblickten. Er vergaß seine ganze Aufregung und fragte sich erstaunt:

»Sollten Gäste da sein? Was für Gäste können es sein?«

Da fiel ihm plötzlich Mirele ein, und er blickte schnell

zum Haus ihres Vaters hinüber, das mit dunklen Fenstern aus der gegenüberliegenden Straße herausschaute. Er fühlte, wie sein Herz auf einmal schneller schlug: Mirele ist ja zu allem fähig! Sie ist auch imstande, seine Schwestern jetzt zu besuchen...

Im hellerleuchteten Vorzimmer zog er sich langsam den Mantel aus und brachte es sogar fertig, der alten Köchin zuzulächeln, die in diesem Augenblick in großer Eile aus dem Eßzimmer kam. Mit diesem Lächeln war er sehr zufrieden.

Jedenfalls muß er jetzt ruhig Blut bewahren und auf der Hut sein, und vor allen Dingen darf er sich nicht anmerken lassen, daß er sich über ihren Besuch bei seinen Schwestern freut.

Mehrere Stimmen drangen aus dem Salon ins Eßzimmer, in das er schließlich eingetreten war. Es wurde dort über irgendein philosophisches Thema gestritten, und die Stimme des lahmen Studenten wollte die anderen Stimmen überschreien:

»Warte nur, was haben die Metaphysiker bis heute geleistet?«

Sein kleines Brüderchen, das zufällig ins Eßzimmer kam, lief auf ihn zu und umschlang seine Knie mit den Ärmchen. Er hob das Kind mit beiden Händen in die Höhe, stellte es auf einen Stuhl und fragte lächelnd:

»Du läufst immer herum, was?«

Doch die Türe, durch die das Brüderchen gekommen war, stand offen, und er warf einen verstohlenen Blick in den Salon.

Außer dem lahmen Lipkes befanden sich dort der Hauslehrer seiner Schwestern, der Student, den sein Vater aus der Großstadt geholt hatte, seine jüngere Schwester und ein hübsches Mädchen, das er nicht kannte. Die Schwester und das unbekannte Mädchen saßen auf dem Sofa, und die beiden Studenten standen mit glühenden Gesichtern einander gegenüber, in ihren Streit vertieft.

Schließlich ging er in den Salon, um sich bei der Schwester über die Abreise der Eltern zu erkundigen. Er begrüßte den großstädtischen Studenten, schüttelte ihm die Hand und fragte höflich:

»Was treibt Ihr immer? Wie geht's?«

Der Student war aber so sehr in den Streit vertieft, daß er ihm nichts antwortete und ihn anscheinend gar nicht bemerkte. Er redete eifrig auf Lipkes ein:

»Nun, und die Liebe? Und jeder andere Gedanke, der in eine Empfindung übergeht?«

Die beiden Studenten sahen ihn gar nicht im Salon seines Vaters stehen; sie stritten ununterbrochen über Dinge, die er nicht verstand, und hatten wohl ganz vergessen, daß er gekommen war.

Er übernachtete zu Hause, und als er am nächsten Morgen gegen neun Uhr auf sein Gut zurückfuhr, sah er am westlichen Ende der Stadt etwas, das auf ihn großen Eindruck machte: Mirele saß in Hut und Mantel in einer Droschke aus der Kreisstadt und wartete lächelnd und anscheinend in bester Laune auf den lahmen Lipkes. Und er, der lahme Lipkes... Er hinkte in großer Eile mit aufgeregtem Gesicht, auf dem noch die Spuren von Seife zu sehen waren, zur Droschke und hörte gar nicht, was ihm seine Mutter, die Witwe, aus der offenen Haustüre nachrief:

»Lipe, ich bitte dich, nimm doch deinen Mantel! Tu mir den Gefallen, Lipe! Nimm den Mantel...«

Er fühlte sich irgendwie verletzt. Auf der Heimfahrt war er sehr erregt und faßte einen Entschluß:

Ja, von heute an wird er nur selten in die Stadt fahren. Sehr selten...

3

Nun kam er wirklich sehr selten in die Stadt.

Einem Makler, der ihm Käufer für den Rest des Getreides vermitteln wollte, sagte er sogar:

»Die Käufer können ebensogut zu mir kommen. Ich werfe ja niemand hinaus.«

Als er das sagte, war er überzeugt, daß der Makler diese Worte im Hause seines gewesenen Mechuttens wiedererzählen würde und daß die Kaufleute aus der Stadt nun zu ihm aufs Gut kommen und ihm dieselben Ehren erweisen würden, wie sie sie den christlichen Gutsbesitzern erwiesen.

Ruhig, in stiller Erwartung, besichtigte er täglich die Getreidespeicher und auch die äußersten Felder seines Besitzes, wo Bauern und Bäuerinnen in großer Eile die Zuckerrüben ernteten. Abends lag er auf dem Kanapee in seinem hellerleuchteten Zimmer und dachte an sein Los, an das Geld, das er verdiente, und daß Mirele wohl schon in einer warmen Herbstjacke durch die kühlen und dunklen Straßen gehe; er dachte auch an seine sechstausend Rubel, die zusammen mit Mireles dreitausend Rubeln beim Kaschperiwker Grafen hinterlegt waren, und freute sich über die neuen Möbel, mit denen er sein Gutsbesitzerhäuschen vor kurzem ausgestattet hatte.

War es vernünftig, in diese Möbel ganze dreihundert Rubel hineinzustecken? Ach, warum auch nicht?

Draußen, rings um das hellerleuchtete Häuschen, war alles still und wie ausgestorben. Der sternenklare, ungewöhnlich weite Himmel hing über dem dunklen Dorf, das früh zu Bett gegangen war. Auf dem Hof des Dorfgeistlichen bellten vom frühen Abend an die Hunde. Bei dem geringsten nahen oder fernen Geräusch machten sie furchtbaren Spektakel; und wenn nichts zu hören war, wandten sie ihre Schnauzen dem schlafenden Dorf zu und erfüllten die kühle Herbstluft mit einem wehmütigen Geheul.

Gegen acht Uhr abends fingen diese Hunde auf einmal böser und mörderischer zu bellen an. In der Nähe der Küchentür ließen sich schwere Bauernschritte vernehmen. Er hob den Kopf vom Kanapee, spitzte die Ohren und schrie zur offenen Türe:

»Alexej, ist was mit der Post gekommen? Alexej!«

Er wußte ja sehr gut, daß seine ganze Post nur aus der *Börsenzeitung* bestehen konnte und daß er sonst nichts zu erwarten hatte. Und doch richtete er an Alexej jeden Abend die gleiche Frage; er tat es, weil ihm diese Worte so gut gefielen und weil auch die vornehmen Gutsbesitzer, mit denen er geschäftlich zu tun hatte, sie jeden Abend gebrauchten.

Dann räkelte er sich behaglich und so recht vornehm vor der Lampe mit dem blauen Schirm und studierte angestrengt die auf dem Tisch ausgebreitete Zeitung. Stellen, die ihm unverständlich waren, las er einige Male laut vor sich hin und versäumte niemals, im Handelsteil den Kurs der Staatsrente nachzuschauen. Er besaß schon ein recht nettes eigenes Vermögen und hatte immer die Möglichkeit, sich Staatsrente zu kaufen, um sie, wie es die Gutsbesitzer machten, in einem verschlossenen Schubfach aufzubewahren. Staatsrente besaß auch Nochum Tarabai, der kleingewachsene, immer lustige und immer beschäftigte Tarabai, der achtzehn Werst weiter bei der Zuckerfabrik wohnte, auf großem Fuß wie ein christlicher Gutsbesitzer lebte und seine Kinder in irgendeiner großen, fernen Stadt erziehen ließ. Als er einmal mit diesem Nochum Tarabai zusammenkam, fragte er ihn, um zu zeigen, daß auch er, Welwel Burnes, nicht so ganz ohne Bildung sei, laut und lustig:

»Herr Tarabai, wie steht diese Woche die Vierprozentige? Ich las in der Zeitung, daß sie in der letzten Woche sehr schlecht stand.«

Tarabai glotzte ihn belustigt mit seinen lebhaften Äuglein an und riß den Mund auf:

»Waas? Er redet auch schon von der Rente?«

Tarabai blieb eine Weile mit erstauntem Gesicht und aufgerissenen Augen stehen und gab ihm auf die Frage keine Antwort.

Dieser erstaunte Blick hatte aber einen tieferen Sinn. Nicht umsonst berichtete kurze Zeit darauf der Makler, der ihn letztens oft besuchte:

»Soll ich so leben wie Nochum Tarabai Euch neulich vor einer großen Gesellschaft von Kaufleuten gelobt hat! Ich möchte so viel glückliche Jahre haben, wie ich es aus seinem eigenen Munde gehört habe. Merkt euch, was ich euch sage: dem Awrohom-Mejsche Burnes wächst ein nettes Söhnchen heran. Ich sage euch, einen aristokratischen Charakter hat der junge Mann!«

Einmal erwies ihm dieser selbe Nochum Tarabai sogar eine große Ehre: an seinem Gut vorbeifahrend, kehrte er mit seinem neuen Phaeton zu ihm ein und fragte den Kutscher Alexej auf polnisch:

»Ist Herr Burnes zu Hause?«

Das war gegen vier Uhr nachmittags.

Als er Nochum Tarabai aus dem Phaeton steigen sah, geriet er in große Aufregung. Er machte für ihn die sonst immer versperrte Verandatür auf und geleitete den Gast mit großem Respekt in die Wohnung.

Der kleingewachsene reiche Mann, mit den Gutsbesitzersallüren, hatte so lebhafte, scharfe Augen. Nicht einmal das Messingschild an der Verandatür entging seiner Aufmerksamkeit, und er sagte, ins Zimmer tretend, in anerkennendem Ton:

»Ja, so ist's recht! So lobe ich's mir! Wozu lebt man denn sonst auf der Welt?«

Nochum Tarabai redete, wie es seine Gewohnheit war, unaufhörlich und von tausend Dingen; er sprach von sich, von seinen großen Geschäften und von seiner vornehmen Lebensweise und nestelte dabei mit dem Finger am gestärkten Stehkragen oder zupfte die gestärkten Manschetten aus den etwas zu langen Rockärmeln heraus.

Er war gekommen, um zwei- oder dreihundert Kubikklafter Stroh, die er für seine Ochsenstallungen bei der Zuckerfabrik brauchte, zu kaufen. Diese Angelegenheit brachte er aber nur so nebenbei und ganz zuletzt zur Sprache, als er schon wieder in den Phaeton stieg. Sonst sprach er von allerlei anderen Dingen – von seinem älteren Sohn, der an irgendeiner großen Bank angestellt sei, vom zweitältesten Sohn, der auf dem Polytechnikum studierte, und von seiner dreiundzwanzigjährigen Tochter, die das Landleben so sehr liebe, daß sie niemals aus dem Dorf herauskomme und daher versäumt habe, etwas zu lernen.

Diese Tochter hätte ihm neulich gesagt:

»Ich möchte nach Odessa.«

Darauf hätte er ihr geantwortet:

»Gut, fahr nach Odessa.«

Nach drei Wochen sei sie zurückgekommen und hätte es ihm schwarz auf weiß gezeigt:

»Siehst du, Vater, ich habe die Prüfung für die siebente Gymnasialklasse bestanden!«

Dem siebenundzwanzigjährigen Mann gingen nachher so seltsame Gedanken wegen Tarabais Tochter und wegen seiner gewesenen Braut durch den Schädel. Der Umstand, daß Tarabais Tochter die Prüfung für die siebente Gymnasialklasse bestanden hatte, schien in einer gewissen Beziehung zu ihm zu stehen und auch dazu, daß Mirele ihm den Verlobungspakt zurückgeschickt hatte und jetzt mit dem Studenten Lipkes herumspazierte. Er kam sich auf einmal so klein und unwürdig vor; er mußte etwas dagegen tun.

Um diese Zeit passierte etwas, was ihm eigentlich nicht hätte passieren dürfen.

Er biederte sich bei dem jungen Dorfschullehrer an, der täglich zu den ältlichen Töchtern des Geistlichen zu Besuch kam. Zuletzt lud er ihn zu sich ein und begann bei ihm heimlich Stunden zu nehmen.

Einmal sagte er dem jungen Lehrer:

»Eine gescheite Sache sind diese Brüche. Eine ungewöhnlich gescheite Sache!«

Der junge Lehrer ging aber hin und posaunte diese Worte überall aus.

Die Töchter des Geistlichen konnten sich nun vor Lachen kaum halten, wenn er an ihrer Veranda vorbeikam. Und Mirele ging einmal in der Stadt auf seine Schwester zu und fragte sie ironisch:

»Er will wohl auf die Universität, euer Welwel?«

4

Wieder einmal kam Welwel mit Nochum Tarabai zusammen. Das war auf der Zuckerfabrik, wo er gerade das Geld für seine Zuckerrüben abholte. Welwel stand ehrfurchtsvoll vor ihm wie ein schüchterner Schüler und hörte zu, wie Tarabai ihm von seiner verflossenen Braut erzählte, die er vor kurzem in der Stadt getroffen und mit der er ein gebildetes Gespräch geführt hatte.

Im Hause ihres Vaters hat er sie auf Gutsbesitzerart um die Taille genommen, sie mit *gnädigstes Fräulein* angesprochen und ihr einige Worte über ihn, Welwel, zugeflüstert:

Er habe für sie eine Partie. Eine ausgezeichnete Partie wüßte er für sie...

Er zwinkerte Welwel schelmisch zu und legte ihm die Hand auf die Schulter.

Er solle sich nur keine Sorgen machen und könne sich ganz auf ihn, Tarabai, verlassen.

Und er leistete den Eid:

So wahr er ein gutes Jahr erleben möchte, werde Mirele die beste Frau für ihn sein!

So dankbar war er dem klugen und lustigen Tarabai für diese Worte! Während der Heimfahrt lächelte er immer vor sich hin und dachte an Tarabai mit großer Achtung:

Das ist einmal ein kluger Mann! Ein gebildeter Mann! Ein Mann von Welt!

In den folgenden zwei Wochen war er ungewöhnlich aufgeräumt. Er traktierte den Makler, der aus der Stadt zu ihm kam, viel zu eifrig mit Tee und lief viel zu oft in den Stall, um dem Kutscher zu sagen:

»Ich muß dir eine neue Mütze kaufen, Alexej! Erinnere mich daran, wenn wir wieder einmal in der Kreisstadt sind.«

Es war so angenehm, ganze Abende auf dem Bett zu liegen und sich auszumalen, daß im Vorzimmer Mireles Herbstmantel hängt; sich zu denken, wie er ihr einmal, auf diesem selben Bett liegend, sagen wird:

»Glaubst du, daß ich dir den Wagen nicht gönne? Wenn du in die Stadt fahren willst, so laß nur anspannen.«

Er wartete immer auf etwas, verging schier vor Ungeduld und bemühte sich zu erraten, auf welche Weise Tarabai sein Versprechen einlösen würde.

Er wird wohl bald ihren Vater besuchen... Er wird doch in der Stadt geschäftlich zu tun haben und bei dieser Gelegenheit auch den alten Hurwitsch sprechen...

Ein Tag folgte dem anderen, Tarabais Phaeton ließ sich aber nicht blicken.

Mirele sorgte nach wie vor für den lahmen Studenten wie für einen Bruder. Sie mischte sich in seine Angelegenheiten ein und redete ihm zu:

Was schaue hier für ihn heraus? Sei dies sein Lebenszweck, ewig hier in der Stadt bei seiner Mutter zu sitzen und den jungen Mädchen Stunden zu geben?

In der Stadt gab es nichts Neues, bis auf die üblen Gerüchte, die über den alten Kaschperiwker Grafen, der sich damals im Ausland bei seinem Schwiegersohn aufhielt, verbreitet wurden:

Der Graf stehe vor dem Bankrott, und Kaschperiwka werde in den Besitz der Bank übergehen.

Seine Mutter schrieb ihm von diesen Gerüchten. In den gleichen Briefen verwünschte sie die gewesene Braut samt ihrem Vater und jammerte:

»Sechstausend Rubel. Eine Kleinigkeit? Sechstausend Rubel heutzutage...« Und sie schrieb ihm noch: »Die Wechsel lauteten ja auf Gdalje Hurwitschs Namen, und der alte Graf kenne niemand außer ihm.«

Ohne es selbst zu merken, schlief er wieder die kurzen, kühlen Oktoberabende durch. Er erfüllte die Luft seiner hübschen möblierten Wohnung mit schwerem melancholischem Schnarchen, erwachte allemal davon und sagte sich:

Was brauche er sich solche Sorgen zu machen? Aus allen seinen Plänen wegen Mirele wird ja doch nichts werden! Und vor allen Dingen... vor allen Dingen sei es dumm gewesen, so viel Geld für die neuen Möbel und die neuen Pferde auszugeben!

Es war an einem ungewöhnlich warmen späten Sonntagnachmittag. Die schon tief stehende Sonne übergoß die Strohdächer des Dorfes und die entlaubten Bäume mit rotgoldenem Licht. Die Bauern standen in ihren schwarzen Sonntagsröcken vor dem einsamen jüdischen Haus mit dem Dorfladen. Sie fühlten sich im roten Schein wie glückliche Kinder, dachten an ihre Getreidevorräte, die ihnen einen satten Winter verhießen, und lächelten einander zu:

Es sei schon Zeit, die Häuser mit ausgedroschenen Strohgarben zu umstellen.

Um diese Stunde kam zu ihm ein Angestellter seines Vaters mit den Wechseln des alten Grafen. Er weckte ihn aus dem Schlaf und teilte ihm in großer Aufregung mit:

Der alte Graf sei nachts nach Kaschperiwka zurückgekehrt, und Reb Gdalje Hurwitsch... Man dürfe annehmen, daß Reb Gdalje Hurwitsch gleich am frühen Morgen zu ihm eilen würde.

Also fuhr er verschlafen nach Kaschperiwka, traf den

alten Grafen ganz allein im leeren Herrenhaus, wo die Möbel schon verpackt waren, und bekam von ihm die ganzen sechstausend Rubel auf seine Wechsel, die auf Gdalje Hurwitschs Namen lauteten. Der alte Graf hielt ihn wohl für seinen Beauftragten und bat ihn, dem Gdalje Hurwitsch auszurichten:

Sechstausend Rubel hätte er ihm soeben bezahlt. Den Rest von dreitausend Rubeln könne er aber augenblicklich nicht zahlen, er werde ihm das Geld aus dem Ausland schicken.

Er sah, daß der Mechutten um seine dreitausend Rubel gekommen war und daß er eben eine Gemeinheit beging; und doch nickte er dem Grafen zu und sagte:

Gut, gut... Er werde es ausrichten.

Als er am Abend heimkehrte und gerade den ersten Hügel nach Kaschperiwka hinauffuhr, erblickte er in der Ferne den Wagen seines gewesenen Mechutten mit dem Bauernjungen als Kutscher auf dem Bock. Als er den Wagen erkannte, bekam er heftiges Herzklopfen und hieß den Kutscher, den schmalen Weg nach links einschlagen. Er war sehr erschrocken, wollte dieser Begegnung unbedingt ausweichen und dachte dabei:

Der Mechutten sei wohl den ganzen Tag in seinem Wald gewesen und fahre erst jetzt zum Kaschperiwker Grafen!

Er mußte sich immer wieder nach dem Wagen des Mechutten umschauen.

Die mageren Pferde vor dem stark abgenützten Wagen waren wie immer sehr schlecht angeschirrt. Das Pferd rechts hatte viel zu kurze Strangriemen und mußte immer springen. Und das Pferd links mit dem glotzenden blinden Auge hatte einen viel zu weiten Kreuzriemen, so daß es den Wagen nicht mit der Brust sondern mit dem

Rückenansatz zog. Im Wagen saß aber mit gekreuzten Armen Reb Gdalje Hurwitsch in eigener Person; das zerstreute Gesicht mit der spitzen Nase und der goldenen Brille war etwas nach oben gerichtet, und die Enden des dunklen, geteilten Bartes flatterten nach rechts und nach links.

Er fühlte sich furchtbar bedrückt und fragte sich erschrocken:

Ist es also jetzt aus mit der Verlobung? Ganz aus?

Am nächsten Morgen stand er sehr früh auf und ließ den Wagen anspannen.

Es war ein kühler, trüber Tag. Ein dünner Oktoberregen fing allemal zu tropfen an, hörte auf und fing von neuem an.

Er fuhr in die Stadt mit bösem und traurigem Gesicht und dachte an Nochum Tarabais stolze und unangenehm schweigsame Tochter, die er einmal in der Kreisstadt gesehen hatte. Er sagte sich:

Sie werde ihn nicht nehmen wollen, Nochum Tarabais Tochter! Gewiß werde sie ihn nicht nehmen wollen ...

Er hatte am vergangenen Abend an Mirele gedacht und war zum Entschluß gekommen, gleich am nächsten Morgen zu seinem Mechutten zu fahren und ihm seinen Teil des Geldes zurückzugeben.

Er freute sich sehr über diesen Entschluß und hätte gern gewußt, was die Leute dazu sagen würden – vor allen Dingen, was Nochum Tarabai dazu sagen würde.

Als er aber ins Haus seines Vaters kam, hörte er schon im Vorzimmer einen Spektakel: Im kleinen Kabinett schrie ein Mann, den Reb Gdalje Hurwitsch zum Schiedsrichter ernannt hatte, und sein Vater unterbrach diesen immer wieder mit dem dummen Einwand:

Und wie wäre es, wenn die Geschichte sich umgekehrt zugetragen hätte?

Er blieb eine Weile im Vorzimmer stehen und hörte dem Streit zu.

Und wieder ging es ihm durch den Kopf:

Ist es also aus mit der Verlobung? Ist es wirklich zu spät?

Aus dem Vorzimmer ging er, er wußte selbst nicht warum, nicht ins Kabinett, sondern ins Eßzimmer, wo seine Mutter in Gegenwart von Gästen auf seine verflossene Braut schimpfte. Sein Gesicht nahm auf einmal einen strengen und unzufriedenen Ausdruck an, und er rief der Mutter mit respektvoll gedämpfter Stimme zu:

»Still! Still! Schaut nur, wie sie tut!«

II Mirele

1

Reb Gdalje Hurwitschs Geschäfte gerieten immer mehr in Unordnung, und er, der zerstreute Thoragelehrte, und sein ganzes stilles vornehmes Haus waren nun von einer geheimen Unruhe befallen.

Reb Gdalje hatte ganze Nächte hindurch geheimnisvolle Besprechungen mit seinem weltgewandten Vetter und Kassier, auf den er große Stücke hielt. Sie saßen hinter verschlossenen Türen und merkten gar nicht, wie die Nacht zu Ende ging. Schließlich machten sie einen Fensterladen auf und blickten hinaus.

Vom nordöstlichen Rand des Himmels her naht der dunkle, traurige Herbstmorgen. Er rückt immer näher heran und vertreibt die letzten Augenblicke der blassen Nacht. Alles ist schon grau. Die Kühe in den Höfen brüllen voller Sehnsucht nach ihren in den Ställen eingesperrten Kälbern und nach dem feuchten Gras der Wiesen. Die Hähne an allen Enden der Stadt und des nahen Dorfes erwachen schon zum dritten Mal. Sie krähen von nah und fern und nehmen einander den ersten Morgensegen aus dem Schnabel: *Kikeriki!*

Der kluge, seinem Herrn mit Leib und Seele ergebene

Kassier war noch immer in Gedanken vertieft und rieb sich mit seinen Fingern die Nase. Der ewig zerstreute Reb Gdalje entwickelte vor ihm wie immer neue, großartige Pläne. Er beugte sich dabei zu ihm vor und blickte ihn über die goldene Brille an, als ob er fragen wollte:

»Was? Habe ich nicht recht?«

Um diese Zeit sprach er mehr als sonst mit einem weichen galizischen Akzent, und wenn er jemand ins Haus eintreten hörte, warf er mit einem plötzlichen Ruck seinen ganzen Oberkörper vor, als ob jemand hinter seinem Rücken auf einen elektrischen Knopf drückte und ihn nötigte, sich vor dem Gast manierlich und ehrerbietig zu verneigen und ihm zuzurufen:

»Setzt Euch!«

Alle im Haus zitterten vor irgendeiner Gefahr, die jeden Augenblick einzudringen drohte. Diese Angst hielt bis tief in den Winter an, als die Geschäfte aus irgendeinem ganz unsinnigen Grund noch mehr in Unordnung gerieten und in der ganzen Gegend unbestimmte Gerüchte aufkamen:

Gerüchte über einen alten Todfeind, den Reb Gdalje in der Kreisstadt hätte und der ihm in der Bank ein Bein gestellt habe. Gerüchte über den alten Direktor dieser Bank, der früher Hurwitschs bester Freund gewesen sei und der plötzlich den Befehl gegeben habe, auf der Hut zu sein und ihm keinen Kredit mehr zu gewähren.

Reb Gdalje fuhr mit seinem Wagen allzuoft in die Kreisstadt. Meistens fuhr er schon am Sonntag hin und kam erst am Freitag vor dem Lichtanzünden heim.

Wenn er dann in großer Eile ins Haus stürzte, saß seine Frau, Gitele, schon in schwarzer Seidenjacke, mit der Sabbatperücke auf dem Kopf und Brillanten an den Ohren vor dem weißgedeckten Tisch mit den silbernen

Leuchtern und den mit einer Serviette bedeckten Challes. Sie betrachtete ihre rosigen, frischgewaschenen Fingernägel und wartete, bis in der weißgetünchten Häuserreihe gegenüber im Fenster des Rabbinerhauses das erste Sabbatlicht aufleuchtete.

Reb Gdalje war wie immer zerstreut und erregt. Er stürzte hastig, vor dem Tische stehend, eine Tasse Tee hinunter und merkte gar nicht, daß der Schirm seiner seidenen Mütze schief saß. Zwischen einem Schluck Tee und dem nächsten antwortete er auf Giteles Frage:

Er sei also bei dem Aufsichtsrats-Mitglied gewesen, von dem ihm der Direktor gesagt habe, daß von ihm alles abhinge. Und von diesem Mitglied sei er wieder zum Direktor gelaufen.

Diese beiden hätte er also schon gewonnen ... Und was die beiden anderen Aufsichtsratsmitglieder – den alten General und den polnischen Magnaten – betreffe, so werde er in der nächsten Woche mit Gottes Hilfe durch Protektion auch zu ihnen gelangen. Er werde sich schon Protektion verschaffen ...

Im großen und ganzen war er durchaus nicht entmutigt und eigentlich voller Zuversicht. Bei all seiner Zerstreutheit hatte er nicht vergessen, Geschenke mitzubringen und sogar einen Witz über seine neue seidene Mütze zu machen, die er sich eben in der Kreisstadt gekauft hatte. Gitele war mit dieser Anschaffung nicht zufrieden:

»Wie hast du es nicht schon beim Kaufen sehen können, daß sie dir über die Ohren fällt?«

Der zerstreute Mann lächelte nur mit der Nasenspitze.

Gitele glaube wohl, daß er seinen Kopf in der Kreisstadt gehabt hätte? Nein, sein Kopf sei immer zu Hause gewesen.

Er zog sich in großer Eile den Sabbatrock an und lief zum Abendgottesdienst in die alte Sadagorer Betstube. Nach dem Gottesdienst blieben zu beiden Seiten seines Betplatzes an der Ostwand einige angesehene und reiche junge Männer noch eine Weile sitzen; sie blickten ihn ehrfurchtsvoll und dankbar an und wünschten ihm in ihren Herzen die ewige Seligkeit, weil er mit ihnen bei Zeiten abgerechnet und seine Schulden beglichen hatte.

Die reichen jungen Leute in den seidenen Kaftans waren ihm sicher gut gesinnt. Aber sie hingen sehr an ihrem Gelde und fühlten sich irgendwie schuldbeladen, weil sie ihm früher nicht getraut hatten. Auf dem Heimweg waren sie deswegen schweigsam und bedrückt, und einer von ihnen ließ, ohne sich an jemand Bestimmten zu wenden, die Bemerkung fallen:

»Er ist doch ein anständiger Mensch, dieser Reb Gdalje, nicht wahr? Ein durch und durch anständiger Mensch!«

Die ganze Stadt verging vor Ungeduld und wollte gern wissen, wie die Sache enden würde:

Ob Reb Gdalje sich auch diesmal aus der Klemme ziehen würde oder nicht?

Alle interessierten sich für die Sache, und alle sprachen nur von ihm.

Nur Mirele, seine einzige Tochter, kümmerte sich anscheinend um nichts. Das verzogene, schlanke Mädchen war in diesen Tagen – aus Liebe zu ihrem Vater oder vielleicht aus Liebe zu sich selbst – fast niemals zu Hause.

Sie war immer verträumt und launisch und viel zu streng, selbst gegen den lahmen Studenten Lipkes, der in diesem Jahr ihr zuliebe der Universität ferngeblieben war und ihr auf Schritt und Tritt nachhinkte. Während er stundenlang an ihrer Seite ging, vergaß sie oft ganz, daß er überhaupt noch auf der Welt war. Manchmal wandte sie sich nach ihm um und sah ihn so erstaunt an wie wenn sie sagen wollte:

Sieh nur an! Lipkes ist noch immer da! Und sie hat geglaubt, daß er schon längst nach Hause gegangen ist.

Und wenn sie schon einmal seine Anwesenheit wahrnahm, so mußte sie ihn jedesmal mit irgendeiner Bemerkung verletzen:

»Lipkes, warum wächst Ihnen der Schnurrbart so merkwürdig? Kein Mensch hat einen so komischen Schnurrbart wie Sie!«

Oder sie sagte:

»Im allgemeinen sehen Sie ja nicht übel aus, Lipkes, wenn man Sie aber genauer betrachtet, so haben Sie eine auffallende Ähnlichkeit mit einem Japaner!«

Er fühlte sich in ihrer Nähe recht unbehaglich und wußte niemals, was er ihr antworten sollte. Er dachte immer nach, was ihr Schweigen zu bedeuten habe, und fühlte das Bedürfnis, ihr ein tröstendes Wort über die Lage ihres Vaters und über die Hölle, die bei ihr zu Hause los war, zu sagen. Einmal fing er zu stammeln an:

Er wisse ja sehr gut, daß das Glück nicht vom Geld abhänge. Und doch, sooft er in der letzten Zeit zu ihr ins Haus komme und ihren Vater sehe, habe er, er wisse selbst nicht warum, das Gefühl, daß sich bei ihr im Hause eine Tragödie abspiele.

Mirele blickte ihn aber nicht einmal an. Sie starrte mit ihren blauen Augen dorthin, wo eben die Sonne untergegangen war, und sagte gleichgültig und kalt:

»Gut, borgen Sie ihm zwölftausend Rubel, dann wird er sich aus der Klemme ziehen können.«

Und wieder starrte sie mit traurigen blauen Augen dorthin, wo die Sonne untergegangen war.

Es war so seltsam: das verzogene Geschöpf wußte also ganz genau, wieviel ihr Vater brauchte, um sich herauszuwinden. Vielleicht wußte sie auch, daß Awrohom-Mejsche Burnes ihrem Vater eine größere Summe vorstrecken würde, wenn sie Welwel den Verlobungspakt nicht zurückgeschickt hätte. Sie hatte vielleicht schon viel darüber nachgedacht und warf darum so leicht und selbstverständlich die Worte hin:

»Gut, borgen Sie ihm zwölftausend Rubel, dann wird er sich aus der Klemme ziehen können.«

Als sie das sagte, mußte der lahme Student Lipkes plötzlich an seine Mutter denken, die er und sein älterer Bruder aushielten, und an seinen alten Mantel, den sie ihm an jenem Morgen nachgetragen hatte, als er mit Mirele in die Kreisstadt fahren wollte und in großer Eile zu der Droschke hinkte, in der sie auf ihn wartete.

Es fiel ihm ein, daß Mirele damals, in der Droschke sitzend, gelächelt und zur Seite geschaut hatte.

Warum hatte sie damals zur Seite geschaut? Weil in diesem Augenblick ihr gewesener Bräutigam vorbeifuhr? Oder wußte sie vielleicht, daß seine Mutter mit diesem alten Mantel am Sabbat den *Tscholent* zuzudecken pflegte?

Das verwöhnte und selbstsüchtige Mädchen schien gar nicht fähig, sich um irgendein fremdes Leben zu kümmern, das außerhalb ihres Lebens, des Lebens eines verzogenen Einzelkindes, verlief.

Lipkes sah dies erst viel später ein und hielt es ihr auch oft in den zahlreichen Briefen vor, die er ihr nachher schrieb, aber niemals abschickte.

Er zweifelte sogar, wie er ihr in einem dieser nicht abgeschickten Briefe schrieb, ob sie in ihrem kleinen egoistischen Herzen aufrichtiges Mitleid mit ihrem unglücklichen, bedrückten Vater haben könne, den sie, ein erwachsenes Mädchen, sich nicht geschämt hätte, einmal in Gegenwart vieler fremder Menschen abzuküssen.

Still und sanft wie eine Taube war die unbewegliche kalte Luft, und der erste Schnee lag schon auf dem toten Städtchen und der winterlich kahlen Gegend.

Sie konnte es keinen Augenblick zu Hause aushalten und irrte den ganzen kurzen Tag durch die verschneiten Felder, überall die Spuren ihrer und Lipkes Schritte zurücklassend. So seltsam nahmen sich in der kalten Luft zwischen dem schmutziggrauen Himmel und der schneeverwehten Erde die beiden Menschen aus, die über die weiten Felder irrten und fast nie ein Wort miteinander sprachen. Alles ringsum war in eine stille Trauer versunken, alles, vom einsamen Bauernhäuschen unter dem schneeverwehten Dach bis zum erstarrten Bächlein im nahen Tal; am Horizont schlummerten die weißgepuderten Wäldchen; sie hatten sich tief in den Schnee eingegraben, schauten von dort so fremd und neu aus und täuschten den Blick der Reisenden, die manchmal im Schlitten vorbeifuhren:

»Sieh mal an! Ist es nicht schon das Eichenwäldchen?«

Ganz unmerklich fing sie an, ihn zu duzen und bei seinem Vornamen zu nennen.

Natürlich liebe sie ihn gar nicht, sagte sie ihm einmal bei einem Spaziergang durch die verschneiten Felder, und doch sei es ihr zuweilen so wohl ums Herz, weil sie ihn in ihrer Nähe habe.

Ob er, Lipkes, es verstehen könne oder nicht?

Sie biß sich in die Unterlippe und begann ihn mit Nasenstübern zu traktieren, damit er es verstehe.

Schließlich brachte sie ihn so weit, daß er das Gesicht zu einem dummen Grinsen verzog.

Ihre Trauer vertiefte sich von Tag zu Tag und leuchtete oft aus ihren blauen Augen heraus. Sie starrte lange zerstreut in die neblige Ferne und richtete dabei an ihn so seltsame Fragen:

»Lipkes, hören Sie, wie die Welt schweigt?«

Lipkes fühlte, daß auch er etwas über diese stille Welt sagen müßte. Er machte lange Vorbereitungen mit dem Hals und mit den Achseln und fing schließlich an:

Ja, es wäre gar nicht so übel, mit ihr zusammen über diese weiten Felder davonzufliegen und niemals zurückzukehren.

Sie hörte aber seinen Worten gar nicht zu. Sie starrte in die wolkige Ferne und sprach nachdenklich weiter:

Ob er sich vorstellen könne, wie fremd und gleichgültig ihr alles sei?

Und nach einer Weile sagte sie wieder:

Wenn diese ganze Welt jetzt mit ihr zugleich unterginge, würde sie nicht einmal aufschreien.

Manchmal zeigte sie eine seltsame ausgelassene Freude und wilde Lebenslust. In solchen Fällen wollte sie um nichts auf der Welt nach Hause gehen und redete ununterbrochen von den ortsansässigen und auswärtigen Gläubigern ihres Vaters, die täglich zu ihnen ins Haus kamen, Spektakel machten und auf den Tisch schlugen.

So ekelhaft seien diese Leute... Ihr Vater sei zwar schuld, daß das fremde Geld verloren sei, daraus folge aber noch nicht, daß alle diese Leute das Recht hätten, so ungeniert bei ihnen im Hause aus- und einzugehen und so laut zu schreien, daß man es in der zehnten Gasse hören könne.

An einem gewöhnlichen, trüben Tag kam zu ihnen ins

Haus aus einem nahen Städtchen ein frommer, etwas einfältiger junger Mann, wohl ein gelehrter Stubenhokker, mit kleinem schwarzen Bärtchen und blassem gelbsüchtigen Gesicht. Er saß lange Zeit stumm im Eßzimmer, zitterte vor Angst und wartete. Der welterfahrene und seinem Herrn treu ergebene Kassier hatte ihm schon einigemal so laut, wie man zu einem Tauben spricht, erklärt:

»Reb Gdalje ist zur Zeit im Ausland. Bei seiner Schwester ist er, die im Ausland ein eigenes Gut hat.«

Aber der junge Mann mit dem gelbsüchtigen Gesicht zitterte vor Angst und fragte immer wieder mit seiner heiseren, schwachen Stimme:

»Ist also das Geld, das ich von Reb Gdalje zu bekommen habe, hin? Ist es wirklich hin?«

Der gelbsüchtige junge Mann mit dem unglücklichen Gesicht hielt es wohl für unmöglich, heimzukehren und noch einen Winter auf dieser Welt zu leben.

Mirele ging, ohne zu Mittag gegessen zu haben, fort, trieb sich den ganzen Tag herum und schleppte auch Lipkes mit.

Ob er sich vorstellen könne, wie hungrig sie sei?, fragte sie ihn. Aber bei ihr zu Hause sitze noch immer der erschrockene junge Mann. Er hätte ein so unglückliches Gesicht, daß sie ihn gar nicht anschauen könne.

Immer wieder schickte sie Lipkes vor ihr Haus, um nachzusehen, ob der junge Mann schon fort sei. Sie wartete inzwischen ungeduldig an der nächsten Ecke und rief ihm zu:

»Nun, was? Ist er noch immer da?«

Der Abend brach an, und in allen Häusern wurden Lampen angezündet. Als man auch bei ihr im Hause Licht machte, trat sie schließlich mit rotgefrorenem

Gesicht ins Zimmer und begann, im Wintermantel wie sie war, den jungen Mann zu trösten:

Er möchte es ihr glauben; sie werde alles tun, damit er zu seinem Geld komme.

Sie begleitete ihn sogar zu seinem Schlitten und war besorgt, daß er es nicht kalt an den Füßen habe, und half ihm, sich in die Decke zu hüllen:

Dieses Ende der Decke möchte er unter den Sitz nehmen. Und den Pelzkragen solle er nur aufstellen, er brauche sich nicht zu schämen... Ja, so!

Dann blickte sie noch lange dem Schlitten nach und dachte gar nicht mehr an ihren Hunger.

Ob er sich vorstellen könne, wie unglücklich dieser Mensch sei?, fragte sie nachdenklich Lipkes.

Lipkes war sehr aufgeregt, weil er an diesem Tag alle seine Stunden versäumt hatte, und fühlte sich so unbehaglich, wie ein frommer Jude, dem es abends plötzlich einfällt, daß er vergessen hat, an diesem Tage *Tales* und *Tfillin* anzulegen. Er war mürrischer und giftiger als sonst, verging vor Ungeduld und fragte in einem fort:

Ob sie endlich einmal ins Haus gehen werde oder nicht?

Sie aber starrte noch immer verträumt in die Richtung, wo der Schlitten mit dem jungen Mann verschwunden war, und dachte an sein gelbsüchtiges Gesicht.

»Er ist wirklich unglücklich«, sagte sie leise vor sich hin, »niemand hat ihn wohl je geliebt, und jetzt muß er noch von seinem kleinen Vermögen mehr als zweitausend Rubel verlieren.«

2

Von Reb Gdalje Hurwitsch kamen nun oft Briefe aus dem Ausland.

So aufgeregt war er, und es gefiel ihm nicht bei seiner Schwester; er sehnte sich immer nach seiner kaufmännischen Tätigkeit mit ihrem ganzen Trubel und jammerte in einem fort:

Hätte man ihn doch lieber bei lebendigem Leib begraben!

Seine Frau Gitele und der ihm ergebene Vetter und Kassier schrieben ihm beruhigende Briefe:

Alles komme mit Gottes Hilfe wieder in Ordnung. Mit den Gläubigern einige man sich allmählich. Das Kaschperiwker Wäldchen sei infolge des guten Schlittenweges im Werte gestiegen; die Bank habe die dreitausend Rubel des Grafen auf den neuen Vorschuß verrechnet, und Mirele sei Gott sei Dank bei bester Gesundheit. Der Vorrat an Winterweizen in der Ternower Mühle lagere noch immer auf den Namen des Gutsbesitzers, und der Mehlpreis steige von Tag zu Tag. Wenn Gott noch weiter helfe, werde er, Reb Gdalje, bald nach Hause zurückkehren können. Mit der gleichen Post schicke man ihm, wie er es wünsche, den *Kusari* und den ersten Band von Abarbanel.

Im Hause war es in dieser Zeit sehr still. Man hörte nur die Feder des Kassiers kritzeln, der im Kabinett über den Büchern saß, und den Pendel der großen Wanduhr im Eßzimmer die Minuten des trüben Wintertages zählen.

Tagelang ließ sich niemand im Hause blicken. Manchmal tauchte ein verspäteter Gläubiger auf. Manchmal kam die jugendhafte, rothaarige, sommersprossige Rabbinerin Libke zu Besuch, die ebenso wie ihr Mann zu Reb

Gdaljes besten Freunden zählte und seinen Feinden zum Trotz immer lächelte.

Stundenlang saß sie mit einer Handarbeit im Eßzimmer neben der höflich schweigsamen Gitele und erzählte unbarmherzig schleppend und langatmig von den Gemeindegeschäften ihres Mannes.

Fragt sie also immer ihren Awremel: Was geht's dich an, daß die Stadt des Dajens Sohn Schlejme nicht zum Schächter haben will?!

Sie lächelte allzu auffällig, so oft Lipkes im Vorzimmer nach Mirele fragte, und Gitele betrachtete allzu aufmerksam ihre Fingernägel, wenn die Rabbinerin sich mit der stumpfen Stricknadel die Perücke kratzte und die Frage auf den Lippen hatte:

»Hundertundzwanzig Jahre sollt Ihr mir leben! Kümmert es Euch wirklich nicht, daß dieser da, nehmt's mir nicht übel, zu Euch ins Haus kommt?«

Mirele lag indessen in ihrem Zimmer, das sich über dem ungeheizten Salon befand, sah den eintretenden Lipkes gar nicht an und änderte sogar ihre Stellung nicht. Sie starrte mit ihren traurigen blauen Augen in einen Winkel des Plafonds und schien ganz im Banne des neuen Buches, das aufgeschlagen vor ihr lag.

Ob er glaube, fragte sie ihn, daß sie nochmal jemand liebgewinnen werde?

Als Lipkes diese Frage hörte, bereute er schon, daß er gekommen war. Er trat ans Fenster und blickte mürrisch in den grauen Wintertag hinaus. Er wollte ihr gerne klarmachen, daß sie niemals und niemand lieben werde, und hatte bereits die giftige Bemerkung auf den Lippen:

Überhaupt... Sie müsse sich erst darüber klarwerden, was das Wort Liebe bedeute!

Mirele stand aber schon so leichtsinnig und lustig

neben ihm, der noch immer schmollte, zupfte ihn an den Haaren und sagte:

Wenn dieser rote Krautkopf – sie meinte damit die Rabbinerin – nicht sofort wegginge, werde sie das schneeverwehte Fenster aufreißen und mit ihm durchs Fenster hinausspringen.

Die kurzen feuchten Tage zogen dahin und trieben das Städtchen immer tiefer in den Winter hinein. Sie empfand zu Hause wie im Freien dieselbe gleichgültige Unzufriedenheit mit allem, was sie umgab, und wäre sogar imstande, jedes ältliche Mädchen, das stolz und ausgeputzt durch die Straße ging, zu stellen, ihren ganzen Ärger an ihr auszulassen und sie mit der Stimme einer älteren unzufriedenen Frau zu fragen:

»Du, worauf wartest du noch? Warum heiratest du noch immer nicht?«

In den grauen Nebeln ringsherum sind unermeßliche Vorräte von Wind aufgespeichert. Der Nebel wird immer schwerer und bewegt sich schwerfällig über die verschneite und hartgefrorene Erde, die von Tag zu Tag schmutziger wird. Verhüllt ist der Himmel, ausgelöscht der Horizont. Menschen sehen den Himmel nicht, und das Städtchen braucht ihn nicht. Die Häuser lagern unter ihren schneebedeckten Dächern wie große Tiere und schlafen einen Schlaf, aus dem es kein Erwachen gibt.

Es ist, als ob die Häuser Ohren hätten, scharfe, unsichtbare Ohren, die angestrengt in die große Stille, die sie nah und fern umgibt, hinaushorchen.

Es ist, als ob sie immer auf dem Sprung wären, auf jedes Geräusch hinzurennen, wie eine Schar hungriger Hunde einem unwillkommenen Gast, einem fremden Hund entgegenläuft.

Aus einem Schornstein kommt Rauch. Der Rauch

steigt nicht zum Himmel hinauf, sondern fällt wieder auf die Erde zurück, wälzt sich schwerfällig durch die Luft und verzieht sich allmählich über dem Schnee.

Einige müßige Juden stehen auf dem leeren Markt um den Schlitten herum, auf dem Brennholz zum Verkauf angeboten wird. Sie machen Witze über den eigensinnigen Bauern, der für das Holz einen so hohen Preis verlangt, und bringen ihn mit ihren Sticheleien aus der Fassung. Die Krämer in winterlich warmen Kleidern, die sich vor den Türen ihrer Läden langweilen, schauen aus der Ferne zu, haben ihr Vergnügen daran und lachen.

Sonst ist der Markt leer, nur vor dem Haus des Awrohom-Mejsche Burnes stehen fünf oder sechs Gutsbesitzerschlitten und warten auf ihre Herren, die sich im Haus befinden. Die Kutscher in den dicken Pelzen langweilen sich auf ihren Sitzen; ein jeder betrachtet die Pferde des andern und macht seine Bemerkungen:

Dieses da werde bald auf dem linken Auge erblinden.

Und dieses hebe beim Stehen immer das eine Hinterbein.

Die Pferde tun das Ihrige, schütteln sich ab und zu, um sich vom eingefrorenen Schweiß zu befreien. Die kleinen Schellen an ihren Hälsen klingen und erzählen der kalten Luft, was sich im Haus abspielt:

Reiche Gutsbesitzer sitzen im vollgerauchten Kabinett und erledigen Geldgeschäfte. Großkaufleute und Spekulanten sind da, die sich nicht fürchten, Abschlüsse fürs nächste Jahr zu tätigen. Das große helle Vorzimmer ist voller wartender Gutsverwalter und Angestellten, die immer bereit sind, vor den eintretenden Herren aufzuspringen, einen Auftrag entgegenzunehmen und sofort irgendwohin zu eilen. Lipkes fühlte sich nicht ganz wohl, wenn er mit Mirele an diesem Haus vorbeikam.

Er gab sich die größte Mühe, dieses Haus zu vergessen, und suchte Ablenkung in ernsten Gedanken:

In zwei Jahren werde er also sein Medizinerexamen machen.

Mirele wandte aber den Kopf wie zum Trotz jedesmal dem Haus zu und ließ ihn nicht in Ruhe:

Er möchte doch bitte selbst sagen – warum haben die Leute ihre Fensterläden so grellblau angestrichen? Die Augen tun einem weh, wenn man sie anschaut!

Oder:

Sie alle, Awrohom-Mejsche Burnes und Broche und Fejge, die Schwestern ihres gewesenen Bräutigams, seien doch so nette Menschen. Sie habe sie alle einst so gerne gemocht und hätte auch jetzt noch manchmal Lust, mit ihnen zusammenzukommen...

Lipkes geriet in Wut und konnte sich nicht länger beherrschen:

Er könne es unmöglich verstehen, warum sie von diesen Leuten mit solcher Zärtlichkeit spreche! Und überhaupt – alle Geschöpfe zerfallen in zwei Kategorien, in Menschen und Schweine. Daraus folge schon ganz von selbst die Frage: Wenn diese Schweine Menschen sind, was ist denn er, Lipkes?

Mirele wandte sich zu ihm um und sah ihn so merkwürdig an:

»Verehrter Herr, wollen Sie Ihre Weisheit nicht für morgen aufheben?«

Nun sprach er kein Wort mehr, ging schmollend an ihrer Seite und ärgerte sich:

Wozu auch sprechen? Wenn jedes ernste Wort, das er ausspricht, ihr als eine Dummheit erscheine...

Sie sah ihn nicht mehr an, selbst als sie die ganze lange Gasse zu Ende gegangen und auf dem leeren schneeverwehten Spazierplatz draußen vor der Stadt stehengeblieben waren.

Sie sah auf die Straße, die schon ganz in der Nähe im dichten Nebel verschwand und zum Gut ihres gewesenen Bräutigams führte, und sagte leise und nachdenklich:

»Hören Sie einmal, Lipkes, wenn ich so schlecht wäre wie Sie, hätte ich mich schon längst mit meinen eigenen Händen erwürgt.«

Sie stand noch lange da und konnte den traurigen Blick nicht von der Straße wenden.

Wartete sie auf den dunklen Punkt, den Schlitten, der im Nebel aufgetaucht war und immer näher kam, und wollte wissen, wer in dem Schlitten saß? Oder war ihr bloß so traurig und trostlos zumute, daß sie sich nicht entschließen konnte, den leeren verschneiten Platz zu verlassen?

Einige Weiber in der Stadt versicherten, daß ihr Herz sich noch immer zu dem hübschen jungen Mann, ihrem gewesenen Bräutigam, hingezogen fühle, der die Geduld hatte, den ganzen Winter draußen auf dem leeren Gut auszuharren.

Sie sei seit jeher so verwöhnt und launisch gewesen, daß sie es bei sich selbst nicht durchsetzen könne, einen so gewöhnlichen jungen Mann zu heiraten.

Manchmal kamen sie bei ihren Spaziergängen durch die schneeverwehten Felder furchtbar weit. Wenn sie sich umwandten und zurückblickten, war das Städtchen im Tale zwischen den beiden nackten Hügeln gänzlich verschwunden, ohne auch nur eine Spur in der nebligen Luft zurückzulassen.

Lipkes war zufrieden damit, daß er sich mit ihr allein in der winterlichen Stille der Felder befand, daß in der Nähe weder die immer schweigende Gitele noch die junge Rabbinerin Libke war, die sich bei seinem Anblick mit der stumpfen Stricknadel die Perücke kratzte. Er war so glücklich, daß ihm sogar ein philosophischer Gedanke nach dem anderen in den Sinn kam und er bereit war, jeden Augenblick mit irgendeiner außergewöhnlich klugen Frage herauszurücken. Zum Beispiel:

Er könne unmöglich begreifen, warum sich die Menschen Häuser gebaut hätten und warum sie nicht lieber paarweise durch die große erfrorene Welt irrten.

Mirele hatte aber immerfort ein so trauriges und verträumtes Gesicht und würde wohl jeden seiner Gedanken auch weiterhin wie bisher für dumm halten. Er beherrschte sich daher, sagte kein Wort und ging auch weiter schweigend an ihrer Seite. Sie machten einen Bogen um den Hügel mit dem stattlichen Eichenwäldchen und gingen über die schmale Holzbrücke, unter der das stille Flüßchen, das gleich beim ersten Frost eingefroren war, wie in einem langen winterlichen Sabbatschlaf ruhte. Dann erstiegen sie den flachen Hügel und erreichten schließlich den schnurgeraden, von Telegraphenstangen begleiteten Schienenweg, der wie ein schwarzer Gürtel die weißen Felder durchschnitt. Täglich kamen hier vom Osten her drei lange Personenzüge gekrochen; sie tuckerten vorbei, verschwanden im nebligen Westen und ließen in der Stille der Felder den traurigen Widerhall vieler angefangenen und nicht zuende erzählten tieftraurigen Geschichten zurück.

Die Geschichte von einer hübschen jungen Frau, die ihren Mann lange betrogen hatte und schließlich mit ihrem Geliebten über diese Schienen durchgebrannt war...

Die Geschichte von einem frommen, gottesfürchtigen Juden, der mit dem Dispens von seinem Rabbiner den Sabbat entweihte, indem er hier durchfuhr, um in irgendeiner fernen großen Stadt sich über den Leichnam seines Sohns zu beugen und sich dort zum Zeichen der Trauer den vorgeschriebenen Riß in den Rock zu machen.

Langsam und kraftlos schwebten alle diese nicht zuende erzählten Geschichten durch die Luft, bis sie sich schließlich in einen weiten schlafenden Wald verirrten und dort ihr Leben aushauchten. Und dann wurde die Stille noch tiefer, und alles richtete seine Blicke dorthin, von wo der Zug gekommen, und dorthin, wo er verschwunden war, bis sich an einem oder anderen Ende ein neuer schwarzer Rauch zeigte und ein neuer langer Zug langsam herangekrochen kam.

Mirele setzte sich Lipkes' Studentenmütze über das Kopftuch auf, stellte sich dicht an die Schienen und wartete auf den langen Zug.

Unter den vielen Passagieren eines so langen Zuges, sagte sie still und melancholisch, müsse sich doch sicher irgendein unglücklicher und schwer bedrückter Mensch befinden, der während der ganzen Fahrt am Fenster stehen und die Stirn an die kalte Scheibe drücken würde. Und wenn sie in einem der Coupéfenster einen solchen Menschen tatsächlich erblickte, nickte sie ihm zu, schwang die Mütze und wiederholte monoton und halb im Scherz:

»Auch wir sind unglücklich. Auch wir sind unglücklich. Auch wir sind unglücklich...«

Als sie einmal von einem solchen Spaziergang ins Städtchen zurückkehrten und auf dem verschneiten und leeren Spazierplatz stehenblieben, blickte Mirele zurück und erkannte den Schlitten ihres gewesenen Bräutigams.

Lipkes warf ihr einen merkwürdigen Blick zu, so als ob er sie ermorden wollte. Sie wurde über und über rot und fragte ihn mit erhobener Stimme:

Warum er sie so merkwürdig anschaue?

Sie tat es nur, damit er nicht merkte, daß ihre ganze Trauer plötzlich wie weggeblasen war. Und sie fügte auf russisch hinzu:

»Du bist dumm!«

Und sie begann ihn voller ausgelassener, wilder Freude mit Schneebällen zu bewerfen. Sie warf und lachte, sprang hin und her und lachte, bückte sich, machte neue Schneebälle und lachte wieder und brachte ihn so weit, daß er um einige Schritte zurückwich, sich duckte und das Gesicht mit beiden Händen bedeckte.

Als der Schlitten mit den neuen schwarzen Pferden näher kam, kreuzte sie die Hände, in denen sie noch die Schneebälle hielt, auf der Brust und blickte mit einem feinen, leisen Lächeln und weit geöffneten neugierigen Augen ihrem gewesenen Bräutigam direkt ins Gesicht.

Er saß in einem weiten gelben Schafspelz, wie ihn die Gutsbesitzer tragen, tief in seinem lackierten Schlitten und sprach ab und zu, wie es die Gutsbesitzer zu tun pflegen, einige Worte zu seinem Kutscher.

Er sah sich gar nicht um, weder nach ihr noch nach Lipkes. Und sie stand noch lange wie zu Stein erstarrt auf demselben Fleck und begleitete den Schlitten mit den Augen, bis er schließlich zwischen den ersten Häusern der Stadt verschwand.

»Er ist viel hübscher geworden«, sagte sie leise vor sich hin und versank wieder in ihre Gedanken.

Erst dicht vor dem Städtchen wurde sie etwas lustiger. Sie blickte seltsam siegesbewußt und murmelte:

»Sein Bärtchen, Lipkes... sein Bärtchen hat er sich aber doch abnehmen lassen!«

Lipkes schmollte und schwieg. Diese Worte wirkten wie Salz auf seine Herzenswunde, und er dachte sich:

Unerhört, was für Dummheiten er sich da anhören müsse! Was kümmert es ihn denn, ob der Kerl sich den Bart abgenommen habe oder nicht!

Auch Mirele schwieg nun den ganzen weiten Weg und blickte nachdenklich und verzweifelt mit weitgeöffneten Augen vor ihre Füße.

Plötzlich blieb sie stehen, hob den Kopf und fragte:

Ob nicht auch er, Lipkes, derselben Meinung sei? Alle Menschen wären eigentlich viel zu alt und viel zu klug, um noch länger zu leben. Vielleicht wäre es Zeit, daß alle aussterben und statt ihrer neue, bessere Menschen geboren werden.

Sie starrte noch eine Weile mit ihren traurigen blauen Augen in die dunkle Ferne. Dann verzog sie plötzlich den Mund und sah sich nach Lipkes um.

Es sei sowieso nichts mehr anzufangen, sagte sie, in die Dunkelheit zeigend, so wäre es vielleicht das klügste, jetzt die Hebamme Schatz aufzusuchen und bei ihr Tee zu trinken?

Auch sie fühlte sich bedrückt und hatte anscheinend wenig Lust, in diesem Gemütszustand nach Hause zu gehen und dort den langen, leeren Abend zu verbringen.

Sie durchschritten schweigend den öden Platz links vor dem Städtchen und schlugen den schmalen, im Schnee ausgetretenen Fußpfad ein, der schräg zu den ersten Bauernhäusern des nahen Dorfes führte; zu den Bauernhäusern, die vor der Stadt im Nordosten standen und sie wie Posten vor der Nacht und den leeren Feldern bewachten, die gleich hinter ihren blinden rückwärtigen Wänden begannen.

Es war schon späte Nacht, und in der blassen Dunkelheit flimmerte der Schnee. Die Hunde weit im Dorfe empfingen mit argwöhnischem Gebell die stockdunkle

Nacht und erzählten Schauermärchen über die Leere der Felder ringsum:

Der Todesengel lauere dort im Finstern. Der Tod erwarte dort jeden, der es wage, der Nacht entgegenzugehen...

Im Finstern sieht man das letzte Bauernhäuschen, in dessen linker Hälfte seit zwei Jahren die aus Litauen zugezogene Hebamme Schatz in schönster Eintracht mit ihrer bäuerlichen Hausfrau lebt. Der rote Lichtschein aus ihrem einzigen Fenster in der gelbgestrichenen Wand des Hauses dringt tief, tief in die Leere der Felder ein, blickt zu den lautlos gleitenden Schlitten hinüber, die von irgendwoher in ihre Nachtquartiere zurückkehren, und erzählt ihnen lange, traurige, müde Geschichten:

Es gäbe zwar wirklich viele unglückliche, grambeladene und unbefriedigte Menschen; aber leben... leben könne man noch immer, in diesem verlorenen, leeren Dorfe versteckt, mit einem ironischen Lächeln auf den Lippen, wie hinter dem erleuchteten Fenster die siebenundzwanzigjährige, aus Litauen zugezogene Hebamme Schatz lebte.

3

Die Hebamme Schatz lag in ihrem dunklen wollenen Hauskleid mit zwei schrägen blauen Stegen, die sich über der Brust kreuzten, auf dem Bett, rauchte eine Zigarette und dachte mit ironischem Lächeln auf den Lippen über etwas nach.

Die Hebamme Schatz rauchte immer Zigaretten und

dachte immer mit ironischem Lächeln über etwas nach.
Vor dem Tischchen, auf dem die Lampe brannte, saß der
kleine Provisor Saffian. Er hatte ein gewöhnliches, blasses Gesicht und starrte mit seinen farblosen glotzenden
Augen und mit beleidigtem Gesichtsausdruck in die Lampenflamme.

Unter dem Tisch zitterten nervös seine Knie. Er hatte
soeben einen ernsten Gedanken ausgesprochen:

So oft er eine rauchende Frau sähe, komme ihm der
Gedanke: das sei eine Frau, die sich nach Alkohol sehne!

Die Hebamme Schatz hätte sich diese Worte eigentlich
zu Herzen nehmen und ihm darauf antworten müssen.
Sie horchte aber nur in den Hof hinaus, wo die Hunde
plötzlich zu bellen anfingen, stand vom Bett auf und
lächelte, ohne die Zigarette aus dem Mund zu nehmen,
den Eintretenden, Mirele und Lipkes, entgegen. Zu welchem Zweck sollte er da noch länger sitzen bleiben und
unter dem Tisch mit den Knien zittern?

Er stand auch wirklich auf und wollte schon *Gute
Nacht* sagen. Mirele machte aber ein erstauntes Gesicht,
blickte zuerst die Hebamme und dann ihn an und wandte
sich, ehe sie noch den Mantel ablegte, an ihn:

Wie? Habe er wirklich solche Angst vor dem Apotheker, dem Schwiegersohn des Geistlichen?

Er blieb also noch eine Weile sitzen, während die
Hebamme Schatz, ohne ihn anzuschauen, den Rauch
ihrer Zigarette zur niedrigen Decke hochblies und, sich
an Mirele wendend, halb im Scherz von ihrem Leben
erzählte:

Nicht nur sie, ihre heutigen Gäste, sondern alle ihre
Bekannten, die sie hier besuchten, pflegten zu sagen, daß
sie, die Hebamme Schatz, eigentlich ein gutes Leben
habe.

Aber sie, die Hebamme selbst, wisse es doch sicher besser als die anderen. Was solle sie noch viel darüber reden? Sie fühle sich hier so glücklich wie ein Engel im Paradies.

Während Mirele sich in der einen Ecke des Zimmers mit dem Provisor unterhielt, rückte die Hebamme, auf dem Bett sitzend, mit ihrem schönen Körper ganz an Lipkes heran, blickte auf die Wand und klopfte ihm auf den Rücken:

»Lipkes! Sie können einem wirklich leid tun, Lipkes!«

Sie wollte ihm wohl damit zeigen, daß ihr die Geschichte, die sich zwischen ihm und Mirele abspielte, nicht unbekannt geblieben war. Dabei lachte sie still und verschmitzt in sich hinein. Der mürrische Lipkes ärgerte sich schier zu Tode und rief schließlich laut aus:

Wer hat ihr das Recht gegeben? Wie wage sie es, ihm in die Seele hineinzukriechen?

Dem jungen Provisor Saffian zitterten unter dem Tisch die Knie noch stärker, und schließlich erklärte er nervös:

Er müsse gehen. Er müsse doch endlich einmal in die Apotheke zurückkehren.

Und er ging auch wirklich fort. Man hatte den Eindruck, daß seine nervösen, glotzenden Augen bei der sanftesten Berührung aus ihren Höhlen herausfallen würden.

Als er fort war, sagte die Hebamme Schatz:

»Ein dummer Bursche... Ein furchtbar dummer Bursche.«

Aber bald vergaß sie ihn und begann wieder von sich selbst zu sprechen:

In der vergangenen Woche sei sie einmal bei einer Patientin mit dem vielbeschäftigten Doktor Kraszewski zusammengekommen und habe ihm gesagt: Ich will Ihre

Frau werden, Herr Doktor, wenn Sie mit mir gleich zu einer armen Wöchnerin fahren...

Diese Gewohnheit hatte nun einmal das hübsche Mädchen mit dem glattgescheitelten Haar und dem lebhaften jungen Gesicht: stundenlang konnte sie ironische Geschichten über sich selbst erzählen, und am Ende hatte sie ihr Innenleben gar nicht berührt. Diese Eigenschaft hatte sie wohl von ihrer litauischen Familie geerbt. Wenn man sie ansah, mußte man an diese Familie denken, und wie in einem Traum tauchte das Bild ihrer zweiundachtzigjährigen, an einen dürren Vogel erinnernden Großmutter auf, die sie im vergangenen Sommer besucht und zwei Monate in diesem Zimmer gelebt hatte.

Die Greisin saß ganze Tage stumm auf dem Bett, auf einem Berg von Kissen, und sah dabei wie ein matter, müder Papagei aus, der sich in Sehnsucht nach seiner Heimat verzehrt und immer an das ferne überseeische Land denkt. Man hatte den Eindruck, daß sie wochenlang ununterbrochen ihren Vogelschlaf schlief, gar nicht hörte, was um sie vorging, und die jungen Leute und Mädchen des Städtchens nicht bemerkte, die ihre Enkelin besuchten und über alle möglichen Dinge sprachen. Man nahm sogar an, daß die Greisin taub und geistesabwesend sei und seit vielen Jahren nicht mehr spräche.

Die Gäste blieben aber eines Abends sehr spät sitzen und philosophierten stundenlang über sich und ihr Leben. Dann schwiegen sie alle. Plötzlich fuhren sie zusammen, und jeder griff sich erschrocken ans Herz.

Die Greisin hatte hinter ihren Rücken den eingefallenen Mund aufgetan, und im Zimmer ertönte plötzlich ihre hölzerne Stimme – eine verschlafene, knarrende Stimme, die aus einem fernen, halbeingefallenen Gemäuer zu kommen schien:

»Du Tochter meiner Tochter! Wer weniger von sich spricht, der spricht weniger Dummheiten.«

Es kam allen so seltsam vor, daß die Alte noch imstande war zu scherzen. Ihre Tochterstochter, die Hebamme Schatz, schien aber gar nicht erstaunt. Sie rückte lächelnd die Kissen unter der Alten zurecht und rief ihr, immer noch lächelnd, ins Ohr:

»Ich weiß es, Großmütterchen, ich weiß es!«

Die Hebamme schwatzte den ganzen Abend und erzählte lange Geschichten von sich und ihrem Onkel, einem frommen und gutmütigen Mann.

Dieser Onkel pflegte sie oft zu besuchen und ihr zu sagen:

»So so, Malkele! Du wirst also niemals heiraten? Schade, schade...«

Mirele, die auf einem Stuhl ihr gegenüber saß, hörte zu und zugleich auch nicht. Sie dachte an sich und an den Spazierplatz, wo sie abends gewesen war, und blieb bei der Hebamme sehr lange sitzen. Zuletzt dachte sie nur noch an eine stille, traurige Geschichte, die sich mit ihr selbst zugetragen hatte:

Sie wuchs als die einzige Tochter Reb Gdalje Hurwitschs heran. Sie sehnte sich immer nach irgend etwas und verlobte sich, als sie siebzehn war, mit Welwel Burnes. Das war es aber auch nicht: sie ging in die Kreisstadt und fing zu lernen an, wie es die anderen machten. Es half ihr aber nichts, und sie kehrte wieder heim und verliebte sich, wie sie glaubte, in Nossen Heller. Auch das war es noch nicht, und sie glaubte fest, daß ihre Zukunft ganz anders aussehen müsse. Einmal sagte sie zu Nossen: Daraus wird nichts, er könne ruhig die Stadt verlassen. Und sie schickte ihrem Bräutigam den Verlobungspakt zurück. Und nun ist sie wieder frei und fühlt wieder die alte, dumme Sehnsucht. Sie irrt ganze Tage durch das Städtchen, und Lipkes hinkt ihr nach ... Jetzt sitzt sie bei der Hebamme Schatz, die schon seit zwei Jahren in diesem Zimmer am Rand des stillen Dorfes lebt.

In ihrem Leben wie auch im Leben der Hebamme Schatz hat es ja anscheinend gar keine besonderen Unglücksfälle gegeben, aber auch keinen Überfluß an Freuden. Darum denkt sie mit solcher Trauer an sich und an die ihr unbekannte Jugend der Hebamme, die sie zugleich mit ihrer unbekannten Familie irgendwo in Litauen zurückgelassen hat. Und sie mußte es ihr sagen:

»Wissen Sie, Schatz, Sie sind ein sonderbarer Mensch! Denken Sie nur, man wird Sie einmal mit Ihrem ewig ironischen Lächeln auf den Lippen ins Grab legen.«

Die Hebamme drehte sich eine neue Zigarette. Während sie die Zigarette über der Lampenflamme entzündete, streifte sie mit einem Seitenblick den schmollenden Lipkes und lächelte spöttisch und versöhnlich:

»Alle Menschen sind sonderbar.«

Man hatte den Eindruck, daß sie gleich von einem Menschen erzählen würde, dessen ganzes Leben wirklich sonderbar war. Vielleicht von ihrem Bekannten, dem robusten, einsamen jungen Dichter Herz, der jeden Sommer in irgendeinem stillen Schweizer Dorf verlebte und im Winter in sein kleines litauisches Heimatstädtchen zurückkehrte, wo sein verstorbener Großvater, der Rabbiner, schon längst ein Grabdenkmal auf Gemeindekosten bekommen hatte. Man vermutete, daß es die Liebe zu eben diesem jungen Dichter war, die die Hebamme aus dem Geleis gebracht hatte; daß zwischen den beiden vor zwei Jahren etwas passiert war und sie aus diesem Grund und gegen ihren Willen ihr Städtchen verlassen und nach diesem fernen Dorf hatte ziehen müssen.

Mirele rückte ihren Stuhl näher ans Bett, auf dem die Hebamme in bequemer Haltung saß. Lipkes war aber in seine alltäglichen Berechnungen vertieft:

Seine Mutter sagt ihm jeden Tag, daß er sich ein halbes Dutzend Hemden machen lassen solle. Von dem Geld, das er hier verdient, wird ihm wohl schließlich nicht genug übrigbleiben, um im nächsten Winter in die Großstadt ziehen zu können.

Als dieser Gedanke endlich aufhörte, in seinem Hirn zu bohren, und er sich umsah, saß Mirele zu der Hebamme gebeugt und fing mit größter Aufmerksamkeit jedes Wort auf, das mit dem Zigarettenrauch langsam aus ihrem Mund kam.

Ob Herz ihr noch Briefe schreibe, wollte Mirele wissen?

Erstens sei er viel zu klug und gäbe sich mit solchem Unsinn nicht ab, und zweitens...

Sie machte einen tiefen Zug, so daß die Glut der Zigarette auf einmal ihr ganzes Gesicht beleuchtete, blies den Rauch aus dem Mund, verzog die Lippen und fügte erstaunt und beleidigt hinzu:

Man könnte wirklich glauben, daß sie, die Hebamme, sich nach seinen Briefen sehne...

Lipkes grinste und wollte sagen:

Ja, die Hebamme sehne sich anscheinend nie nach Dingen, die sie nicht habe und die sie niemals haben werde.

Mit diesen Worten wollte er sich offenbar für ihre Worte – »Sie können einem wirklich leid tun, Lipkes« – rächen. Er beherrschte sich aber, blickte ihr mit Haß ins aufgeregte Gesicht und sagte nichts.

In dem einzigen erleuchteten Zimmer der Hebamme

wird es still. Es ist sehr spät geworden, und jemandem klingt es in den Ohren. In der Stille, die das Zimmer mit allen seinen halbdunklen Winkeln füllt, hört man nur Lipkes' Kopf an der Bettwand scheuern, und nach und nach verstummen auch die nachdenklichen Worte, die die Hebamme über ihren Freund fallen läßt.

Vor zwei Jahren hätte er einmal über sich selbst gespottet und gesagt:

Am Tage zu schreiben, schäme er sich vor sich selbst und vor dem jüdischen Städtchen, das seine Schreibereien gar nicht ernst nehme. Er schreibe also nur bei Nacht, wenn alle Menschen schlafen. Bei Nacht, pflegt er zu sagen, hat jeder Mensch weniger Schamgefühl. Und dann lächelt er und schweigt.

Es sei ihm nichts mehr geblieben, hätte er zu ihr gesagt, als nur zu schweigen und zu lächeln.

Durch die Luft des Zimmers schwebt jetzt der Schatten des ruhelosen jungen Mannes, und man hat das Gefühl, ganz in der Nähe, in einem Winkel hinter ihrem Rücken, steht seine kräftige, etwas vorgebeugte Gestalt. Er hat helles, kurzgeschorenes Haar und einen ebenso hellen gestutzten Schnurrbart; er schaut ruhig mit lächelnden Augen und hört, was die Hebamme Schatz von ihm erzählt:

In diesem Winter treibe er sich wohl im kleinen, öden litauischen Städtchen herum und irre tagelang durch die weiten Felder.

Mirele denkt an sich selbst, während die Hebamme erzählt, daß er schon längst mit keinem gebildeten Menschen mehr zusammenkomme und selbst den einfachen Juden ausweiche; nur wenn er irgendwo weit vor der Stadt einem Bauern begegne, bleibe er stehen und ziehe ihn in ein Gespräch:

Aus welchem Dorf er sei? Ob er Weib und Kinder habe? Wessen Land er bearbeite, eigenes oder fremdes?

Und dann schaut sie wieder die Hebamme an und hört, wie diese erzählt:

Dort, zwischen den nackten, stummen Bergen und stillen Seen der Schweiz, pflegte er zu sagen, wachse in ihm die Überzeugung, daß die Menschen am Ende ihre Hast und Unruhe aufgeben und mit dem gleichen Lächeln den Tod wie das Leben empfangen würden.

So groß sei seine Angst und Abscheu vor dem Leben, fügt sie hinzu, und doch hätte ihn das nicht gehindert, in dieser selben Schweiz eines seiner schönsten Gedichte in Prosa zu schreiben.

Die Hebamme schämt sich, Mirele und Lipkes in die Augen zu blicken, und wendet sich weg.

Mit strahlenden, lächelnden Augen blickt sie auf die obere Hälfte der Wand gegenüber und rezitiert langsam und leise jenes Gedicht in Prosa:

»*Ich irrte jahrelang heimatlos durch die Welt, stieß immer seltener auf menschliche Wohnungen und vergaß, die Sabbate und die Wochentage zu zählen. Aus dem schweren Sack, den ich auf dem Rücken schleppte, warf ich ein Ding nach dem anderen heraus, und ich sagte mir:*

›*Nicht ich noch jemand anderes bedarf dieser Dinge. Warum soll ich sie dann noch länger herumschleppen und meinen Rücken unter ihrer Last beugen?*‹

Und als im durchlöcherten Sack, den ich auf dem Rücken trug, nichts mehr geblieben war, warf ich auch ihn fort und sah mich um.

›*Noch bin ich fast jung*‹, *sagte ich mir,* ›*Kraft und Macht schlummern in mir. Darf ich aber hoffen, daß ich noch je meiner selbst bedürfen werde?*‹

*Ich dachte nicht mehr an die Dinge, die ich hinter mir gelassen hatte, und ging langsam vorwärts.
Ich dachte mir:
›Ich möchte doch einmal sehen, was es dort in jenen Fernen gibt, die der Horizont verschlingt. Vielleicht... vielleicht werde ich doch noch ein Ziel erreichen.‹
Und einmal – es war in der Dämmerung – kam ich in eine tote Stadt und fand dort alle Türen offen stehen.
In der toten Stadt herrschte Dämmerung, doch es war weder die Dämmerung des Winters noch die des Sommers, und ich fühlte weder Kälte noch Angst. Ich ging von Haus zu Haus und sah: Starre Körper lagen in den Betten und hielten in den Fäusten harte Steine, die sie wohl vor dem Tode gegen jemand hatten schleudern wollen.
Und in einer Zimmerecke sah ich eine schlanke Frau stehen, und ich erstarrte, als ich sie sah. Mit schwarzem Haar, mit blassem Gesicht, in ein langes schwarzes Gewand gehüllt, lehnte sie an der Wand, blickte mit müden dunklen Augen ins Leere und wußte wohl gar nicht, daß sie eine winzige Wachspuppe in den Händen hielt und ans Herz drückte.
›So spät bist du gekommen‹, sagte sie mir leise und gleichgültig. ›Man hat auf dich hier so lange gewartet, und nun schau, sie sind doch alle tot.‹
Ich schwieg, weil in ihren Augen schon jenes Feuer brannte, das in den Augen aller Wahnsinnigen brennt. Sie zeigte auf die Puppe, die sie an die Brust drückte, und sagte: ›Weißt du, was das ist? Das ist ein verschleierter Irrtum.‹
Und sie fiel tot auf das Bett, das neben ihr stand, und sagte vor dem Sterben leise, kaum hörbar:
›Das – war – ja – nur – ein verschleierter Irrtum...‹*

... Und ich verließ das Haus und ging vor das Stadttor und setzte mich vor dem Tore hin.
›Wohin soll ich noch gehen?‹ fragte ich mich.
›Ich will lieber hier sitzen bleiben als Wächter dieser Stadt.‹
Und so sitze ich schon lange vor den Toren der Stadt, in die niemand eintritt und aus der niemand kommt.
Alles, was ich einst wußte, habe ich schon längst vergessen, und nur ein einziger Gedanke ist mir geblieben:
›Alle, alle sind schon tot, nur ich allein lebe noch und warte auf niemand mehr.‹
Und wenn ich mich betrachte und die Kraft und die Macht, die in mir schlummert, fühle, seufze ich nicht mehr und denke mir nur:
›Ich bin der Wächter vor den Toren der toten Stadt.‹«

Die Hebamme war zu Ende und schwieg.

Mirele erhob sich plötzlich von ihrem Platz, um mit Lipkes nach Hause zu gehen. Sie stand noch immer unter dem Eindruck des Gedichts. Eine Weile blieb sie traurig und stumm auf einem Fleck stehen, dachte an die tote Stadt und daran, wie sich das Gesicht der Hebamme beim Vortragen verändert hatte.

Die Hebamme sei wohl immer darauf bedacht gewesen, den Menschen klug und erfahren zu erscheinen. Da habe sie aber der Zorn ihrer heimlichen Liebe zu jenem jungen Mann überwältigt. Beim Vortragen habe ihr Gesicht einen ganz idiotischen Ausdruck gehabt...

Und dann dachte sie wieder an das Gedicht. Ihre Augen starrten auf die Fensterscheibe, an die von draußen die finstere Nacht klopfte, und ihre Ohren hörten nicht das leise Flüstern ihrer eigenen Lippen:

Dieser Herz da, von dem die Hebamme erzählt... Er lebt gegen seinen Willen und schreibt gegen seinen Willen... Was glaubt sie, die Hebamme: ob er noch einen anderen Ausweg hat, als verrückt zu werden?

Die Hebamme Schatz stopfte sich aber schon wieder eine neue Zigarette.

»Er ist doch robust wie ein Bauer«, antwortete sie, »er kann alles schweigend ertragen.«

Und sie fügte, Gott weiß warum, kaltblütig hinzu:

»Wird ihm nichts schaden, der Teufel wird ihn nicht holen!«

Mirele blickte später neugierig von draußen zu ihr durchs Fenster hinein.

Die Hebamme Schatz beeilte sich gar nicht, zu Bett zu gehen und die Lampe auszulöschen. Die Zigarette im Mund, die Beine nach Männerart übereinandergeschlagen, saß sie regungslos auf dem Bett und starrte in die Leere.

Es war schon spät nach Mitternacht, und in allen Häusern waren die Lampen ausgelöscht.

Weit am nächtlichen Horizont hinter den verschneiten Feldern zogen sich wie eine lange schwarze Schnur die Eichenwälder hin. Sie wollten wohl gerne einschlafen und konnten es nicht, weil der rote Lichtschein aus dem Fenster der Hebamme Schatz sie nicht zur Ruhe kommen ließ und weil der leise Wind, der zwischen den jungen Bäumen zog und das nächtliche Grauen eines eben irgendwo geborenen Unheils zurückließ, sie immer wieder weckte.

Mirele hatte noch immer das Bild der auf ihrem Bett sitzenden Hebamme vor Augen. Sie dachte an die tote Stadt und sagte traurig:

Nun werde sie sicher die ganze Nacht von der toten Stadt und von der wahnsinnigen Frau in Schwarz träumen. Die ganze Nacht...

Vor dem Burnesschen Hause, das mit seinen grellblauen Fensterläden in tiefem Schlaf lag, erblickte sie aber den alten Hausmeister und ließ sich mit ihm in ein Gespräch ein:

Warum Sachar sie niemals besuche?

Der alte Sachar stand vor ihr mit der Mütze in der Hand und schmolz vor Glück:

Ach ja! Wie oft habe er das gnädige Fräulein abends nach Hause begleitet! Wie oft habe er bei schlechtem Wetter dem gnädigen Fräulein Briefe gebracht! Und jetzt, jetzt habe man ihm in der Küche erzählt, daß das gnädige Fräulein nicht mehr die Braut des jungen Herrn sei... Ob das wahr sei, was man in der Küche erzähle?

Sie lächelte und schrie ihm ins Ohr:

»Ja, Sachar, es ist wahr!«

Sie zeigte allzuviel Interesse für die Angehörigen ihres gewesenen Bräutigams. Sie wollte gerne wissen, ob er in der Stadt nächtige, konnte aber Sachar nicht danach fragen, weil Lipkes dabeistand oder weil sie fürchtete, der alte Sachar könnte in der Küche erzählen, daß sie danach gefragt habe.

Lipkes war froh, als sie den alten Hausmeister endlich in Ruhe ließ, und richtete an sie die Frage, die er eigentlich für überflüssig hielt.

Er möchte nur das eine wissen: welchen Sinn es habe, eine ganze Stunde mit diesem alten Hausmeister zu reden?

Sie gab ihm darauf keine Antwort und blieb noch einmal stehen. Es fiel ihr ein, daß sie dem alten Hausmeister ein Trinkgeld geben müßte, und verlangte von Lipkes einen Rubel. Während er einen Silberrubel aus der Tasche zog, fühlte er sich wieder sehr gekränkt und dachte:

›Unerhört, mit welcher Selbstverständlichkeit sie von mir Geld nimmt! Als ob ich ihr Mann wäre....‹

4

In Reb Gdalje Hurwitschs Haus wurde jemand erwartet.

Man brachte wieder an allen Fenstern die ausländischen rosa Gardinen an, heizte täglich den kühlen Salon und legte überall Plüschläufer hin. Das ganze Haus sah auf einmal festlich aus und schien fortwährend an die Gerüchte zu denken, die in der Stadt über Mirele verbreitet wurden:

Sie werde sich wohl bald mit dem jungen Seidenowski verloben, dessen Vater, Jaakew-Jossel, aus dem nahen Dorfe Schukai-Gora stamme, aber seit zehn Jahren im Vorort einer fernen Großstadt wohne, wo er eine Brennerei besitze und auch heute noch in der hiesigen Gegend große Geschäfte mit Ochsen betreibe.

Lipkes war furchtbar aufgeregt, wenn man sich bei ihm wegen dieser Gerüchte erkundigte, und antwortete böse:

»Woher soll ich das wissen? Und überhaupt... Warum wendet man sich mit dieser Frage ausgerechnet an mich?«

Er kam damals mit Mirele nur selten zusammen und benahm sich, als wollte er damit jemand ärgern, stolz und hochmütig. Er tat so, als wüßte er nicht, daß alle Gerüchte von einem zugereisten, ganz gewöhnlichen

Schadchen ausgingen, der bei Awrohom-Mejsche Burnes abgestiegen war und sich dort beklagte:

Was nütze es, daß Seidenowski einen so wohlgeratenen Sohn habe? Mirele wäre im vergangenen Sommer mit ihm zufällig im gleichen Gasthaus in der Kreisstadt abgestiegen, habe mit ihm dort einige Male im Korridor gesprochen und ihm anscheinend den Kopf verdreht.

Ein Tag verging nach dem anderen, und in Reb Gdalje Hurwitschs Haus ließ sich noch immer niemand sehen. Mirele war noch stiller und blasser als sonst und schien nichts zu wissen und sich um keinerlei Gerüchte zu kümmern. Es war ihr wohl einerlei, was man sich von ihr erzählte und ob man sie lobte oder tadelte. Darum machte sie auch so unüberlegte Streiche, wie sie nur einer verzogenen einzigen Tochter einfallen können – so stellte sie einmal mitten auf der Straße die Schwestern ihres gewesenen Bräutigams und beklagte sich mit der Miene einer Verarmten, der plötzlich alle den Rücken kehren:

Sie sei doch keinesfalls ärger als die Photographenfrau Rosenbaum, die die Mädchen zweimal am Tage besuchen.

Die beiden Töchter Awrohom-Mejsche Burnes' sahen einander nach dieser Begegnung erstaunt an und begleiteten sie mit den Blicken.

»Wie gefällt sie dir?« fragte die Ältere die Jüngere.

Mirele ging aber weiter allein durch das Städtchen. Vor der Apotheke, die sich zwischen den letzten jüdischen Häusern der Stadt befand, blieb sie stehen und sah sich um. In der Nähe war niemand zu sehen außer einem abgerissenen Jungen, der von irgendwoher in die Stadt heimkehrte, und die Glastüre der Apotheke war von innen mit einem roten Vorhang verdeckt. Sie rief den abgerissenen Jungen herbei und bat ihn, ihr den Provisor

Saffian herauszurufen. Der Junge schämte sich zwar, ging aber doch in die Apotheke. Sie stand indessen allein draußen und wartete, bis Saffian mit seiner Arbeit fertig war, den Mantel anzog und zu ihr herauskam. In diesem Augenblick fuhr eine größere Gruppe heimkehrender Juden mit einem gewöhnlichen Bauernschlitten vorbei; sie blickten sie erstaunt an und lächelten einander vielsagend zu. Sie sah sich aber nach ihnen gar nicht weiter um und wandte sich an den Provisor Saffian mit ernster Miene:

Vorher hätte sie ihn bitten wollen, sie zur Hebamme Schatz zu begleiten. Aber jetzt... jetzt habe sie keine Lust mehr, zu der Hebamme zu gehen. Ob er Zeit hätte, mit ihr ein wenig draußen vor der Stadt spazierenzugehen?

Als der Provisor Saffian diese Frage hörte, reckte er den Hals, als müßte er etwas hinunterschlucken, und begann mit nervösen Fingern am obersten Knopf seines Wintermantels zu nesteln.

Ob er Zeit habe? Eigentlich habe er... eigentlich könne er wohl ein Weilchen spazierengehen.

Und er ging nervös und aufgeregt an ihrer linken Seite, blickte sie nicht an und starrte mit seinen glotzenden, farblosen Augen in den Nebel, der sich um das Städtchen ausbreitete. Es wollte ihm wie zum Trotz nichts einfallen, worüber er mit ihr reden könnte, und er schwieg. Eine so dumpfe Schwere lag in seinem Schweigen, daß Mirele ihn einigemal mit einem Blick streifte und schließlich fragte:

Ob er, Saffian, nicht aus einer sehr alten Familie stamme? Sie hätte es neulich von jemand gehört...

Nach einer Weile fuhr sie fort:

Auch ihr Vater stamme aus einer alten, aus Deutschland eingewanderten Familie, in der die Ehen seit langer Zeit nur unter nahen Verwandten geschlossen worden seien und die infolgedessen degeneriert sei, daher komme es vielleicht auch, daß sie, Mirele, eine solche Leere in sich fühle und zu gar nichts tauge.

Sie gingen schon über den verschneiten Spazierplatz. Der aufgeregte Provisor begann plötzlich mit seinen Fingern in der Manteltasche so merkwürdige Bewegungen zu machen und fragte sie, ohne sie anzuschauen, mit nervös zitternder Stimme:

Es ginge ihn eigentlich gar nichts an, und sie habe wohl das Recht, seine Frage unbeantwortet zu lassen... Und doch möchte er gerne wissen, warum sie sich nicht auf ein Examen vorbereite, um einen intelligenten Beruf zu ergreifen. Er habe gehört, sie sei erst zweiundzwanzig Jahre alt.

Mirele blieb unvermittelt stehen und betrachtete aufmerksam die Spitze ihres Überschuhs, mit dem sie im Schnee wühlte.

Ja, viele Menschen hätten schon diese Frage an sie gerichtet.

So still war es in der grauen nebligen Luft; es flog hier nicht einmal ein Rabe vorbei, und kein Mensch ließ sich weit und breit sehen. Mirele seufzte tief auf, richtete den Blick langsam zur Seite und begann nachdenklich zu erzählen, wie ihr Dienstmädchen sich einmal an einem winterlichen Freitagabend bei ihr beklagt habe:

Wie solle sie es den ganzen langen Abend allein aushalten, wo sie keine Sonnenblumenkerne zu knabbern habe? Sie werde noch verrückt werden.

Und einige Tage drauf hätte sie bei einem Spaziergange in der Kreisstadt gehört, wie eine *Kursistin*, eine Studentin, sich bei einem Studenten beklagte:

Gott, sie habe zu Hause nichts zu lesen und werde wohl vor Langeweile verrückt werden.

Sie blickte Saffian wieder an. Dann setzte sie den Weg wieder fort und fragte nach einer Weile:

»Verstehen Sie es, Saffian? Dieselbe innere Leere möchte die eine mit Sonnenblumenkernen und die andere mit Büchern vertreiben!«

Ob er das begreifen könne?

Die farblosen glotzenden Augen des Provisors Saffian wurden noch größer, und die eine Hälfte seiner Nase begann vor Begeisterung zu zittern:

Die Sache sei nämlich die, daß Mirele zwei Dinge, die miteinander nichts zu tun hätten, unter einen Hut bringen wolle.

Mirele unterbrach ihn aber und zeigte auf die Fußspuren im Schnee:

Ob er diese männlichen Fußspuren erkenne? Das seien Lipkes' Spuren, sie sei erst vor kurzem hier mit ihm gegangen.

Wollte sie damit nur dem Gespräch eine andere Wendung geben? Oder wollte sie, daß Saffian es Lipkes erzählte und in ihm eine quälende Sehnsucht nach diesen Fußspuren im Schnee weckte?

Und sie ging mit Saffian noch weit durch die verschneiten Felder und fragte ihn immer wieder, ob es ihm angenehm sei, mit ihr zu gehen, und ob der Apotheker, der Schwiegersohn des Geistlichen, ihm deshalb nicht böse sein werde.

Als sie mit ihm ins Städtchen zurückkehrte, dunkelte es schon. Der Nebel ließ sich tief über den Schnee herab und wurde dichter und dichter. Sie blieb vor ihrem Haus stehen und bedankte sich noch einmal:

Es schmeichele ihr, daß ihre Gesellschaft ihm angenehm sei. Sie habe ihm soviel von seiner kostbaren Zeit weggeraubt!

In einer Ladentüre gegenüber erschien in diesem Augenblick eine Verwandte der Mutter ihres gewesenen Bräutigams. Sie schien sehr belustigt und zeigte auf Saffian:

Nun habe sie, Gott sei Dank, einen neuen Hecht eingefangen!

Mirele wandte sich ihr zum Trotz noch einmal nach dem Provisor Saffian um und rief ihm laut nach:

Wenn er Lust habe, werde sie ihn also morgen wieder aus der Apotheke herausrufen lassen.

Und sie wandte sich noch einmal um und rief noch lauter:

Um dieselbe Zeit wie heute werde sie ihn abholen.

Den ganzen Abend saß sie allein in ihrem Zimmer und fühlte eine furchtbare Leere beim Gedanken an den Spaziergang mit dem Provisor Saffian, an die Verwandte ihres gewesenen Bräutigams und an ihre Mutter Gitele, die mit unzufriedener Miene im Eßzimmer auf dem Kanapee saß, schweigend dem Geschwätz der jungen Rabbinerin zuhörte, lächelnd ihre Fingernägel betrachtete und dabei unaufhörlich an Mirele dachte, die in den letzten vierzehn Tagen eine so trotzige Politik verfolgte und selbst schuld daran war, daß sich hier im Hause noch immer nicht der Gast blicken ließ, den man erwartete und dem zu Ehren die Gardinen aufgehängt, die Plüschläufer ausgelegt waren und der Salon täglich geheizt wurde.

Schließlich hielt sie es in ihrem Zimmer nicht mehr aus. Sie zog wieder den Wintermantel an, band sich ein Kopftuch und einen warmen Schal um, blieb im Vorbeigehen eine Weile im Eßzimmer stehen und sagte zur Mutter:

»Man kann doch jetzt wirklich damit aufhören, den Salon zu heizen. Und es ist überhaupt Zeit, mit den *Feiertagen* aufzuhören!«

Die schweigsame Gitele blieb unbeweglich sitzen und wandte sich nicht einmal nach ihr um. Ein trotziges Lächeln lag auf ihren zusammengepreßten Lippen. Schließlich sagte sie kaltblütig und leise, den Blick auf das Fenster hinter dem Rücken der Rabbinerin gerichtet:

»Wem schadet es, daß im Hause *Feiertag* ist?«

Mirele verließ aufgebracht das Haus und war für den ganzen Abend irgendwo verschwunden. Beim Weggehen traf sie vor dem Haus den Kassier und Vetter ihres Vaters und fragte ihn:

Ob er ihr erklären könne, was für ein seltsames Geschöpf ihre Mutter sei?

Und sie sagte noch:

Es sei doch wirklich merkwürdig, daß ihre Mutter, als wollte sie jemand damit ärgern, fortwährend schweige und lächele. Man könnte wirklich meinen, sie schweige, weil sie sich für klüger als alle andern halte.

Das wiederholte sich dann einige Abende nacheinander. Ohne jemand ein Wort zu sagen, ging sie aus dem Haus und kehrte erst spät nach Mitternacht wieder heim, wenn in der ganzen Stadt kein Licht mehr brannte und ihr Haus in festem, schwerem Schlaf lag. Man konnte unmöglich dahinterkommen, wohin sie Abend für Abend verschwand.

Die Hebamme Schatz hielt sich ja schon seit fünf Tagen im Nachbardorf bei einer Gutsbesitzerin auf, die niederkommen sollte, und an der Tür zu ihrer Wohnung hing ein großes Schloß.

Als die Hebamme einmal mit dem Wagen der Gutsbesitzerin ins Städtchen kam, um in der Apotheke etwas einzukaufen, sprach sie bei den Hurwitschs vor und erkundigte sich nach Mirele. Gitele errötete und antwortete leise:

»Sie ist fortgegangen... Wahrscheinlich zu der Frau des Photographen Rosenbaum.«

Die Hebamme begab sich nun zu der Photographenfrau und traf dort nur die beiden Schwestern des gewesenen Bräutigams, die im kleinen niedrigen Zimmer mit dem grellroten Fußboden und den vielen Blumentöpfen saßen, wo es nach christlichen Speisen roch, und dort dem Gitarrespiel der Photographenfrau zuhörten.

»War Mirele nicht hier?« fragte sie, ins Zimmer tretend.

Die beiden Schwestern des gewesenen Bräutigams lächelten und wechselten Blicke, und die Photographenfrau Rosenbaum blickte von ihrer Gitarre auf und sagte erstaunt:

Weiß sie es denn nicht, daß Mirele Hurwitsch niemals zu ihr ins Haus komme?

Was die Photographenfrau Rosenbaum für ein unjüdisches Aussehen hatte! Nicht umsonst erzählte man sich im Städtchen, daß sie vor ihrer Heirat in irgendeiner großen Stadt ein Verhältnis mit einem Offizier gehabt habe.

An einem Abend, als Mirele irgendwo außerhalb des Hauses war, hielt im Finstern vor Reb Gdalje Hurwitschs Haus ein fremder Wagen; ein unbekannter Mann von mittlerem Wuchs stieg aus dem Wagen, trat ins erleuchtete Vorzimmer und begann mit seinen kleinen Augen zu lächeln.

Er sei in fremdem Auftrag hergekommen. Jaakew-Jossel Seidenowski hätte ihn geschickt.

Er wurde von Gitele und dem Kassier und Vetter empfangen. Nachdem er einen Filzmantel und einen Schafspelz abgelegt und langsam und sorgfältig an den Kleiderständer gehängt hatte, saß er im Eßzimmer am Tisch und erzählte gemächlich und ohne Übereilung:

Er sei also kein Schadchen. Soweit sei es, Gott sei Dank, noch nicht gekommen! Er besitze ein Sacklager in einem Städtchen in der Nähe der Großstadt. Mit Jaakew-Jossels Familie sei er seit vielen Jahren befreundet.

Der Mann hatte einen schönen grauen Bart und eine lange gebogene Nase, von braunen und blauen Adern durchzogen. Er sah in seinem langen schwarzen Rock sehr ehrwürdig aus und hörte nicht auf, mit seinen kleinen grauen Augen zu lächeln.

Er sei also in fremdem Auftrage hergekommen. Jaakew-Jossel Seidenowski hätte ihn geschickt.

An diesem Abend brannte die Hängelampe in Reb Gdalje Hurwitschs Eßzimmer bis spät in die Nacht hinein.

Gitele zog sich schließlich ins Schlafzimmer zurück. Man bereitete für den Gast ein Nachtlager in Reb Gdaljes Kabinett und ging ebenfalls schlafen. Der Gast holte aber aus seinem Gepäck die Lippertsche Kulturgeschichte in hebräischer Übersetzung hervor, setzte sich mit dem Buch an den Eßzimmertisch und rechtfertigte sich vor dem Kassier:

Er hätte früher einmal eine hebräische Buchhandlung gehabt. Seit jener Zeit habe er die Gewohnheit beibehalten, bis spät in die Nacht hinein zu lesen.

Der Kassier verabschiedete sich und ging nach Hause schlafen. Die Dienstmagd verschloß hinter ihm die Tür, und bald darauf erklang ihr lautes Schnarchen aus der Küche. Der Gast saß am Tisch über seinem Buch und zog die Hängelampe immer tiefer herunter. Plötzlich hörte er Mirele an einen der Fensterläden klopfen. Er stand auf, ging hinaus, um ihr aufzumachen, beugte den Kopf mit den lächelnden, gutmütigen grauen Äuglein vor und stammelte freundlich und aufgeregt:

»Angenehm... Sehr angenehm...«

Mirele erzitterte an allen Gliedern, als sie das unbekannte Gesicht sah. Sie taumelte einen Schritt zurück und griff sich ans klopfende Herz.

Ach! Sie sei so erschrocken!

Als sie ins Haus trat, hielt sie sich immer noch in einiger Entfernung von ihm, als fürchte sie, daß er sie berühren werde.

Sie war von Kopf bis Fuß in Schwarz gekleidet und sah noch schlanker und biegsamer als sonst aus. Ein feiner, kaum wahrnehmbarer Duft umschwebte sie, und das regte den Fremden so auf, daß er gar nicht mehr aufhören konnte, ihr zuzulächeln und dabei zu stammeln:

»So? Erschrocken? Warum? Angenehm. Sehr angenehm...«

Er machte einen durchaus anständigen Eindruck, schien wie ein Knabe und hatte ihr, ungeduldig und scheu in seiner Verwirrung, nicht einmal die Hand gereicht. Und doch konnte sie sich lange nicht beruhigen. Als er sich schließlich zur Ruhe begeben hatte, ging sie in die Küche, weckte das Mädchen und fragte:

»Wer ist der Mann?«

Ob sie genau wisse, daß er kein Dieb sei?

Der Gast hörte aber diese Worte im Kabinett und lächelte vor lauter Gutmütigkeit oder nur vor Aufregung still in sich hinein:

»Ein Dieb? Warum ein Dieb? Ein nettes Kind. Ein sehr nettes Kind...«

Der fremde Mann blieb einige Tage in Hurwitschs Haus. Wenn Mirele morgens erwachte, hörte sie, wie man im Eßzimmer neben dem Salon langsam und behaglich Tee schlürfte und wie der Gast ihrer Mutter, der höflich schweigenden Gitele, und dem Kassier erzählte:

Die Leute wollen also Mirele unbedingt haben. Ob das überhaupt in Frage käme? Und der junge Mann selbst, Schmilik heiße er, auch er wolle sie... Auch sein Vater Jaakew-Jossel und seine Mutter Mindel... Und noch eins: Die Leute verlangten gar keine Mitgift... das sollte er ausdrücklich betonen.

Mirele hörte, auf dem Bett liegend, alles, und es wurde ihr davon ganz übel. Aus dem Eßzimmer klangen aber zu ihr die Worte herüber:

Das müsse er auch sagen! Die Seidenowskis seien besonders anständige und nette Menschen. Gutmütige Menschen, sanfte, ruhige Menschen. Auch der junge Mann sei so nett und wohlgeraten...

Der Gast reiste schließlich ab, und nun kamen von ihm fast täglich Briefe und dringende Telegramme, die Gitele und der Kassier mit großem Interesse lasen. Gitele nahm jedesmal einen giftigen und eigensinnigen Ausdruck an, und der Kassier legte wichtigtuerisch seine Stirn in Falten, zog die Nase kraus und nahm sich immer vor, mit Mirele ein ernstes Wort zu sprechen, bis sie ihn eines Tages selbst draußen vor dem Haus ansprach:

Er möchte so freundlich sein und es ihrer Mutter sagen. Er solle ja nicht glauben, daß aus der Sache was werden würde!

Als sie das sagte, schien sie furchtbar aufgeregt. Nach einigen Tagen kam aber jemand aus der Kreisstadt, wohin sie sich ohne ersichtlichen Grund begeben hatte, und verbreitete über sie neue Gerüchte:

Ja, man hätte sie dort mit Schmilik Seidenowski herumgehen sehen.

Niemand wußte zu sagen, ob Mirele, schon als sie in die Kreisstadt fuhr, gewußt habe, daß sie ihn dort treffen werde, oder ob die Begegnung zufällig gewesen sei, auch für Gitele und den Kassier unerwartet und überraschend.

Nach einigen Tagen kam sie blaß und traurig aus der Kreisstadt zurück. Es war gegen zwei Uhr nachmittags, und auf dem runden Eßzimmertisch lag noch die weiße Tischdecke. Gitele saß auf ihrem gewohnten Platz dem Kassier gegenüber und stocherte mit einem Zündholz in den Zähnen. Mirele ging, ohne ein Wort zu sagen, durchs Eßzimmer und schloß sich für mindestens eine halbe Stunde in ihrem Zimmer ein. Gitele redete dem Kassier ununterbrochen zu:

Warum sollte er nicht zu ihr hineingehen und sie fragen? Sie könne unmöglich verstehen, warum er es nicht täte...

Der kluge Kassier beeilte sich aber gar nicht; er runzelte nur die Stirn und zog die Nase kraus. Mirele kleidete sich indessen in ihrem Zimmer um, zog den schwarzen Wintermantel an, hüllte sich in den Schal und ging wieder aus dem Zimmer. Der Kassier stand gleich von seinem Platz auf, folgte ihr in den Korridor und sprach sie an:

Ja, er möchte sie gerne fragen...

Sie antwortete unfreundlich und streng:

Sie hätte ihm doch schon einmal gesagt, daß aus der Sache nichts werden würde.

Er stand noch eine Weile unentschlossen im Korridor herum und wußte nicht, ob er ins Eßzimmer zurückkehren sollte. Sie stieg ruhig und gleichgültig die Verandatreppe hinunter und ging langsam durch das Städtchen.

Es war ein trüber, leicht frostiger Tag, wie er manchmal einem sonnigen Wintertag zu folgen pflegte. Der schmutzige schmelzende Schnee war glitschig, und Schweine und Kühe beschnüffelten die Strohhalme, die hie und da zum Vorschein gekommen waren. Vor dem kleinen Mehlladen standen die in Pelze und warme Tücher gehüllten Händlerinnen und begleiteten sie mit neugierigen Blicken:

Man erzählt, daß Mirele schon wieder verlobt sei?

Sie ging nach links in die Nebengasse, wo Lipkes wohnte, trat ins Haus und fragte:

Ob Lipkes zu Hause sei?

Seine Mutter, die Witwe, begleitete sie mit großem Respekt hinaus und wiederholte einigemal:

Er gebe jetzt irgendwo Stunde. Bei einem seiner Schüler sei er jetzt...

Von Lipkes' Wohnung ging sie den ausgetretenen Fußpfad vor die Stadt zur Wohnung der Hebamme Schatz. Sie sah aber an ihrer Tür das Schloß hängen und erfuhr von der Bäuerin:

Man hätte die Hebamme noch gestern nacht zu einer Gebärenden nach Kaschperiwka geholt.

Sie kehrte traurig in die Stadt zurück, blieb einen Augenblick vor der Apotheke stehen, überlegte etwas und ging wieder weiter. Als sie am Burnesschen Haus mit den blauen Fensterläden vorbeikam, sah sie sich um.

Vor dem Haus stand kein Schlitten, und kein Mensch war zu sehen. Ein langer Bauer, der wohl einen Vorschuß auf die nächste Ernte hatte haben wollen, kam mit leeren Händen aus dem Haus. Er blieb stehen, seufzte tief auf, zog sich seine Wintermütze bis über die Ohren hinunter und sagte sich wohl, daß es jetzt gleich sei, wohin er gehe, und daß er gehen könne, wohin seine Augen ihn führen würden. Sie ging noch eine Zeitlang auf und ab, bis es zu dunkeln anfing und eine finstere Nacht sich über das Städtchen gesenkt hatte. In der Nähe ihres Hauses begegnete sie dem achtzehnjährigen Vetter ihres gewesenen Bräutigams, der zu seinem Onkel zum Abendtee ging. Sie sprach ihn an und beklagte sich leise und eintönig:

Ob auch er die furchtbare Leere spüre, die in letzter Zeit in der Stadt herrsche? Es gebe wirklich keinen Menschen, mit dem man ein Wort reden könne.

5

Fast jeden Nachmittag stand sie vor ihrem Haus und blickte versonnen in die Gegend.

Der Frost nahm vor Weihnachten von Tag zu Tag zu, und die ganze schmutzige, gefrorene, vom Schnee entblößte Gegend blickte den ganzen grauen Tag zum trüben Horizont, in die Richtung, aus der der starke, durchdringende Wind wehte. Das Städtchen erwartete von dieser Seite einen neuen Schneefall und hörte die nackten Bäume traurig rauschen:

Er muß doch endlich einmal kommen, der neue Schnee! Er muß...

Hier und da zeigten sich warm angezogene Kinder, die nach der Mittagspause in den *Chejder* zurückkehrten. Sie gingen mit langsamen, trägen Schritten, wandten jeden Augenblick den Rücken dem Wind zu und dachten wohl:

Sie werde kommen, die blinde Nacht. Sie müsse bald kommen...

Auf der Landstraße, die aus der leeren Ferne kam,

zeigten sich immer öfter Schlitten mit Weihnachtsgästen. Da fährt so ein leicht gekleideter, halb erfrorener Telegraphenbeamter, der am frühen Morgen mit der Eisenbahn in diese Gegend gekommen ist. Der Schlitten eilt dem durchdringenden Wind entgegen, der ihm stumm verspricht:

Ja, bald, bald! Ein geheiztes, hellerleuchtetes Zimmer, ein Heim... Ein freundliches Lächeln der Bauern, deiner Eltern, eine lange finstere Nacht, Weihnachten...

Ein Jude, der in der Nachbarschaft wohnte, ein heruntergekommener Müßiggänger, dabei ein ganz hochmütiger Mann, ging langsam und geduckt auf sie zu. Die Hände in die Ärmel gesteckt, blieb er vor ihr stehen, blickte seufzend in die Ferne und begann langsam von seiner jüngsten Tochter, mit der Mirele einst befreundet war und die seit drei Jahren in Paris studierte, zu erzählen.

Sie schreibe ihm also aus Paris, daß sie nicht so bald heimkehren werde... Auf keinen Fall wolle sie heimkommen, bevor sie mit dem Studium fertig sei.

Der Mann blickte auf die Straße, die in das ferne große Dorf mit der Zuckerfabrik führte, wo der immer lustige und immer beschäftigte Nochum Tarabai wie ein reicher Gutsbesitzer lebte, und erzählte noch gedehnter, daß Tarabais Kinder zu den Weihnachtsferien heimgekommen seien:

Der zweitjüngste Sohn, der am Polytechnikum studiere, sei schon angekommen, auch der jüngste Sohn, der Realschüler. Dann sei noch ein Polytechniker gekommen, ein Freund seines Sohnes, sagen die Leute...

Der heruntergekommene Mann sprach von den beiden Studenten, die ins Dorf gekommen waren, mit solcher Trauer und Sehnsucht, als ob sie die Bräutigame seiner zarten Tochter wären, die seit drei Jahren in Paris studierte. Als er es genug hatte, auf einem Fleck zu stehen, ging er weiter, um irgendwo jemand anderem dasselbe zu erzählen. Mirele stand aber noch lange vor dem Haus und dachte an sich und die dahinziehenden Tage.

So alltäglich sei ihr Leben. So alltäglich sei es bis zu dieser Weihnachtszeit gewesen und werde auch später ebenso alltäglich sein.

Sie sah im Geist das fremde Dorf mit der Zuckerfabrik. Eine tiefe Sehnsucht nagte an ihrem Herzen, und es zog sie zu den beiden jungen Studenten hin, die um diese Stunde wohl nach einem langen Nachmittagsschlaf spazierengingen. Sie dachte auch an die Großstadt, aus der sie erst gestern angekommen waren. Und sie sagte sich:

Sie seien wohl dort vor den christlichen Feiertagen mit irgendeiner Arbeit fertig geworden. Und wenn sie wieder zurückkehren werden, würden sie sich an eine neue Arbeit machen... Und sie, Mirele, was hat sie vor diesen Feiertagen gemacht?

In der Kreisstadt ist sie gewesen und hat sich dort einige Tage mit dem schlanken, reichen jungen Mann herumgetrieben, den man Schmilik Seidenowski nennt. Das ganze Städtchen weiß schon davon. Aus der Sache wird aber doch nichts werden.

Als sie lange genug draußen gestanden hatte, ging sie wieder ins Zimmer, legte sich aufs Bett und dachte gleichgültig und kalt an den jungen Seidenowski:

So schön gewachsen ist dieser junge Mann mit der hohen Bibermütze und dem neuen Iltispelz. Er muß bald heiraten, und sein noch gar nicht alter Vater hat wohl eine halbe Million im Geschäft stecken. Er geht durch die belebten Straßen der Kreisstadt, und wenn er seinem ehemaligen hebräischen Lehrer begegnet, erzählt er ihm freundlich, mit geheucheltem Ernst, wie gut ihm die Werke irgendeines jüdischen Dichters gefielen und wie schön der *Chasen* in der großstädtischen Synagoge singe. Sie beide, er und der Lehrer, haben doch mit ihren schönen Stimmen oft die Melodien berühmter *Chasonim* nachgesungen.

Reiche Kaufleute, die seinen Vater von früher her kennen, blicken ihn vom gegenüberliegenden Gehweg an, wo sie eine fliegende Börse haben. Sie vergessen für einen Augenblick ihre Geschäfte, denken an die Mitgift, die sie für ihre erwachsenen Töchter zurückgelegt haben, und sprechen von ihm, Schmilik, und von seinem Vater, den sie von früher her kennen.

Man sagt, er sei ein feiner junger Mann, dieser Schmilik Seidenowski.

Schmilik Seidenowski hat aber Mirele Hurwitsch kennengelernt und will von anderen Partien nichts mehr hören.

Warum gefällt sie diesem reichen jungen Mann so sehr?

Jetzt ist er weit von ihr. Er nähert sich wohl schon dem stillen Vorort der fernen Großstadt. Er sitzt allein in seinem Schlitten, den man ihm zum Bahnhof hinausgeschickt hat, sehnt sich nach Mirele und hört schon seine Eltern fragen:

Wie gefällt dir Mirele Hurwitsch?

Ist sie hübsch, diese Mirele Hurwitsch?

Sie denkt lange an ihn und an die vielen anderen jungen Leute, die sie kennt. Sie denkt an das ferne Dorf und an Nochum Tarabai, bei dem sie einmal als Kind mit ihrem Vater während eines Platzregens eingekehrt war. Sie denkt an seinen Sohn und auch an den andern Studenten, der bei ihm zu Gast ist. Plötzlich erblaßt sie und fühlt starkes Herzklopfen: Nossen Heller kommt ihr in den Sinn, der hübsche junge Mann mit dem frischen länglichen Gesicht und dem ersten Flaum am Kinn, der die Realschule absolviert hatte und in den Aufnahmeprüfungen für die technische Hochschule zweimal durchgefallen war. Im vorigen Jahr hatte er ihr zuliebe den ganzen Frühling hier in diesem Städtchen verbracht und in allen Mädchen, auch in solchen, mit denen er kein Wort gesprochen, Liebesgefühle geweckt.

An stillen Frühlingsabenden saß sie mit ihm auf dem Hügel vor der Stadt, schmiegte ihren Kopf an seine Schulter und lauschte traurig seinen Worten, die sie von ihm auch schon gestern und vorgestern gehört hatte:

Sie solle also ihrem Bräutigam Welwel Burnes den Laufpaß geben; er würde das Polytechnikum absolvieren, in die Ferne ziehen, Ingenieur in einer Fabrik werden und mit Mirele in einem hübschen, von Bäumen dicht umwachsenen Häuschen wohnen.

In der Dämmerung jenes Tages sah aber Mirele so deutlich das Bild vor sich: sie ist schon seit zwei Jahren mit Nossen Heller verheiratet und liegt nach dem Abendtee in jenem von Bäumen dicht umwachsenen Häuschen auf dem Sofa; sie ist allein im Zimmer und denkt gleichgültig und freudlos:

Er, Nossen, sei ja schon so oft abends aus der Fabrik nach Hause schlafen gekommen. Also werde er wohl auch heute kommen...

Am selben Nachmittag suchte sie ihn im ganzen Städtchen. Als sie ihn schließlich fand, sagte sie ihm:

Aus der Sache werde nichts, und er, Heller, könne das Städtchen heute noch verlassen.

Den ganzen folgenden Sommer verbrachte er auf der Zuckerfabrik bei seinem Onkel, ging mit Nochum Tarabais Söhnen spazieren und prahlte, um sich an Mirele zu rächen:

War er denn nicht der erste, den Mirele geküßt habe?

Tarabais Frau und Tochter schnappten diese Worte auf und verbreiteten sie weiter. Bald wußte es schon die ganze Gegend.

An einem Sabbatnachmittag begegnete sie in der Nähe der Wohnung der Hebamme drei spazierenden Schneidergesellen. Sie ging ihnen aus dem Weg und hörte, wie sie über sie und Nossen Heller Zoten rissen.

»Weiß er denn nicht«, sagte einer von ihnen über ihren gewesenen Bräutigam, »daß es besser ist, mit einem Prozent an einem guten Geschäft beteiligt zu sein als mit hundert Prozent an einem schlechten?«

Am nächsten Tag – es war ein kühler und trüber Tag – fuhr sie, gleichsam jemand zum Trotz, mit ihrem Bräutigam in die Kreisstadt, wo sie eigentlich nichts zu tun hatte. Unterwegs ließ sie den Kutscher zur Zuckerfabrik fahren, wo Nossen Heller sich immer noch bei seinem Onkel aufhielt, und vor Nochum Tarabais Haus halten und schickte den Kutscher ins Haus, um für Welwel einen Filzmantel zu leihen.

Sie wären so leicht gekleidet von zu Hause weggefahren, sollte der Kutscher ausrichten, und sie hätten Angst, daß Welwel sich, Gott behüte, erkälten könne.

Sie träumte die ganze folgende Nacht von Tarabais Haus und von dem fremden Studenten, der dort zu Besuch war und von dem der Mann gestern erzählt hatte.

Sie geht mit dem fremden Studenten den nackten Hügel vor der Stadt hinauf und hört ihm lächelnd zu:

Sie, Mirele, sei schon einmal verlobt gewesen, er hätte ihren Bräutigam gesehen: was für ein dummer Kerl!

Als sie am Morgen erwachte, wußte sie nicht mehr, wie dieser fremde Student im Traum ausgesehen hatte. Mit schwerer, nagender Sehnsucht im Herzen, die Hände an die Brust gedrückt, schlief sie wieder ein und erwachte bald wieder mit der Erinnerung an einen neuen verworrenen Traum, in dem der unbekannte Student dem Nossen Heller ähnlich gesehen hatte, und sie wußte nicht mehr, nach wem von den beiden sich ihr Herz so schmerzlich sehnte.

Es war ein schöner Wintertag mit frischgefallenem Schnee. Die Sonne hatte dem christlichen Feiertag zu Ehren den Frost besiegt, und von allen schneebedeckten Dächern fielen unaufhörlich Tropfen nieder, Sehnsucht nach dem Frühling weckend. Die Dorfmädchen standen in weißen Pelzen mit roten Gürteln auf dem Marktplatz, knackten lustig Sonnenblumenkerne und lachten über die Bauernburschen, die vor ihnen ein Kampfspiel aufführten. Vor der großen Kolonialwarenhandlung am Ende des Marktes hielt der schmucke Schlitten Nochum Tarabais und wartete auf die jungen Leute, die sich im Laden befanden und mit großem Appetit den ganzen Vorrat an Schokolade verzehrten.

Eine Frau kam mit einem Säckchen Mehl in der Hand aus dem Laden und erzählte in der Nähe von Hurwitschs Haus:

Tarabais Söhne seien so hübsche Burschen. Auch die Tochter sei ganz nett...

Das Dienstmädchen, das eben mit einer großen Flasche Petroleum aus dem Laden kam, blieb neben Mirele auf den Verandastufen stehen und berichtete ihr, was sie gehört und gesehen hatte:

Der fremde Student hätte also zu dem Krämer gesagt:

»Ihr habt ja in Eurem Städtchen ein Fräulein Mirele

Hurwitsch, das, wie ich höre, gerne Milchschokolade ißt, also müßt Ihr für sie Milchschokolade auf Lager haben.«

Das Dienstmädchen ging ins Haus und vergaß sofort alles, was sie im Laden gehört und gesehen hatte. Mirele stand aber noch lange auf den Verandastufen und konnte ihren Blick nicht vom Schlitten, der vor dem Laden wartete, abwenden. Schließlich kamen Tarabais Kinder aus dem Laden. Sie blieben eine Weile vor der Ladentür stehen, warfen einen Blick auf das Städtchen und sahen vergnügt dem kleinen Realschüler zu, der mitten auf dem Markt eine kleine Ziege erwischt hatte. Der Realschüler zupfte die Ziege am Schwanz und fragte sie in einem fort: »Wie liest man M und E?«; worauf die Ziege jämmerlich schrie:

»Mä–äh!«

Endlich stiegen sie wieder in den Schlitten. Als sie an Reb Gdalje Hurwitschs Haus vorbeifuhren, richteten alle außer dem Mädchen ihre Blicke auf Mirele. Tarabais Sohn flüsterte seinem Freund, dem Polytechniker, der ein frisches, freches und kluges Gesicht hatte, etwas ins Ohr. Dieser wandte den Kopf nach Mirele um und sah ihr lächelnd und scharf ins Gesicht, so frech und gierig, wie man einer einsam herumlaufenden Großstadtdirne ins Gesicht schaut.

Das sollte sie also sein?

Offenbar hatte man ihm schon die Geschichte von ihr und Nossen Heller erzählt.

Und noch eines dachte sie sich:

Dieser Student mit dem frechen lachenden Gesicht mache sich wohl über sie unkeusche Gedanken.

Sein frecher Blick weckte in ihr eine leise wollüstige Regung und zugleich eine tiefe Traurigkeit. Die wollüstige Regung verflüchtigte sich, sobald der Schlitten in der Ferne verschwunden war, die Traurigkeit blieb aber zurück, wurde stärker und ging in ein Gefühl von innerer Leere und reuiger Scham über. Sie kam sich auf einmal so tief gesunken vor und wollte sich von diesem Gefühl befreien, mußte aber immer wieder an die ferne Großstadt und an Schmilik Seidenowski denken. Lange stand sie noch vor dem Haus und dachte:

Schmilik Seidenowski sehe wenigstens wie ein Europäer aus, an seiner Seite könne sie sich wohl sehen lassen. Jedenfalls hätten ihn dort in der Kreisstadt alle Leute bewundernd angegafft...

6

Im Städtchen verbreiteten sich neue Gerüchte über Welwel Burnes.

Er werde sich recht bald wieder verloben, und zwar mit einem hübschen brünetten Mädchen, das das Mädchengymnasium in der Kreisstadt absolviert und erst vor kurzem zu jemand gesagt habe:

Er sei gar kein so übler junger Mann, dieser Welwel Burnes; sie stelle ihn jedenfalls über alle ihre studierten Bekannten, und es spreche durchaus nicht zu seinen Ungunsten, daß seine erste Braut ihm abgesagt hätte.

Mirele ging fast nie aus dem Haus, und niemand wußte, was sie dachte. Einmal sagte sie zur Hebamme:

Das Mädchen, das das Gymnasium absolviert habe, sei vielleicht gar nicht so dumm...

Obwohl die Hebamme mißbilligend den Kopf schüttelte und sie unterbrechen wollte, fügte sie hinzu:

Jedenfalls, jedenfalls sehe sie darin eine Beleidigung und einen Verdruß und wolle es nicht dulden, daß Welwel Burnes sich mit einer anderen verlobe.

Es war ein öder, trüber Donnerstag, und auf den Häusern der Armen lastete die schwere Sorge:

Was, schon wieder Sabbat? Schon wieder einkaufen?

Müßiggänger standen auf dem Markt vor den Kaufläden und sprachen von der lustigen Abendunterhaltung, die in den nächsten Tagen bei Tarabai stattfinden sollte.

Warum auch nicht? Kann Tarabai sich das etwa nicht leisten?

Mirele fuhr, warm gekleidet und in ihre trüben Gedanken versunken, in Reb Gdaljes schadhaftem Schlitten mit den mageren Pferden durch die Vorstadt, die an die Bauernhäuser grenzte. Sie fuhr zu der Abendunterhaltung bei Tarabai und ließ den Bauernjungen, der einen Kutscher vertrat, einen Abstecher zu der Wohnung der Hebamme Schatz am Dorfrand machen.

Sie sah das Schloß an der Tür und stand eine Weile enttäuscht da. Sie hinterließ bei der Hausfrau Tarabais Einladung für die Hebamme und schrieb ein paar Zeilen hinzu:

Die Hebamme müsse unbedingt hinkommen, nicht dem Tarabai, der sie den Gutsbesitzern in der Nachbarschaft empfehlen könne, sondern ihr, Mirele, zuliebe.

Sie stand noch eine Weile da und dachte:

Diese dumme Fahrt und die dumme Abendunterhaltung! Es wäre wohl vernünftiger, nach Hause umzukehren.

Während der ganzen vierundzwanzig Werst weiten Fahrt war sie traurig und fühlte sich gedemütigt und überflüssig. Sie blickte zum niederen, bewölkten, kalten Himmel hinauf, der so finster auf die leeren Felder herabsah. Noch bedrückter fühlte sie sich, als sie sich umwandte und die beiden vornehmen Schlitten der Familie Burnes bemerkte, die weit hinter ihrem Rücken ans gleiche Ziel eilten, die Stille der Felder mit ihrem Schellengebimmel erfüllend. Sie dachte sich:

Die Hebamme Schatz! Wenn sie doch wenigstens hinkäme, die Hebamme...

Die beiden Schlitten holten sie in einer halben Stunde ein und fuhren dann eine Zeitlang neben ihr her. So kränkend war das Schweigen der Menschen, die in den beiden ausgeputzten Schlitten rechts und links von ihr saßen. Wie ihm Traum blickte sie auf die Schlitten und auf ihre Insassen.

In einem der Schlitten saß ihr gewesener Bräutigam mit fremdem, abweisendem Gesicht, und seine in Pelze und Tücher gehüllten Schwestern riefen ihm über Mireles Schlitten hinweg zu:

»Welwel! Du hast es doch mitgenommen?«

Sie riefen so ruhig über sie hinweg, als ob sie ein lebloser Gegenstand wäre. Welwel nickte ihnen zu, die beiden Schlitten sausten weiter und ließen Mirele bald weit hinter sich zurück.

Als die Schlitten in der Ferne immer kleiner und kleiner wurden, erwachte sie aus ihrem Halbschlummer und sah: Der Bauernjunge steht aufrecht auf dem Schlitten, schlägt ununterbrochen auf die mageren Pferde ein, die mit letzten Kräften rennen, und will offenbar die beiden enteilenden Schlitten einholen. Sie sprang von ihrem Sitz auf, packte den Jungen an den Schultern und schrie ihm zu:

Ob er verrückt geworden sei? Und ob er schon lange die armen, mageren Pferde so antreibe?

Der Junge schämte sich. Er ließ die müden Pferde halten, sprang schnell vom Bock und machte sich wohl eine halbe Stunde lang an einem der abgerissenen Strangriemen zu schaffen.

Mirele aber saß bedrückt und gedemütigt im Schlitten und redete dem Jungen ins Gewissen:

Sie wäre sicher froh, wenn die beiden unglückseligen Pferde in der gleichen Nacht krepieren würden. Solange sie aber noch atmeten, müsse man Gott im Herzen haben und dürfe sie nicht so erbarmungslos schlagen.

Sie kam ins Dorf in der Abenddämmerung, als in den reichen christlichen Häusern schon Licht brannte. Die Häuser blickten dem fremden Schlitten immer strenger nach und schienen zu sagen:

Die Christen seien behäbig und reich, weil sie nicht nur ihre Felder, sondern auch die Zuckerfabrik in der Nähe hätten, von der sie den ganzen Winter über lebten.

Die Abenddämmerung lag schon auf der langen, gepflasterten Dorfstraße, die zusammen mit den Bauernhäusern den flachen Hügel hinaufzog und dort endete, wo der Himmel lebhaft rot war und wo der Riesenschornstein der Zuckerfabrik wie ein festliches Ausrufungszeichen in die Röte ragte. Furchtbar langsam, die Köpfe zu Boden gesenkt, schleppten sich die müden Pferde den bebauten Hügel hinauf. Die fremden Häuser blickten bekümmert und weckten jene bange Sorge im Herzen, die am Freitagabend den jüdischen Reisenden befällt, der sich in der geheiligten Dämmerung durch den Schmutz der Feldwege schleppt und nur an das eine denkt:

Dort, im hellerleuchteten *Bejs-Medresch* seines Städtchens, wiegen sich schon die sabbatlich gestimmten Juden im Gebet und singen mit dem *Chasen:*

Lobet den Herrn, denn er ist gütig, denn ewig währet seine Gnade...

Nochum Tarabais hellerleuchtetes Haus mit den neumodischen hohen Fenstern stand am Rande des Dorfes und schien die tiefsinnige Frage seines Besitzers zu wiederholen:

»Ich verstehe es wirklich nicht: wenn Gott einem hilft und wenn man Geld hat und gesund ist, warum soll man sich da nicht ein gutes Leben gönnen? Warum soll man ärger als die Gutsbesitzer leben?«

Schön sauber waren der halbrunde Vorhof, auf dem ihre Kutsche mit den müden Pferden stehenblieb, die offene Veranda und auch die hohe weißgestrichene Tür mit dem Nickelschild. An dieser Tür läutete sie.

Auf ihr Läuten sprang sofort der kleine, immer lustige Nochum Tarabai im schwarzen Rock und ohne Mütze heraus. Er machte eine elegante Verbeugung und sagte:

Fräulein Hurwitsch sei um ganze zwei Stunden zu spät gekommen.

Ein herausgeputztes Dienstmädchen half ihr im hellerleuchteten Vorzimmer aus dem Mantel, während Nochum Tarabai sich die Manschetten an den Ärmeln zupfte und ununterbrochen auf sie einredete:

In der Einladung heiße es ja ausdrücklich, daß alle Gäste schon um vier da sein sollten. Sie möchte sich doch selbst überzeugen, seine Taschenuhr sei durchaus zuverlässig und zeige sechs. Es sei wirklich nicht schön von ihr! Aber sie dürfe überzeugt sein, er sei mit ihrem Vater seit jeher gut befreundet und werde zu ihrer Trauung auch nicht eine Minute zu spät kommen.

Sie brachte vor dem großen Spiegel im Vorzimmer, das mit Mänteln und Pelzen vollgehängt war, ihre Frisur in

Ordnung, blickte unsicher ins eigene Gesicht und auf den entblößten Hals und zwang sich, dem Hausherrn, der hinter ihr stand, zuzulächeln:

Er möchte es ihr glauben, es sei nicht ihre Schuld.

Aber schon im ersten festlich erleuchteten Zimmer, in das Tarabai sie am Arm geleitete, spürte sie die starke Anziehungskraft, die von ihrer graziösen, in ein cremefarbenes wollenes Kleid gehüllten Figur ausstrahlte. Ihr Herz klopfte auf einmal zufrieden und wie berauscht.

Es sei eigentlich ganz vernünftig gewesen herzukommen. Durchaus vernünftig!

Sie saß in einer Ecke des Zimmers, in einem niedrigen Polstersessel, der bösen und klugen Frau Tarabai gegenüber, fühlte viele Blicke auf ihrem Rücken und beantwortete lächelnd die Fragen der Hausfrau:

Ja. Ihre Mutter sei eine Stubenhockerin. Sie ginge fast nie aus...

Ab und zu warf sie einen Blick in die Tiefe des Zimmers, wo die Leute sich drängten, die Köpfe zusammensteckten und einander zuflüsterten:

Wer? Mirele Hurwitsch? Aus welcher Stadt?...

Zwischen zwei miteinander tuschelnden Köpfen sah sie auf dem Kanapee, das vor der verschlossenen Balkontür stand, die beiden Schwestern ihres gewesenen Bräutigams sitzen. Sie hatten einen so beleidigenden Ausdruck um die Nase, als erwarteten sie, daß jemand auf sie zugehen und über ihren Vater sagen würde, er sei ja noch vor zehn Jahren ein Bettler gewesen, ihr Vater.

Einer der Gäste, ein dicker Pole mit rohem, unrasiertem Gesicht, war schon ganz betrunken, bemühte sich aber noch immer, dem klugen Tarabai, der ihm vor kurzem eine Stelle in der Zuckerfabrik verschafft hatte, zu schmeicheln. Mit schwankenden Schritten ging er von einem Gast zum anderen und erzählte, vor Bewunderung schier vergehend, Bekannten wie Unbekannten immer denselben Witz, den er neulich von Tarabai gehört habe:

Ein Spitzbube, dieser Herr Tarabai! Ja, ein richtiger Spitzbube!

Einer von den Gästen aus der Zuckerfabrik, die bereits am Kartentisch beschäftigt waren, sprang plötzlich mit den Karten in der Hand von seinem Platz auf und rief den jungen Leuten zu, die im Nebenzimmer versammelt waren:

»Der Champagner kommt später! Erst um zwölf Uhr!«

Frau Tarabai saß aber noch immer Mirele gegenüber, blickte sie mit ihren falschen schwarzen Äuglein, vor denen sogar selbst Tarabai Angst hatte, so gütig wie das Kind ihrer besten Freundin an und gab sich die größte Mühe, sie zu unterhalten:

So oft hätte sie es schon ihrer Mutter Gitele gesagt: Da sie doch nur einmal in fünfzig Jahren in die Kreisstadt fahre, könne sie wirklich zweiter Klasse fahren... Wie groß sei der Preisunterschied? Sechzig Kopeken? Und dann hätte sie ihr noch gesagt: Warum müsse sie in dem öden Städtchen wohnen? Hier im Dorf gebe es ja die Zuckerfabrik. Hier komme man mit Menschen zusammen. Man könne hier auch Geschäfte machen...

Am engbesetzten Kartentisch in der Tiefe des Zimmers saß mit dem Rücken zu Mirele ihr gewesener Bräutigam und wußte vor Verlegenheit nicht, was er mit seinen Händen anfangen sollte. So oft sie mit Absicht, wie herausfordernd, ihre Stimme erhob, nestelte er mit den Händen hinten am Kragen und sah allzu aufmerksam den langen jungen Kaufmann an, der jeden Augenblick von seinem Platz aufsprang und aufgeregt gestikulierte:

Hätte er es denn nicht im vorigen Jahr Reb Nochum

gesagt? Reb Nochum, wir sollten mehr und mehr Zuckerrüben anbauen!

Etwas weiter entfernt standen in tief ausgeschnittenen Westen einige junge Leute aus der Zuckerfabrik herum. Sie kannten wohl die Geschichte, die sie im vorigen Sommer mit Nossen Heller gehabt hatte; sie blickten mit trunkenen, lüsternen Augen auf ihr lächelndes Gesicht und ihren bloßen Hals und flüsterten einander zu:

»Ein hübsches Frauenzimmer, nicht?«

Jemand rief Frau Tarabai zur Seite, um ihr etwas unter vier Augen zu sagen, und Mirele blieb allein in dem niedrigen Polstersessel sitzen. Die jungen Leute aus der Zuckerfabrik starrten sie immer noch an. Sie erhob sich, ließ den zerstreuten Blick ihre schlanke Figur hinabgleiten und ging langsam ins Nebenzimmer. Hier stand Tarabais nicht mehr junge Tochter Tanja mit vorgebundener Schürze, die Arme verschränkt, den einen Fuß etwas vorgestellt und den Kopf zur Seite geneigt. Sie wollte wohl mit ihrer ganzen Haltung zeigen, daß sie hier niemand und nichts angehe:

Sie habe diese Abendunterhaltung nicht gewollt und denke auch gar nicht daran, sich an ihr zu beteiligen.

Jemand rief Mirele bei ihrem Vornamen, und ihr Herz begann heftig zu klopfen. Es war aber nur eine einfache, fromme junge Frau aus ihrem Städtchen, die ein Stirntuch trug, noch *Kest* bei ihrem Vater, dem Schächter, aß und durch den Mann mit Tarabai verwandt war:

Sie möchte Mirele um etwas bitten... Mirele sei doch, wie sie glaube, mit einem eigenen Schlitten hergekommen, und sie, die Frau, fühle sich plötzlich so schlecht. Dürfe sie vielleicht mit Mireles Schlitten nach Hause fahren?

Neben Tanja Tarabai stand ein schlanker junger Mann,

der sie zu überzeugen versuchte, daß auch die Großstädte ihre Vorzüge hätten, und höflich ihre Einwände anhörte:

Im letzten Spätsommer sei sie in Odessa gewesen und hätte dort die Prüfung für die siebente Gymnasialklasse abgelegt. So schlecht habe sie sich dort gefühlt! So froh sei sie gewesen, als sie endlich abreisen durfte...

Aus dem Nebenzimmer stürzten plötzlich die jungen Leute herein. Sie liefen Tarabais jüngstem Sohn, dem Realschüler, der vor ihnen flüchtete, nach und schrien:

Warum wolle er nicht etwas vortragen? Was werde es ihm schaden, wenn er etwas vortrüge?

Einer von den jungen Leuten, den sie gar nicht kannte, ging auf sie zu und beklagte sich über den Realschüler:

Vor einigen Wochen hätte er bei einer Veranstaltung in der Großstadt so hübsch vorgetragen.

Mirele sah in diesem Augenblick mit Unbehagen die Eltern ihres gewesenen Bräutigams, die wohl eben erst angekommen waren, ins Zimmer treten. Sie lehnte allein an der Wand, das melancholisch nachdenkliche Gesicht etwas aufwärts gerichtet, und blickte hinüber.

Vor einem Tischchen mit dem eben servierten Imbiß sitzt neben Frau Tarabai die dicke Frau Burnes. Sie keucht wie eine gehetzte fette Gans und klagt über Asthma:

Eine solche Qual sei dieses Leben! Eine so furchtbare Qual!

Rechts von ihr hüpft der lustige Tarabai vor dem beleibten Awrohom-Mejsche Burnes und bemüht sich, in dessen plebejischem, doch vornehm sein wollenden Gesicht ein Lächeln zu wecken:

»Was macht Ihr Euch für Sorgen, Reb Awrohom-Mejsche? Ihr habt ja schon die Mitgift für Eure Kinder beisammen! Verheiratet also die Kinder und bleibt mit Eurer Frau allein!«

Tarabai lief plötzlich davon, um irgendeinen Ehrengast hinauszubegleiten, und er, der schwarzhaarige Emporkömmling mit der Zigarette im Mund, ging auf Tarabais zweitjüngsten Sohn, den Polytechniker, zu und suchte ihn in ein kluges Gespräch zu verwickeln:

Er hätte seinen Vater eben gefragt...

Der kleine Polytechniker mit der niederen trotzigen Stirne und der hochmütig ragenden Nase war ein schweigsamer Spötter und verachtete seine eigenen Eltern wie auch alle ihre Gäste. Der dumme Burnes gab ihm aber keine Ruhe:

Was für ein Unterschied bestehe eigentlich zwischen dem Kaschperiwker Grafen und seinem Lakai, Wassil?

Mirele machte einige Schritte in Richtung des hellerleuchteten Eßzimmers und blieb, die Wange an den Türpfosten gelehnt, an der Schwelle stehen.

Der ungewöhnlich lange Tisch wurde eben von neuem gedeckt, und die lustig klappernden Teller weckten neuen Appetit. Die jungen Leute waren alle im Eßzimmer; die einen standen in kleinen Gruppen, die anderen gingen auf und ab. Auch die Hebamme Schatz war da. Sie stand mit vom Frost gerötetem Gesicht neben dem zugereisten Polytechniker, rauchte eine Zigarette und lächelte:

Sie kenne sie durch und durch, diese ausgelassenen Polytechniker, die nichts anderes verstünden, als jungen Mädchen nachzulaufen.

Langsam und lustlos ging Mirele auf die Hebamme zu, nahm sie um die Taille, schmiegte sich an sie wie ein kleines Kind und sagte mit zitternder Stimme:

Die Hebamme Schatz könne sich wohl gar nicht vorstellen, wie dankbar sie ihr sei und wie sie sich freue, sie hier zu sehen! Sie werde es ihr später einmal erzählen, warum sie ihr so dankbar sei.

Man trank Wein aus versiegelten Flaschen, die man vorher behutsam in die Hand nahm, um die Aufschriften auf den Etiketten zu lesen.

Man trank ununterbrochen während des Essens und auch nach dem Essen, als vom langen weißgedeckten Tisch die leeren Teller abgeräumt waren und Tarabais Neffe, Nute, ein auffallend großer und kräftiger Getreidehändler, rot und verschwitzt, jeden Augenblick eine neue Flasche auf den Tisch stellte und furchtbar laut zur Melodie eines Festtagsgebets ausrief:

»Diese Flasche spendet Onkel Nochum seinem älteren Sohn Boris zu Ehren, der an der Lodzer Bank angestellt ist und, so Gott will, bald Direktor wird! Diese Flasche spendet Tante Nechamka ihrer älteren Tochter Tanja zu Ehren, weil sie vor Ssukes die Prüfung für die siebente Gymnasialklasse bestanden hat!«

Der dichte, schwere Zigarettenrauch verdunkelte das Lampenlicht.

Die Luft war vom trunkenen Gemurmel der dreißig Münder erfüllt, das die einzelnen Ausrufe und das Klirren der Flaschen kaum durchdringen ließ. Der lange Getreidehändler brüllte aufdringlich laut, so daß die wohlerzogenen Gäste die Nasen rümpften:

»Diese Flasche spendet der Onkel seinem zweiten Sohn Isaak zu Ehren, der, so Gott will, in zwei Jahren Ingenieur wird!«

Mirele passierte hier am lärmenden Tisch etwas ganz Unerwartetes. Der zugereiste Polytechniker mit dem lächelnden, frechen Gesicht, das durchaus nicht nüchtern schien, blickte sie an und blinzelte dann den jungen Leuten in den tief ausgeschnittenen Westen zu:

Jetzt dürfe er es riskieren, nicht wahr?

Er setzte sich, wie ein Bauernbursche grinsend, auf den

leeren Stuhl an ihrer Seite, während sie mit ernstem und traurigem Gesicht die ihr gegenüber sitzenden Gäste musterte. Er streifte ihren bloßen Hals mit einem dummen und frechen Blick und hüstelte ebenso dumm und frech in die Hand, die er sich vor den Mund hielt:

»Ist doch ein recht netter Mensch, dieser Nossen Heller, nicht wahr? Und hübsch!«

Er erzählte, daß der faule Nossen Heller bei der Aufnahmeprüfung, zu der sie sich gemeinsam vorbereitet hätten, durchgefallen sei; daß Hellers Eltern vor kurzem gestorben seien und ihm nicht mehr als fünf- oder sechstausend Rubel hinterlassen hätten; daß der leichtsinnige und hübsche junge Mann sich jetzt müßig in der Großstadt herumtreibe und demnächst wohl eine von den beiden Partien machen werde, die man ihm vorschlage. Man erzähle sich, es werde ihm eine Mitgift von fünfzehntausend Rubeln angeboten.

Mirele blickte ihn kein einziges Mal an, tat so, als höre sie ihn nicht, und blickte mit ihren ernsten und traurigen Augen gleichgültig auf die Menschen ihr gegenüber.

Plötzlich fühlte sie, wie der halbbetrunkene Student, der mit seinem Stuhl immer näher an sie herangerückt war, unter dem Tisch seinen Fuß langsam auf ihren setzte und ihn leise drückte.

Sie fühlte sich, als wäre sie in einem undurchdringlichen Nebel, wurde über und über rot, sprang von ihrem Platz auf und schrie ihn an:

»Was unterstehen Sie sich!«

Ein Gefühl von Zorn und Beleidigung überwältigte sie. Durch ihr benebeltes Hirn zogen Bruchstücke von Gedanken, ihr Herz klopfte stark, und sie fühlte Genugtuung über das Ekelgefühl, mit dem sie ihm zuletzt zurief:

»Sie Tölpel!«

Viele Gäste sprangen von ihren Plätzen auf. Die Angehörigen ihres gewesenen Bräutigams sahen sie an und tuschelten miteinander, und die Hebamme Schatz stand mit ihrem ironischen Lächeln auf der andern Seite der Tafel und sprach eifrig auf jemand ein. Ihr war alles gleichgültig, und sie konnte an nichts mehr denken. Den Rücken hart an die Wand gedrückt, stand sie ganz allein im leeren Saal und gab sich allmählich ihrer tiefen Traurigkeit hin:

Es habe sich wirklich nicht gelohnt! Dieser ganze dumme Abend habe sich nicht gelohnt...

Den Rücken an die Wand gedrückt, mit den ernsten, verträumten Augen den großen gelben Fleck auf dem Fußboden betrachtend, spann sie ihre Gedanken fort:

Es sei nicht nur der Abend. Schon lange fühlte sie, wie alltäglich und monoton ihr Leben, das Leben der verhätschelten einzigen Tochter ist. Sie hat dieses Gefühl, wenn sie mit Lipkes herumirrt und auch wenn sie stundenlang an den reichen und gutaussehenden Schmilik. Seidenowski denkt...

Der Lärm strömte jetzt aus dem Eßzimmer in den Saal. Angetrunkene Gäste mit roten und verschwitzten Gesichtern belagerten das Klavier, das in einer Saalecke stand, stießen einander und schrien:

»Tanja Tarabai!... Sie muß! Es wird ihr nichts helfen!«

Der trunkene Lärm senkte sich immer tiefer zu Boden und erstickte schließlich in der heiseren Kutscherstimme des Getreidehändlers:

»Ruhe! Fräulein Tanja wird den Gästen zu Ehren etwas vorspielen!«

In der Stille, die plötzlich eintrat, erklangen nach einigen Augenblicken die stillen und traurigen Töne der ersten Beethoven-Sonate. Sie schwebten leise und keusch dahin und schienen sich des ausgelassenen Geschreis, das ihnen vorangegangen, zu schämen und so unschuldsvoll wie Kinder den weichen Baßakkorden zuzulächeln, mit denen sie schon so lange bekannt waren: Wie fühlt ihr euch, ihr Baßakkorde? Ekelt es euch nicht vor all diesen Leuten, die uns zuhören?

Niemand wagte die traurige Stille zu unterbrechen. Nur der betrunkene alte Pole, der im Winkel neben der Tür stand, wollte sich noch immer nicht beruhigen: er pries laut den klugen Tarabai und verging schier vor Begeisterung:

»Ist das ein Spitzbube, dieser Herr Tarabai!«

In der Stille erklang plötzlich die Stimme der Frau Burnes:

»Ja, wo steckt eigentlich Reb Nochum?«

Die dicke Frau stand allein in der Mitte des Saales und spähte zerstreut und besorgt nach Tarabai aus.

Sie müsse ihn unbedingt sprechen, den Reb Nochum.

Aus der Menge, die das Klavier belagerte, trat Mireles gewesener Bräutigam hervor und führte seine Mutter höflich zur Seite.

»Pst! Sieh nur wie sie tut! Wirst den Reb Nochum eine Weile später sprechen.«

Mirele verließ den Saal und ging lautlos ins finstere Nebenzimmer. Sie wollte ins Eßzimmer, sie suchte jemand. Ja, die Hebamme Schatz suchte sie.

Wie sie aber in ein zweites finsteres Zimmer kam, erblickte sie ihren gewesenen Bräutigam und seine Eltern, die neben der Tür mit Nochum Tarabai sprachen, und machte sofort kehrt. Der alte Burnes redete auf Tarabai ein:

»Der Mann stellte es mir frei... Er sagte: Da habt Ihr die Mitgift und hinterlegt sie, wo Ihr wollt.«

Seine Frau fiel mit tränenerstickter Stimme ein:

Gott möchte dem Reb Nochum ein langes Leben schenken, sie wolle die Mitgift nur bei ihm und bei keinem andern hinterlegen. Einem Gutsbesitzer wolle sie nichts mehr anvertrauen! Sie sei schon hart genug bestraft worden...

Mirele ging wieder in den Saal und von dort ins Eßzimmer, wo sie endlich die Hebamme Schatz fand. Die Hebamme war leicht angeheitert und ungewöhnlich lustig, und Mirele ekelte es vor dem Weingeruch, der ihr aus dem Mund kam.

Nun? Ob die Hebamme Schatz nicht schon aufbrechen wolle?

Sie zogen sich an und verließen das Haus. Dann saßen sie beide in Reb Gdaljes altem Schlitten und fuhren in gleichmäßigem Trab in die Nacht hinaus, die das schlafende Dorf umgab.

Der Bauernjunge auf dem Bock schluchzte und beklagte sich über die kräftigen ausgeputzten Kutscher, die ihn im Stall und in der Küche einander zugeworfen und mit Nasenstübern traktiert hätten.

Die angeheiterte Hebamme Schatz lachte und plapperte ohne Unterbrechung.

Mirele saß stumm und betrübt an ihrer Seite. Sie blickte zurück auf die Fabriklaternen, die geduldig die Zuckerspeicher bewachten, und fühlte die Leere der Tage, die vergangen waren, und der Tage, die folgen würden.

Ist es also zu Ende? Ist wirklich alles zu Ende?...

Schließlich hielt der Schlitten vor ihrem Hause; sie klopfte leise ans Küchenfenster und trat behutsam ins

Haus. Gitele hörte sie aus ihrem Schlafzimmer durchs Eßzimmer auf Zehenspitzen gehen und rief ihr mit verschlafener Stimme zu:

»Auf dem Tisch liegt ein Telegramm! Ein Telegramm vom Vater...«

Mirele ging zum Tisch, drehte den Lampendocht hinauf und las:

Reb Gdalje kündigte seine Ankunft an. Morgen nachmittag komme er...

Mirele blieb, sie wußte selbst nicht warum, im Eßzimmer. Mit dem Telegramm in der Hand setzte sie sich auf das Kanapee und dachte wohl zum ersten Mal in diesen Tagen an den Vater:

Nun sei sie schon so weit, daß sie selbst ihn, ihren Vater, nicht mehr liebe...

Sie fühle nur Mitleid mit ihm, weil er ein vernachlässigtes Leiden habe, das die Ärzte für sehr ernst hielten, und weil seine Geschäfte so hoffnungslos verwickelt seien. Man sage, er hätte in seinen Geschäften so viel Geld verloren, eigenes und auch vom Schwiegervater geerbtes Geld. Vielleicht stehe er vor völligem Zusammenbruch. Aber sie, Mirele, sie sei selbst unglücklich und zu keiner Arbeit fähig... Sie könne ihm nicht helfen.

Als sie sich schließlich auszog und zu Bett ging, drang schon bleiches Morgenlicht durch die Spalten der Fensterläden. In der gespannten Freitagmorgenstille, die auf dem schlafenden Städtchen lastete, klangen irgendwo die Schellen der Burnesschen Schlitten, die eben erst zurückkehrten und die Stimmung eines Hochzeitskehraus verbreiteten. Gitele war merkwürdigerweise schon auf; sie zog sich in ihrem Zimmer an und begann dann im Eßzimmer bei Lampenlicht auf und ab zu gehen.

Seltsam: Diese alte, schweigsame und eigensinnige Frau hatte ihren zerstreuten Mann immer geliebt und sich die ganze Zeit stumm nach ihm gesehnt. Seine nahe Rückkehr regte sie so auf, daß sie die ganze Nacht nicht geschlafen hatte und nun im Aufundabgehen die Zeit verkürzen wollte, die bis zu seiner Ankunft noch blieb.

7

Reb Gdalje Hurwitsch freute sich den ganzen Sabbat über auf sein Heim. Als ihn nach Sabbatausgang seine Bekannten und ehemaligen Kompagnons besuchten, blickte er sie lustig über seine goldene Brille an und machte sogar Witze:

Ja, im Ausland hätten ihn alle Leute für einen Junggesellen gehalten. Man hätte ihm dort sogar Heiratspartien angeboten...

Er hatte stark an Gewicht abgenommen, die aschfahle Gesichtsfarbe eines Schwerkranken bekommen und eine Menge Medizinflaschen, einen kleinen vernickelten Inhalationsapparat und eine Analyse, die auf eine gefährliche schleichende Krankheit hinwies, mitgebracht. Die Medizinflaschen standen in gefahrloser, gerader Reihe auf dem Fenster seines Kabinetts und sprachen von der Gleichgültigkeit der ausländischen Professoren:

Was weiß ich? Hat der Mensch für sie überhaupt einen Wert?

Über die Analyse äußerte sich dagegen der vielbeschäftigte, einsilbige Stadtfeldscher im Hause eines genesenen Patienten:

»Reb Gdalje hat wohl Krebs. Was denn sonst?«

Die Leute fühlten sich daher in Reb Gdaljes Gesellschaft sehr ungemütlich und schwiegen. Wenn jemand zufällig seine Krankheit beim Namen nannte, spuckten sie aus und sagten erstaunt:

Reb Gdalje sei doch noch ein junger Mann. Er sei ja noch nicht fünfzig.

Er selbst schenkte seinem Zustand und dem Gerede aber gar keine Beachtung. Er vertiefte sich wieder in seine unglückseligen Geschäfte und verbrachte einige Abende hintereinander im Kabinett mit seinem Vetter und Kassier beim Studium der alten und neuen Geschäftsbücher.

Wenn er in später Stunde die Arbeit unterbrach und mit dem Kassier ins erleuchtete Eßzimmer kam, hatte er einen eigentümlich zerstreuten Gesichtsausdruck und nervös zuckende rote Augen. Er biß sich in die Knöchel und unterbrach seine Gedanken mit den Worten:

»Schlimm steht es! Dagegen läßt sich nichts sagen...«

Nachher verrichtete er im Schlafzimmer ungewöhnlich lange das Nachtgebet. Er hörte gar nicht, was Gitele, die schon im Bett lag, zu ihm sagte, und fragte sie nur ab und zu:

»Wie? Was hast du gesagt?«

Gitele brachte die Rede zu oft auf ihren Schmuck und ihre Brillantohrringe; sie sprach zu oft davon, daß es gut wäre, mit dem Schmuck und den Ohrringen zu einem reichen Onkel hinüberzufahren, den sie in einer ziemlich entfernten Stadt hatte, und beklagte sich in einem fort über den Kassier:

Sie hätte es ihm ja gesagt... So oft hätte sie es ihm schon gesagt, daß seine Bilanz viel zu günstig ausschaue.

Allmählich war wieder die Bankrottunruhe ins Haus

gekommen; sie weckte in Mirele ein Ekelgefühl und einen Haß gegen all die fremden Menschen, die täglich ins Haus kamen und Spektakel machten. Von Tag zu Tag wuchs in ihr die Überzeugung:

Es sei die Unruhe vor dem Bankrott! Es werde wohl bald ein Ende nehmen...

Ein schweres Unglück schien der ganzen Familie zu drohen, den Verwaltern, die Reb Gdalje im Kaschperiwker Wäldchen und in der Ternower Mühle sitzen hatte, dem Kassier und selbst dem nicht mehr jungen Mädchen, das im Hause schon seit acht Jahren als Köchin diente.

Aber ihr, Mirele, war das alles beinah gleichgültig, und überhaupt... Überhaupt werde sich ihre Lage dadurch weder zum Guten noch zum Schlechten wenden.

Mit diesem Gedanken saß sie stundenlang in ihrem Zimmer, trug ihn zu der Hebamme Schatz, kehrte mit ihm wieder heim, ging, ohne die Gläubiger und Vermittler, die mit ihren Zigaretten das Eßzimmer vollrauchten, auch nur anzuschauen, in ihr Zimmer und dachte immer dasselbe:

Es sei die Unruhe vor dem Bankrott! Es werde wohl bald ein Ende nehmen...

Nun kam eine Reihe von schlaflosen Nächten voller Unruhe und Ratlosigkeit. Außer Mirele ging niemand zu Bett. Sie erwachte jeden Augenblick in ihrem dunklen Zimmer und hörte, daß alle Menschen im Haus wach waren; daß außer dem Kassier und dem Rabbiner, Reb Awreml, sich auch noch der Winkeladvokat des Städtchens im Eßzimmer befand; sie hörte, wie sie ganz leise sprachen, um nicht von ihr und dem Dienstmädchen, das in der Küche schlief, gehört zu werden. Sie hörte dennoch den Winkeladvokaten seine Ratschläge flüstern: Das Wichtigste sei jetzt, die Zinsen für den Kaschperiwker

Wald und die Ternower Mühle zu zahlen; und später, wenn alles auf einen anderen Namen umgeschrieben sein würde, brauche man sich um die Drohungen der Bank nicht mehr zu kümmern.

Sie versank wieder in ihren krankhaft leichten Schlummer und träumte, daß das Haus voller fremder, schreiender Menschen sei. Sie erwachte erschrocken und hörte wieder den Winkeladvokaten flüstern:

»Man muß alles von Giteles Namen auf den Namen des Kassiers umschreiben, warum versteht Ihr es nicht? Die Hauptsache ist, daß man eine dritte Hand hat.«

Sie schlummerte wieder ein und hörte noch, wie Gitele ihrem Mann zuredete:

»Gdalje, geh doch schlafen, Gdalje! Du darfst nicht so spät aufbleiben, Gdalje...«

Reb Gdalje hörte aber nicht auf sie und blieb bis zum Morgengrauen auf. Darum sah er so schlecht aus, darum war seine spitze Nase unter der goldenen Brille so blaß wie, Gott behüte, bei einem Toten.

An einem Nachmittag – es war in der Woche vor *Purim* – kam er mit seiner blassen Nase zu Mirele ins Zimmer. Er blieb in der Nähe ihres Bettes stehen, das Gesicht zum Fenster gewandt, und tastete lange in Gedanken verloren an den Gegenständen herum, die auf ihrem mit Tüll überzogenen Toilettentisch standen. Schließlich begann er sich über Gitele und den Kassier zu beklagen:

Er hätte ihnen in jedem seiner Briefe geschrieben: Um Gottes willen, rührt Mireles fünftausend Rubel nicht an! Er hätte sie so angefleht, wie man einen Räuber um sein Leben anfleht...

Als sie aber den Kopf wandte, um ihn etwas zu fragen, erklang aus dem Eßzimmer Giteles eigensinnige Stimme:

»Gdalje! Komm mal her, Gdalje! Gdalje! Ich möchte dir etwas sagen, Gdalje...«

Es war zum Verrücktwerden. Reb Gdalje ging unzufrieden und etwas aufgeregt hinaus. Vor dem Weggehen wandte er sich noch einmal an Mirele, die seit dem frühen Morgen mit Kopfschmerzen und leicht erhöhter Temperatur im Bett lag und sagte:

Er werde bald wiederkommen... In einer halben Stunde werde er wiederkommen.

Man erwartete einen neuen Schlag, ein neues Unglück, und schickte daher das Dienstmädchen für einige Stunden fort. In der ganzen Wohnung herrschte unterdrückte Unruhe; man nahm in großer Eile das ganze Silber aus dem alten Glasschrank im Salon heraus und suchte ein günstiges Versteck. Reb Gdalje gab schließlich seine Einwilligung, daß die eigensinnige Gitele zu ihrem Onkel fahre. Mirele hörte, in ihrem Zimmer liegend, wie die Mutter dem Vater zusetzte und wie er immer lauter schrie:

»Was willst du denn eigentlich?! Du wirst doch hinfahren! Mit dem Kaschperiwker Verwalter wirst du fahren...«

Mirele kümmerte sich aber um nichts mehr.

Sie war schon wieder eingeschlummert, und es kam ihr in ihrem Fieber vor, es sei schon spät am Abend; im Eßzimmer sitze Lipkes und erzähle der Rabbinerin Libke, daß er drei Wochen lang an Typhus krank gelegen habe und jetzt nicht zu Mirele, sondern zu ihr, Libke, gekommen sei; und während er dies sagte, stehe hier im Zimmer dicht vor ihrem Bett ihr gewesener Bräutigam Welwel Brunes; er stehe so traurig da, wage nicht, sie anzusehen, blicke starr auf den Fußboden und rechtfertige sich:

Es wäre nicht seine Schuld, daß er jetzt zu ihr gekommen sei. Sie müsse ihm verzeihen... Er hätte dieser Tage jenes schwarzhaarige Mädchen geheiratet und sei jetzt zu ihr gekommen... ja, er sei einfach so gekommen.

Als sie aus diesem Schlummer erwachte, waren die Fensterscheiben schon schwarz wie Tinte. Es war wohl sehr spät, in einer fernen Ecke brannte eine Lampe, und kein Mensch war im Zimmer. Später hörte sie, wie jemand ins Vorzimmer stürzte, eine Tür aufriß und zuschlug, dann wieder hinausrannte und schrie:

»Der Schal! Gitele hat ja vergessen, den Schal mitzunehmen...«

Gitele reiste offenbar eben zu ihrem Onkel ins ferne Städtchen; alle standen wohl vor dem Haus und sahen beim Scheine einer Lampe, die jemand hinausgetragen hatte, zu, wie sie sich mit dem Kaschperiwker Verwalter in den Schlitten setzte.

Mirele wußte nun: Während des Tages hatte sich hier im Haus etwas ereignet. Sie will aber gar nicht daran denken, was morgen mit ihr sein wird... Am Morgen... Am Morgen war ja, glaubt sie, jemand hier im Zimmer gewesen und hatte ihr erzählt:

Welwel Burnes werde nächstens das schwarzhaarige Mädchen heiraten. Man höre schon dort im Haus die Messer klopfen: Mandeln und Zimmet werden zerkleinert. Und man erzähle sich, daß das junge Paar gleich nach der Hochzeit ins Ausland reisen werde.

Ins Ausland?

Sie lag im Bett und sah mit weit geöffneten, traurigen Augen einen endlos langen Schnellzug, der das junge Paar durch die finstere Nacht zur Grenze trug. Sie starrte in die Lampenflamme und dachte:

Es sei vielleicht gar nicht so übel, jetzt zu zweit durch die Finsternis ins Ausland dahinzusausen. Aber sie,

Mirele, könne es jetzt nicht, und das sei auch gar nicht so wichtig. Sie dürfe jetzt nicht einmal daran denken. Es sei ihr gar nicht so gut zumute, und ihre fünftausend Rubel... Und ihr ferneres Leben... Ach! Das beste wäre noch, sich zu einem Knäuel zusammenzurollen und wieder einzuschlafen. So lange habe sie schon geschlafen!

Fast die ganze Nacht hörte man Reb Gdalje im Eßzimmer auf und ab gehen. Er hatte allein Tee getrunken und einigemal versucht, die Tür zu ihrem Zimmer zu öffnen. Sie irrte aber im Schlaf durch öde Traumgefilde und hatte alles Leid des Alltags vergessen. Spät in der Nacht fuhr sie zusammen und sah durch die Ritzen der Fensterläden den blassen Schimmer der Nacht. Auf ihrem Bett saß aber Reb Gdalje und stammelte:

Ja, er hätte sie geweckt... Er hätte es nicht länger aushalten können und hätte sie darum geweckt. Er hätte sich so schlecht gefühlt und nicht gewußt, wie er mit ihr sprechen könne.

Er saß lange auf ihrem Bett und beklagte sich wieder über Gitele und den Kassier:

Er hätte sie angefleht, wie man einen Räuber um sein Leben anfleht; er wolle gar nicht ins Ausland reisen... Er hätte nicht das Recht gehabt, das Haus zu verlassen...

Plötzlich wandte sie ihm ihr Gesicht zu und fragte:

»Vater, wieviel ist dir noch geblieben?«

Reb Gdalje zuckte die Achseln, duckte sich wie ein kleines Kind, das Schläge erwartet, und sagte, jedes Wort mit einer Handbewegung begleitend:

»Nichts... kein Heller...«

»Nichts?...«

Sie wußte selbst nicht, warum sie die Frage wiederholte und warum sie plötzlich so starkes Herzklopfen bekam. Sie versuchte noch, etwas zu begreifen, und konnte es nicht; nachher wollte sie nichts mehr, starrte ihn nur mit unbeweglichen, staunenden, fiebrigen Augen an und wußte nicht, warum er noch immer auf ihrem Bett saß.

Sie hatte ihn ja nichts mehr zu fragen... Sie wußte schon alles. Sie fürchtete, an etwas zu denken, und hatte nur das eine Bedürfnis: zu schlafen. Sobald Reb Gdalje gegangen war, kehrte sie das Gesicht wieder zur Wand, vergrub den Kopf in die Kissen, drückte die verschränkten Hände fest ans Herz und stellte sich im Einschlafen Nossen Hellers Gesicht vor:

Ja, so... So... So wird sie einschlafen...

Am nächsten Morgen erwachte sie mit einem fertigen, aber noch unklaren Plan. Sie lag lange im Bett, fühlte sich wie in einem Nebel und wollte sich den neuen Plan überlegen:

Früher einmal hätte sie wohl die Möglichkeit gehabt, dieses Haus zu verlassen... Ja, was war das eigentlich für eine Möglichkeit gewesen?

Reb Gdalje war schon mit *Tales* und *Tfillin* aus seiner Sadagorer Betstube zurückgekehrt und fühlte sich ohne Gitele furchtbar einsam. Er traf Mirele allein in ihrem Zimmer und begann wieder an den Gegenständen, die auf ihrem Toilettentisch standen, herumzutasten.

Er sagte:

Der Gerichtsvollzieher... Es sei möglich, daß der Gerichtsvollzieher heute kommen werde... Er wisse es noch nicht sicher, es sei aber nicht ausgeschlossen... Jedenfalls solle sie nicht erschrecken...

Ach so, der Gerichtsvollzieher? Schön!

Das sagte sie ganz leise und ohne ihn anzublicken.

Gleich darauf zog sie ihren Mantel an, band den schwarzen Schal um und ging aus dem Haus.

Wohin? Wohin gehen? Es war ihr alles gleichgültig. Aber länger zu Hause bleiben konnte sie nicht.

Und einige Tage...

Einige Tage konnte sie ja auch bei der Hebamme Schatz wohnen.

Und sie zog zu der Hebamme Schatz und blieb bei ihr einige Tage. Sie lag meistens auf dem Bett, starrte mit ihren blauen Augen auf einen Punkt an der Decke und schwieg. Auf dem Bett liegend und ohne den Blick von der Decke zu wenden, sprach sie einmal so leise wie ein Mensch, der eben einen schweren Verlust erlitten hat:

Dreiundzwanzig Jahre hätte sie in jenem Haus verbracht.

Sie beweine nicht das Haus und auch nicht die Jahre... Was hätte sie denn auch mit den Jahren anfangen können? Und das Haus... Menschen, die in solchen Häusern zur Welt kämen, könnten niemals lachen. Auch sie könne nicht lachen.

Die Hebamme mußte einmal in die Stadt zu einer Wöchnerin und blieb einige Stunden fort. Sie dachte die ganze Zeit daran, daß sie Mirele allein gelassen hatte, und eilte, sobald sie fertig war, nach Hause.

Sie traf Mirele in der gleichen Stellung, in der sie sie verlassen hatte, mit im Nacken verschränkten Händen auf dem Bett liegend. Den Blick auf einen Punkt an der Decke gerichtet, begann sie mit leiser Stimme zu erzählen, was sie sich während der Abwesenheit der Hebamme gedacht hatte:

Solche Mädchen wie sie, Mirele..., gingen entweder zum Variété oder würden sich das Leben nehmen.

Diese Worte kamen der Hebamme seltsam vor. Sie machte sich aber an die Hausarbeit und begann die schmutzigen Taschentücher zusammenzusuchen:

Was glaube sie, Mirele? Es würde wohl gar nicht schaden, wenn sie, die Hebamme, die Taschentücher selbst waschen würde... Mirele hörte ihr aber gar nicht zu und sprach weiter:

Zum Variété tauge sie nicht, weil sie nicht zu lachen verstünde. Und um sich das Leben zu nehmen...

Sie warf, auf dem Bett liegend, ihren schlanken biegsamen Körper so weit zurück, daß ihr das ganze Blut ins Gesicht strömte, entblößte die Arme bis zu den Schultern, betrachtete sie aufmerksam von allen Seiten und streichelte sie mit den Händen:

So schöne Arme... Diese Arme täten ihr immer leid, wenn sie an einen Selbstmord dachte.

In diesem Augenblick erinnerte sich die Hebamme, daß sie vergessen hatte, Sardinen zu kaufen. Sie ließ die schon eingeweichten Taschentücher liegen und lief wieder in die Stadt:

So zerstreut sei sie in der letzten Zeit! Mirele werde ja bei ihr noch vor Hunger sterben...

Als sie in die Stadt kam, machte sie einen Sprung zum Provisor Saffian und ließ sich von ihm ein eben erschienenes Buch für Mirele geben. Mirele nahm das Buch gleichgültig in die Hand, schlug es gleichgültig auf und las, noch immer auf dem Bett liegend, laut und eintönig die ersten Sätze vor. Dann legte sie das Buch entmutigt aus der Hand, richtete den Blick aufs Fenster und sagte:

Sie alle hätten die Manier, ihre Bücher mit irgendeinem traurigen Frühling zu beginnen, um dadurch die Trauer des Lesers noch zu vergrößern.

Sie machte eine Pause, seufzte und sprach weiter.

Wenn man leichten Mutes sei, so verzeihe man es dem Dichter und lese das Buch. Wenn man aber, so wie sie jetzt, in gedrückter Stimmung sei, wirke jeder Satz wie eine zudringliche Fliege, die sich einem immer wieder auf die Nase setze und einen necke: »Du hast es nicht gut auf der Welt... nicht gut... nicht gut!«

Eines Abends nahm die Hebamme den kleinen, uralten fleckigen, wie mit Tränen durchtränkten Band *Dicta Sapientium*, den ihr vor kurzem eine alte katholische Gutsbesitzerin geschenkt hatte, in die Hand, setzte sich zu Mirele aufs Bett und las ihr Vers für Vers aus der beigedruckten Übersetzung vor:

»*Omnis felicitas mendacium est*...«

Die beiden Mädchen sahen auf einmal wie zwei Schwestern aus, die eben ihre Eltern verloren haben und Trost im Buche Hiob suchen: es hat also irgendwo auf der Welt ein noch größeres Leid gegeben...

Während sie lasen, wurde es im erleuchteten Zimmer etwas gemütlicher, und die gedrückte Stimmung verflüchtigte sich für einige Zeit. Die Hebamme Schatz drehte sich sogar lächelnd eine Zigarette, setzte sich wieder zu Mirele aufs Bett und erzählte rauchend von ihrem Bekannten, dem Dichter. Er hätte ihr einmal gesagt:

»Glück ist ja nur noch bei den Geschäftsreisenden zu finden. Man kann sich darüber ärgern, aber es gibt doch einen Trost: die Geschäftsreisenden sind immer in ihr Kartenspiel vertieft und wissen gar nicht, wie gut sie es haben.«

Die Mädchen schwiegen eine Weile und dachten mit Schadenfreude an die Geschäftsreisenden: Sie wissen selbst nicht, wie glücklich sie sind.

Mirele lächelte sogar und meinte:

»Gut gesagt!«

Ihr Lächeln sah aber beinah wie eine Grimasse aus, die oft einem Weinkrampf vorangeht.

8

In der Stadt erfuhr man bald, daß Mirele zu der Hebamme Schatz gezogen war, und hörte gar nicht auf, darüber zu sprechen. Im Burnesschen Hause amüsierte man sich köstlich und lief in freudiger Erregung jedem neuen Gast entgegen, der etwas Neues zu berichten wußte:

»Nun, wie steht es? Gibt's was Neues?«

Reb Gdalje ärgerte sich schier zu Tode und beriet sich fortwährend mit dem Kassier:

Er möchte ihm die Wahrheit sagen! Er wolle schon die Stunde erleben, wo Gitele wieder zurückkomme. Gitele werde sicher Rat finden und mit Mirele fertig werden... Nicht wahr?

Er lief in großer Aufregung auf und ab und rückte sich immer die goldene Brille zurecht.

Vielleicht... Vielleicht wäre es das Vernünftigste, Gitele zu telegraphieren, daß sie sofort heimkommen solle...

Der *Esther*-Fasttag vor dem *Purim*-Fest war so schön sonnig, und der erste Frühlingshauch zog schon wärmend durch die Luft. Der Frost war nur noch ganz schwach. Er konnte kaum die weiße Schneedecke, die auf den Feldern lag, zusammenhalten und wirbelte mit vielen silbernen und diamantenen Funken im Sonnenschein.

Am Nachmittag hielt vor dem Haus der Hebamme ein

Wagen, der ihr den Brief einer Gutsbesitzerin brachte. Die Gutsbesitzerin wolle sich mit ihr beraten. Wenn sie Zeit hätte, möchte sie kommen.

Die Hebamme sagte Mirele kein Wort davon und wollte der Gutsbesitzerin absagen; sie hatte bereits einige Zeilen an sie geschrieben. Mirele erfuhr aber irgendwie von der Sache und wurde auf einmal streng: Nein, das ginge nicht. Die Hebamme müsse sofort hinfahren.

Als die Hebamme ihr zu widersprechen versuchte, machte sie ein beleidigtes Gesicht und begann ganz unvermittelt die Gläser und Tassen zu spülen.

Wenn die Hebamme nicht sofort hinfahre, werde sie ihre Sachen nehmen und fortgehen.

Dieses stumme Gläserspülen sollte wohl zum Ausdruck bringen, daß sie ein verzogenes Einzelkind sei und Wort halten könne und tatsächlich fortgehen würde. Es war ungewohnt und seltsam, sie bei dieser Arbeit zu sehen.

Als die Hebamme nach einer halben Stunde im Schlitten saß und in südwestlicher Richtung aus dem Städtchen fuhr, lag Mirele schon wieder still auf dem Bett. Sie forderte mit leiser Stimme den Provisor Saffian, der zu Besuch gekommen war, zum Sitzen auf und antwortete auf seine Frage:

Ja, die Hebamme werde vor Abend nicht heimkehren.

Der Provisor Saffian war wie immer nervös, ernst und streng. Er blickte mit seinen farblosen Augen nicht auf sie, sondern in eine Zimmerecke, machte sich wohl schlechte Gedanken über die Hebamme und schwieg. Als er endlich gegangen war, blieb eine dumpfe Leere im Zimmer zurück. Die Stille wurde immer tiefer und drückender. Man hörte nur zwei kleine Bauernmädchen draußen vor dem Haus herumlaufen und kichern.

Mirele setzte sich auf dem Bett auf und betrachtete nachdenklich und müde den viereckigen Sonnenfleck auf dem Fußboden. Dann zog sie sich an, verließ das Haus und schloß es ab. Es war gegen halb vier Uhr nachmittags, die Sonne stand noch im Südwesten, und der leichte Frost tanzte noch immer mit silbernen und diamantenen Funken. Die beiden Bauernmädchen liefen noch immer vor dem Haus herum und lachten. Mirele schlug den Weg nach links, in Richtung Stadt ein. Sie ging langsam und sah sich fortwährend um.

Die Luft war ungewohnt mild. In irgendeiner großen lärmenden Stadt hatte wohl schon eine junge Mutter ihr dreijähriges Kind mit der Erzieherin zum erstenmal spazieren geschickt; das Kind kam eben entzückt, mit roten Wangen und frischem, strahlendem Gesicht nach Hause und stürzte der Mutter mit dem neuen Wort entgegen:

»Mama, der Frühling! . . . Der Frühling!«

Vor der Schule gleich in der Nähe der Apotheke stand eine Gruppe älterer und jüngerer Juden; sie warteten geduldig auf das Fastenende und sahen heiter und wohlgelaunt den mutwilligen Jungen zu, die einander mit Schneebällen bewarfen.

Als die Leute Mirele sahen, wandten sie sich für eine Weile von den Jungen ab. Sie wußten ja:

Sie, Mirele Hurwitsch, hatte ihres Vaters Haus verlassen und wohnt dort . . . Bei der Hebamme Schatz wohnt sie.

Sie ging langsam und müde dem Städtchen zu. Vor dem Burnesschen Haus mit den blauen Fensterläden verlangsamte sie ihre Schritte und blickte hinüber.

Vor der Veranda steht der Schlitten ihres gewesenen Bräutigams, und aus der Küchentür dringt der Duft von frischem Gebäck und das regelmäßige Klappern mehrerer rastloser Stößel. Mirele mußte an die bevorstehende Hochzeit denken.

So wohlerzogen und schüchtern sei der Bräutigam... Und die Braut... Die Braut sei seiner wert...

Wie sonderbar war es: Das alles weckte in ihr weder Trauer noch Angst vor der Zukunft.

Mit einem kalten, nebelhaften Entschluß näherte sie sich dem Haus ihres Vaters. Mit demselben kalten Entschluß trat sie ins Vorzimmer. Leer und halbfinster war es im Vorzimmer, und niemand sah sie eintreten.

Schlank und traurig stand sie vor der Tür, und es war ihr, als ob sie nicht wie die anderen Menschen lebe, sondern seit ihrer frühesten Kindheit abseits vom Leben, außerhalb der Welt, in einem langen verworrenen Traum ohne Anfang und ohne Ende herumirre.

Nun hat sie irgendeinen Entschluß gefaßt und wird etwas unternehmen; vielleicht hat sie sich aber auch gar nicht entschlossen und wird nichts unternehmen. Sie wird wohl immer wie ein ewiger Urwelttraum herumirren und nirgends anlangen.

Und so steht sie wieder einmal im Vorzimmer, wo sie schon so oft gestanden hat, und geht langsam von einem Zimmer ins andere. In den Zimmern herrscht Abenddämmerung; um diese Tagesstunde waren gewöhnlich immer Menschen im Hause, und jetzt ist niemand zu sehen. Alle Türen stehen offen. Eine schwarze Leere gähnt in den Ecken, wo früher Polstersessel gestanden haben. Niemand bemerkt Mirele hier, niemand kommt ihr entgegen und niemand freut sich über ihr Kommen. Es ist wohl schon zu spät, das Lied ist wohl aus. Aber die Menschen? Wo sind denn die Menschen hingekommen?

Plötzlich bemerkte sie im halbfinsteren Kabinett ihren Vater. Ihr Herz fühlte sich auf einmal zu ihm hingezogen, und sie dachte nicht mehr an ihren nebelhaften Entschluß. Reb Gdalje saß geduckt, gleichsam zusammengeschrumpft, mit dem Rücken zur Tür, den Kopf etwas vorgebeugt und atmete wie ein Fisch, der um Luft schnappt, den Dampf aus dem Inhalationsapparat ein. Die Spiritusflamme beleuchtete mit blaugrünem Schein sein feuchtes, mit Dampftropfen bedecktes Gesicht.

Er stellte den Apparat ab und blies die Flamme aus. Dann wischte er sich langsam das Gesicht mit seinem Taschentuch trocken und merkte noch immer nicht, daß sie hinter ihm stand. Sie fühlte sich so gebrochen, ihre Kehle war wie zusammengeschnürt, und sie ging langsam, von Mitleid ergriffen, auf ihren Vater zu, der sich plötzlich in ein kleines hilfloses Kind verwandelt hatte.

Was ist aus ihm geworden?!

Eine Weile später stand sie mit ihm am Fenster, wischte ihm das Gesicht ab und küßte ihn auf die Stirn, während er sich von ihr zum Fenster wegwandte, am ganzen Körper zitterte, in sich hineinschluchzte und sich Mühe gab, den Speichel im Mund zu behalten:

»Ep-ep-ep-ep... Womit habe ich es verdient?... Ep-ep-ep-ep... Auf meine alten Tage...«

Als das Dienstmädchen aus der Stadt kam und im Kabinett und Eßzimmer Licht machte, beruhigte er sich ein wenig. Mirele ging ins Eßzimmer, stieß dort auf den Kassier und wandte sich an ihn, ihm gerade ins Gesicht blickend:

Was glaube er? Wenn man dem Seidenowski sofort telegraphierte, könnte dann die Verlobung noch am Samstagabend stattfinden? Ja? Dann möchte sie ihn bitten, das Telegramm sofort aufzugeben! Er möchte aber noch einen Augenblick warten... Sie hätte ihm noch etwas sagen wollen, könne sich aber im Augenblick nicht besinnen... Nun wisse sie es schon. Er möchte also das Telegramm aufgeben! Es sei ihr schon wieder entfallen: sie hätte ja noch den Schlüssel von der Wohnung der Hebamme bei sich. Sie müsse ihn sofort wieder hintragen...

Als sie nach anderthalb Stunden wieder heimkam, war das ganze Haus festlich erleuchtet. Reb Gdalje war noch in seiner Sadagorer Betstube bei der *Megille*vorlesung; im Eßzimmer saß aber vor dem weißgedeckten Tisch mit den brennenden Lichtern Gitele. Sie war eben zurückgekehrt; sie dachte wohl noch daran, was sie bei ihrem reichen Onkel erreicht hatte, und lauschte der *Megille*, die ihr irgendein frommer Mann vorlas:

»Zu derselbigen Zeit, als Mordechai im Tore des Königs saß...«

Sie winkte Mirele mit den Augen, wollte sie offenbar etwas fragen, scheute sich aber, die Vorlesung zu unterbrechen. Sie zeigte ihr den Zettel, der auf dem Tisch lag, und murmelte:

Ja... die Adresse... Ob Seidenowskis Adresse richtig geschrieben sei?

Mirele las die Adresse, erwiderte aber kein Wort. Sie ging auf ihr Zimmer und legte sich im Dunkeln ins Bett.

Es war ja ganz unglaublich: In der Stadt beteuerte jemand, daß, als die Hebamme an diesem Abend heimgekommen sei, vor ihrem Haus Welwels Schlitten gewartet habe. Welwel Burnes habe draußen gestanden und zum Mond geblickt. An die zehn Minuten hätte er mit der Mütze in der Hand, sprachlos vor Aufregung, vor der Hebamme gestanden und schließlich einige Worte gestammelt:

Er hätte gehofft, Mirele bei ihr zu treffen... Er hätte

ihr etwas sagen wollen. Aber... die Hebamme Schatz möchte es ihm nicht übelnehmen...

Zwei Tage später hielt vor Reb Gdaljes Haus ein Schlitten. Ein fremder Mann von etwa fünfunddreißig Jahren stieg aus dem Schlitten und erkundigte sich beim Rabbiner, Reb Awremel, der ihn in der Haustür empfing:
Ob Reb Gdaljes Tochter, Mirele Hurwitsch, hier wohne?
Der Rabbiner sah den Unbekannten mit dem langen Feldwebelschnurrbart erstaunt an, geleitete ihn ins Vorzimmer und wartete, bis er den Schafspelz abgelegt und sich etwas aufgewärmt hatte. Der Rabbiner nahm an, es sei ein Beauftragter Seidenowskis, den man geschickt habe, die Verlobung zu verhandeln. Der Mann war aber nur ein Onkel Nossen Hellers und an der Zuckerfabrik angestellt. Er saß bis zum Abend im Salon mit Mirele und versuchte sie auf großstädtische Art zu unterhalten. Er sprach ein schlechtes Russisch, wie es halbgebildete jüdische Dentisten sprechen, sprach immer das *sch* wie ein *s* aus und erzählte, daß sein Neffe Nossen sich in jedem Brief nach ihr erkundige. In jedem Brief bitte er ihn, sie aufzusuchen und zu fragen, wie es ihr gehe.
Der Mann war wohl nicht übermäßig klug. Wäre er klüger, hätte er diesen dummen Besuch gar nicht abgestattet. Mirele langweilte sich und ärgerte sich über Nossen Heller, wie auch über ihre Mutter, die jeden Augenblick argwöhnisch vor die Salontüre trat. Als er schließlich gegangen war, fühlte sie wieder einen starken Widerwillen gegen ihre Umgebung in sich aufkommen, und zwar gegen die bevorstehende Verlobung und gegen alle Zukunftspläne, und dachte mit Grauen daran, daß Gitele sie gleich fragen würde:

»Was hat er eigentlich gewollt, der junge Mann?«

Als Gitele diese Frage stellte, antwortete sie unwirsch und aufgeregt:

Sie möchte ihm doch sofort einen reitenden Boten nachschicken und ihn fragen lassen, was er gewollt habe!

Sie ging auf ihr Zimmer, kleidete sich aus und legte sich früh zu Bett. Bis zur Verlobungsfeier blieben noch einige Tage, und in dieser Zeit konnte noch immer etwas geschehen; sie war durchaus nicht verpflichtet, an den dummen Schmilik Seidenowski und an die ihr bevorstehenden unangenehmen Dinge zu denken.

Vor dem Einschlafen kam ihr unerwartet wieder Nossen Heller in den Sinn, und dann träumte sie die ganze Nacht von seinem länglichen Gesicht, das ihm einige Ähnlichkeit mit einem Rumänen verlieh. Um zehn Uhr abends ging er wohl durch die Straße der Gouvernementsstadt, in der er jetzt wohnte, zu irgendeinem Bekannten ans andere Ende der Stadt und dachte im Gehen an das warme, erleuchtete Zimmer dieses Bekannten.

Er wird dort lange bei einem Glas Tee sitzen und traurig und nachdenklich erzählen:

»Es gibt irgendwo ein Städtchen, und in diesem Städtchen wohnt eine gewisse Mirele Hurwitsch. Sie hat mich einst geliebt, diese Mirele Hurwitsch... So sehr hat sie mich geliebt...«

Sein Bild schwebte den ganzen folgenden Tag zärtlich und verschwommen vor ihr und zog alle ihre Gedanken an. Im Hause machten sich aber schon die Vorbereitungen zu der Verlobungsfeier bemerkbar. In ihrem Zimmer hörte sie, wie man in den anderen Zimmern die Tische zusammenrückte und wie jemand jammerte:

»Was meint ihr? Wenn von den Seidenowskis mehr als

drei Personen kommen, wird es große Schwierigkeiten geben.«

Sie wollte nicht mehr an Nossen Hellers Gesicht denken und versuchte sich darauf zu konzentrieren, daß Schmilik Seidenowski wie ein Europäer aussehe.

Sie habe schon einmal diesen Gedanken gehabt... Als sie mit ihm in der Kreisstadt gewesen war, habe sie daran gedacht.

9

Die Seidenowskis kamen am Freitag um die Mittagsstunde an. Die verhältnismäßig jungen Eltern, die im stillen Vorort der fernen Großstadt lebten, brachten außer dem Bräutigam seine jüngste siebenjährige Schwester mit und das freundliche leise Lächeln einer inneren Zufriedenheit auf ihren Lippen. Das Lächeln wirkte ansteckend. Es zeigte sich später auch auf den Gesichtern der wildfremden Gäste, es verlieh allen einen gutmütigen Ausdruck und brachte sie alle auf den gleichen Gedanken:

Die alten Seidenowskis liebten sich wohl noch sehr. Sie pflegten einmal nach Sadagora zu wallfahren und hätten einander wohl noch heute mehr lieb als die Brautleute...

Das siebenjährige Mädchen kleidete sich wie eine Erwachsene viel zu oft um und kletterte immer zu der Mutter auf den Schoß, während die Eltern erzählten, wie sie sich unterwegs im Coupé zweiter Klasse mit einem alten General unterhalten habe.

»Die Ältere«, berichtete die Mutter, »beendet in diesem Jahr das Mädchengymnasium; sie hat keine Zeit und muß lernen. Aber die Kleine haben wir mitgenommen, damit sie auch einmal ihr Vergnügen hat.«

Sie zwinkerte dem Kind mit ihren kurzsichtigen Nachtvogeläuglein zu, äußerte einen Verdacht wegen des schwarzen Pünktchens, das unter der Nase des Kindes zu sehen war, und fragte sie mit heiserer Stimme:

»Nun, wie gefällt dir die Braut? Hast du sie schon gesehen?«

Gitele saß höflich schweigend ihr gegenüber und betrachtete sie.

Die Mechutteneste war eine großgewachsene, hagere, müde aussehende Person mit dem länglichen, etwas stumpfsinnigen Gesicht einer wohlhabenden Bürgersfrau und mit ungewöhnlich großen Händen und Füßen. In ihrer Perücke steckte eine wertvolle Brillantnadel, offenbar ein Erbstück. Sie wußte nicht, worüber sie sprechen sollte, lächelte fortwährend und erzählte immer wieder:

Das Telegramm sei also gerade zu der *Purim*mahlzeit eingetroffen... Mindestens eineinhalb Dutzend Gäste seien wie jedes Jahr dagewesen... Da habe er, Jaakew-Jossel, plötzlich aufgeschrien: »Wein her! Grabt den Wein aus!« (Er hatte den Wein noch in dem Jahr, als Schmilik auf die Welt kam, im Keller vergraben.) Nun, das weitere könne man sich leicht vorstellen...

Vor der *Etagere,* auf der irgendein Buch aufgeschlagen war, stand der schlanke vierundzwanzigjährige Bräutigam und unterhielt sich mit dem Kassier. Der feine literarische Stil der beiden Briefe, die der Kassier den Seidenowskis geschrieben hatte, hatte auf den jungen Mann großen Eindruck gemacht; er hielt ihn daher für einen gebildeten Menschen, sprach auf ihn laut ein und bemühte sich, ihm klarzumachen, wer Achad-Haam sei:

»Könnt Ihr es verstehen? Dieser Achad-Haam ist imstande, ein ganzes Jahr keine Zeile zu schreiben!«

Sein kurzes, rotblondes, frisch gestutztes Bärtchen war um die Ohren herum direkt ins Kopfhaar gewachsen. Er ähnelte seinem kräftigen, untersetzten Vater, dem lustigen Kerl mit dem schönen tiefschwarzen Bart und den gleichsam lackierten schwarzen Augen. Dieser lustige Mensch saß am Teetisch neben Reb Gdalje; er umarmte ihn, küßte ihn heftig und rief mit seiner saftigen Bruststimme zu Gitele hinüber:

»Mechutteneste! Sechs Torten haben wir Euch mitgebracht, da werdet Ihr schauen!«

Die Männer wollten bereits zum Beten aufbrechen.

Neben den beiden Müttern saß die Rabbinerin Libke mit ihrer Schwiegermutter, die zu ihr zu Besuch gekommen war. Die Schwiegermutter, eine einfache Frau, die ihre Zähne wohl schon in der Jugend verloren hatte und ein seidenes Kopftuch trug, wußte nicht, was sie mit ihren Händen, die wie die einer Köchin aussahen, tun sollte, und gab sich große Mühe, den Daumen zu verstecken, an dem sie einen Auswuchs in Gestalt eines sechsten Fingers hatte. Der Rabbiner scharwenzelte vor dem alten Seidenowski, kräuselte sich mit den Fingern die Schläfenlocken und freute sich, daß der Mechutten am Sabbat einen schwarzseidenen, wenn auch etwas zu kurzen Rock trug und daß es in der Welt überhaupt noch so nette und fromme Juden gab. Ganz vorsichtig, wie nebenbei, ließ er die Bemerkung fallen:

Die Gemeinde werde wohl den Wunsch haben, daß Reb Jaakew-Jossel ihr die Ehre erweise und morgen in der Betstube das Amt eines Vorbeters übernehme... Die Leute hätten noch nicht vergessen, wie schön er einst in der Sadagorer Betstube vorzubeten pflegte.

Der weltgewandte Seidenowski, der gerade seine letzte Freitagabendzigarette rauchte, setzte ein strenges Gesicht auf:

»Wer? Ich soll vorbeten? Gott bewahre!« Er wollte sich wohl noch etwas bitten lassen.

Plötzlich erhoben sich alle von ihren Plätzen. Der Mechutten ließ den Rabbiner stehen und verbeugte sich vor Mirele, die in einem grauseidenen Kleid zum erstenmal ins Eßzimmer trat. Ihre blauen Augen lächelten den Gästen zu, aber ihr Gesicht, das sie sich eben gewaschen hatte, sah ungewöhnlich müde und blaß aus und schien älter als es in der Tat war. Man hätte glauben können, daß man nicht ein junges Mädchen, sondern eine seit drei oder vier Jahren verheiratete Frau vor sich habe, die ihren Mann vergöttere und sich ihm besinnungslos und leidenschaftlich hingebe, und daß ihr edles Gesicht aus diesem Grund so müde und blaß sei, obwohl sie es soeben mit kaltem Wasser gewaschen und auch andere Mittel angewendet hatte.

Der Mechutten hörte gar nicht zu, was sie ihm lächelnd sagte, und wandte sich zu Reb Gdalje:

Es sei also Zeit, zum Beten zu gehen? Nun, er wäre bereit. Und als er sich wieder nach ihr umwandte, hatte sie ihn schon vergessen. Sie stand am Fenster mit Schmilik und lächelte ihm mit ihren blauen Augen zu:

Sie sei also nach jener Begegnung mit ihm wieder einmal in der Kreisstadt gewesen und allein durch die leeren Straßen geirrt... Wann das gewesen sei? Ja, sie werde es ihm gleich sagen...

Sie wollte sich aber auf etwas ganz anderes besinnen und wußte nicht, was sie eigentlich wollte. Sie ging schnell in ihr Zimmer, stellte dort wieder etwas mit ihrem Gesicht an, kehrte ins Eßzimmer zurück und wandte sich an Schmilik, der ihretwegen nicht zum Beten gegangen war:

Ob er nicht Lust hätte, den Pelz anzuziehen und mit ihr ein wenig durchs Städtchen zu gehen?

Junge Mädchen, die hier und da, in warme Tücher gehüllt, vor den Häusern standen, sahen, wie das junge Paar durch das Städtchen ging und in die Hintergasse einbog, wo in den erleuchteten Bethäusern der Sabbat empfangen wurde. In den windschiefen Fenstern der Bürgerhäuser leuchteten die Sabbatlichter auf. Zwei junge Mädchen, die bei einer Nachbarin zu Besuch waren, standen mit ihr in einem der Fenster, begleiteten das junge Paar mit den Augen und gaben sich große Mühe, Schmiliks Gesichtsausdruck zu erhaschen; es wollte ihnen aber nicht gelingen. Eine junge Frau, die zufällig draußen stand, sah, wie Mirele plötzlich stehenblieb und ihrem Bräutigam das Häuschen, in dem Lipkes wohnte, zeigte.

Hier in diesem Hause wohne einer ihrer besten Freunde. Er heiße Lipkes und sei Student. Er sei aber furchtbar arm und hinke obendrein.

Am nächsten Morgen erfuhr man in der Stadt, daß der Mechutten vorbeten werde. Zu *Mussef* versammelten sich in der überfüllten Betstube die Menschen aus beiden Bethäusern und aus der Handwerkerschule. Während Seidenowski ein *Mi-Schebejrach* nach dem anderen rezitierte, stellten sich die Leute auf die Fußspitzen und reckten die Hälse, konnten aber selbst von der Höhe des *Almemors* nur die Spitze seines goldgestickten Käppchens sehen. Während sein Sohn, der Bräutigam, an der Ostwand neben Reb Gdalje stand, betete der Vater mit kräftiger, angenehmer Stimme vor. Wie einer von den berühmten *Chasonim* betete er vor...

In der Luft über den Köpfen der Betenden schwebte eine müde *Mussef*stimmung. Die Wände schwitzten, an der Ostwand strahlte im milden, heiligen Sabbatschein der verhängte *Orejn-Kejdesch,* und oben auf dem *Almemor* schimmerte das Gesicht des *Schames,* der vor jedem neuen Gebet auf den Tisch klopfte, um die Stille zu gewährleisten. Der Gottesdienst war sehr spät, erst gegen ein Uhr zu Ende. Sobald die Leute wieder im Freien waren, spürten sie Hunger und eilten nach Hause. Den ganzen Tag lebte nun das Städtchen wie in einem Sabbattraum; man sprach nur vom Bräutigam und seinen Eltern, die sich in Reb Gdaljes Hause befanden, und von der Verlobungsfeier, die abends stattfinden sollte.

Mädchen in warmen Mänteln spazierten den ganzen Tag in festlicher Stimmung auf der langen Straße, auf die Reb Gdaljes Fenster blickten. Am Rand des Marktplatzes stand aber das Burnessche Haus mit den blauen Fensterläden ganz traurig da. Es ärgerte sich über jedes lustige Lied, das in Reb Gdaljes Hause angestimmt wurde. Während des ganzen Sabbats ging niemand ein noch aus. Wie unter einem schweren Bannfluch stand das Haus da. Welwel Burnes hielt sich wohl auf seinem Gut auf. In der Stadt wußte man schon, daß er der zweiten Braut abgesagt hatte. Er erzählte zwar einem jeden, daß die Hochzeit bloß verschoben sei, es war aber nur eine Ausrede.

Nach Sabbatausgang war Hurwitschs Haus festlich erleuchtet und voller Gäste aus der Stadt und Umgebung.

Im Vorzimmer standen einige verarmte Angestellte und Agenten Reb Gdaljes. Sie freuten sich sehr, daß Reb Gdalje noch so viele gute Freunde habe, und riefen, sooft ein neuer Gast ins Haus kam, einander zu:

»Was sagst du zu diesem da? Ist ja auch kein Bettler! Was? Gib eine Zigarre her!«

Am langen, im Halbkreis aufgestellten Tisch, der sich durchs ganze Eßzimmer bis zu der offenen Salontür hinzog, war es furchtbar eng. Am Ehrenplatz neben den beiden Vätern saß mit vor Kälte gerötetem Gesicht der lustige Nochum Tarabai. Er war soeben mit seinem Schlitten angekommen und schämte sich nicht, dem Mechutten zu erzählen, daß er Reb Gdalje ab und zu unterstützt hätte und es darum für seine Pflicht hielte, zur Verlobung zu kommen, obwohl diese zu einer so ungelegenen Zeit wie am Sabbatausgang stattfinde. Er sei erst um zehn Uhr abends von zu Hause aufgebrochen, hätte sich vor dem Dorf im Dunkeln verirrt und sei schließlich doch gekommen. Er lärmte, tänzelte und suchte den traurig dasitzenden Reb Gdalje aufzuheitern:

Wie wäre es auch anders denkbar? Reb Gdalje werde die Verlobung seiner Tochter feiern, und er, Tarabai, würde nicht dabei sein?

Reb Gdalje war den ganzen Tag über in gedrückter Stimmung und hörte gar nicht zu, was man zu ihm sprach. Er saß links vom Mechutten, schwieg die ganze Zeit, hatte den Kopf auf die Brust gesenkt und dachte daran, daß alle diese Gäste gar nicht zu ihm, Reb Gdalje, dem Bankrotteur, sondern zum reichen Jaakew-Jossel Seidenowski gekommen seien, der eine halbe Million besitze und auf großem Fuß lebe; daß auch der aufgeräumte Mechutten es wisse und ihn daher gar nicht anschaue, daß die Gäste mit ihm, Reb Gdalje, Mitleid hätten und ihn darum in Ruhe ließen.

Er erschrak sogar, als Gitele auf ihn zuging und ihn um seine Schlüssel bat. Er stand gebückt da und tastete geistesabwesend lange in den Taschen herum.

Als Mirele es aus der Ferne sah, fühlte sie sich von Mitleid ergriffen und ging auf den Vater zu.

»Da sind ja die Schlüssel . . . Hier in dieser Tasche hast du sie.«

Der traurige Anblick des Vaters tat ihr weh. Sie hatte sich immer vorgestellt, daß er ein starker und stolzer Mann sei und sich in allen Lagen des Lebens zusammennehmen könne. Nun erschien er ihr zum ersten Male so hilflos und armselig wie ein echter Bettler. Sie saß stumm und bescheiden neben Gitele und Schmiliks Mutter und hörte zu, wie die letztere von ihrer Cousine Ida Schpoljanski erzählte, die in der gleichen Gouvernementsstadt wie sie wohne. Sie wolle ihr, Gott behüte, nichts Böses nachsagen, obwohl man sich erzähle, daß sie ihren Mann betrüge. Sie hätte sie sogar einmal selbst im Theater in Begleitung eines Offiziers und eines Polytechnikers gesehen. Plötzlich unterbrach sie sich und sagte, um die Sache wiedergutzumachen:

Die Ida sei doch als hübsche Person weit und breit bekannt. Und ihr Mann Abram sei ein hochanständiger Mensch. Er habe, glaube sie, große Geschäfte mit der Intendantur und sei oft monatelang von zu Hause abwesend. Sie führten aber ein ganz modernes, ein ganz freies Haus . . .

Die Gäste hatten sich inzwischen die Hände gewaschen und an den Tisch gesetzt. Gleich nach *Hamejzi* fingen sie an zu reden, einander zuzutrinken, anzustoßen, wieder zu trinken und wieder zu reden. Trotz des Gemurmels, das gleichzeitig aus sechzig kauenden und trinkenden Mündern kam, fühlte sich Mirele furchtbar einsam. Sie dachte an die große Gouvernementsstadt, in der sie schon einmal als Kind mit ihrem Vater gewesen war und wo sie in Kürze mit Schmilik in einer Drei- oder Vierzimmerwohnung wohnen würde.

An irgendeinem Sommerabend würden sie wohl durch

eine Straße dieser Stadt ganz langsam Seite an Seite gehen und nicht wissen, worüber sie miteinander sprechen sollen. Und dann werden sie wieder nach Hause kommen und wieder nicht wissen, was sie einander sagen sollen.

Wenig Freude würde sie von diesem Spaziergang und auch vom Beisammensein nach dem Spaziergang haben. Aber sie, Mirele Hurwitsch... Was solle sie denn sonst anfangen?

Das trunkene Gemurmel wuchs immer mehr an. Einzelne Gäste versuchten ein Lied anzustimmen, wurden aber immer durch die Zurufe der anderen Gäste unterbrochen. Jaakew-Jossel trank furchtbar viel und voller Gier, als wollte er im Wein den Gedanken ertränken, daß er sich mit einem Manne verschwägere, der erst vor kurzem bankrott gemacht habe und keinen Pfennig mehr besitze. Jeden Augenblick schlug er mit der kräftigen Faust auf den Tisch. Flaschen fielen um, der Wein ergoß sich über die Tischdecke, die Hängelampe zitterte, und er klopfte immer wieder, wandte sich kein einziges Mal nach Reb Gdalje um und schrie zu dem Rabbiner Reb Awremel hinüber:

»Reb Awremel! Ich will, daß Ihr trinkt! Ihr sollt mit mir Schritt halten!«

Mirele saß am entgegengesetzten Ende des Tisches und schwieg. Sie hatte zeitweise das Gefühl, daß dieser ganze Lärm gar nicht ihr, sondern irgendeiner anderen Mirele gelte, die sich über diese Verlobung riesig freue; und daß sie selbst, die wahre Mirele, mit dieser ganzen Feier nichts gemein habe. Und wenn sie dann wieder zu sich kam, sagte sie sich, daß es noch sehr zweifelhaft sei, ob sie diesen Schmilik, der da oben sitzt und auf dessen Wohl alle trinken, je heiraten würde. Es sei daher einfach dumm, daß die Leute sich über diese Verlobungsfeier wie über ein wichtiges Ereignis freuten und daß sie, Mirele, in ihrem grauseidenen Kleid wie eine Puppe in dieser närrischen Gesellschaft sitze. Vor ein paar Stunden hatte sie aber in ihrem Zimmer vor dem Spiegel gestanden, ihre bloßen Arme und die schlanke, ins lange Korsett eng eingeschnürte Figur betrachtet und dabei den Wunsch gehabt, daß sich in diesem Augenblick an ihrer Seite Nossen Heller, dem sie ja doch den Laufpaß gegeben hatte, befinden möchte. Dieser Wunsch war aber offenbar dumm. Sie selbst hatte ja einmal dem Nossen Heller gesagt:

»Also schön, wir werden heiraten. Was werde ich aber nachher machen?«

Und wer ist eigentlich Mirele Hurwitsch? Sie ist aber erwachsen und fühlt sich so unglücklich wie sich nur ein erwachsener Mensch fühlen kann. Und doch kommen ihr immer noch so dumme Gedanken in den Sinn.

Der Lärm, der sich am Tisch noch gesteigert hatte, das wilde Geschrei, die Trinksprüche und die abgerissenen Gesänge rissen sie aus ihren Gedanken. Jemand rief schon seit einigen Minuten hartnäckig ihren Namen.

Es war der halb betrunkene Jaakew-Jossel Seidenowski, der Vater ihres Verlobten. Er redete eifrig auf Nochum Tarabai ein, klopfte mit dem Weinglas auf den Tisch, bis es zerbrach, nahm ein anderes Glas, klopfte wieder und schrie:

»Mirele! Ich will, daß du sofort herkommst! Mirele!«

Dieses Geschrei widerte sie an. Sie kehrte dem Mechutten den Rücken und blickte zu Schmilik hinüber.

Schmilik stand in der Mitte des Zimmers, von mehreren Gästen, die ihm mit gespitzten Ohren zuhörten, umgeben, sang ihnen ein Stück aus dem *Jom-Kippur-*

Gottesdienst vor und bewegte dabei die Hände wie ein *Chasen*.

Im ersten Augenblick hatte sie nur den einen Wunsch, ihn hier nicht sehen zu müssen; gleich darauf war ihr aber wieder alles gleich, und sie fühlte nur noch eine dumpfe Trauer und hatte gar keine Wünsche mehr. Eine Zeitlang betrachtete sie ihn aus der Ferne und wunderte sich über sich selbst:

»Wozu brauche ich nur diesen Menschen? Und was werde ich mit ihm in meinem künftigen Leben anfangen?«

Plötzlich verließ sie ihren Platz in der Ecke des Eßzimmers, ging auf ihr Zimmer, zog sich schnell aus, legte sich ebenso schnell zu Bett und blies die Lampe aus.

Gitele klopfte dann einigemal an ihre Tür und kam schließlich in großer Aufregung zu ihr ins Zimmer gestürzt:

»Diese Schande! Wer benimmt sich so? Es ist wirklich nicht schön!«

Sie lag gleichgültig im Bett und fragte mürrisch:

Wer hätte ihr gesagt, daß es nicht schön sei?

Sie wollte einschlafen, konnte es aber nicht, weil im Haus noch immer gelärmt wurde; aus dem Eßzimmer trug man die Tische und Stühle heraus, und dann ging der Tanz wieder los. Sie wälzte sich schlaflos von der einen Seite auf die andere und ärgerte sich über sich selbst.

Aus der Sache würde doch sowieso nichts. Es werde niemals zu einer Hochzeit kommen, und sie, Mirele..., sie sei gar nicht verpflichtet, an den jungen Mann zu denken, der im Eßzimmer Stücke aus dem *Jom-Kippur*-Gottesdienst zum besten gibt und dabei die Hände wie ein *Chasen* bewegt.

10

Die Seidenowskis blieben noch die ganze Nacht da und tuschelten erregt und nervös im Salon mit Reb Gdalje und Gitele.

In der Nacht von Sonntag auf Montag legte sich niemand im Hause schlafen. Gegen vier Uhr früh wurde Mirele dann endlich in den Salon gerufen. Ihre Eltern und die Seidenowskis blickten sie erschöpft und zufrieden von den niedrigen Polstersesseln, in denen sie saßen, an, und Schmiliks Mutter fragte:

Ob sie damit einverstanden sei, daß die Hochzeit für den Sabbat nach *Schwues* festgesetzt werde?

Mirele stand vor ihnen da und schwieg. Bis zum Sabbat nach *Schwues* habe sie ja noch viel Zeit, dachte sie sich. In dieser Zeit könne sie ja noch manches anstellen, um die Hochzeit unmöglich zu machen. Sie hatte nur einen Wunsch, daß die Seidenowskis sobald wie möglich abreisen möchten. Darum antwortete sie:

»Gut, von mir aus am Sabbat nach *Schwues*.«

Dann ging sie zu Bett und schlief den ganzen Vormittag, während die Gäste abreisten und die Zimmer, in denen sie gewohnt hatten, aufgeräumt wurden. Sie schlief auch, als es in der ganzen Wohnung wieder still und sauber war und als Reb Gdalje mit dem Kassier zur Kreisstadt reiste, wohin ihn der ausländische Schwiegersohn des Kaschperiwker Grafen telegraphisch berufen hatte.

Einmal schlug sie die Augen auf und warf einen Blick in die Leere des Zimmers. Sie wollte an alles, was vorgefallen, gar nicht denken; sie schloß die Augen wieder und schlummerte langsam ein.

Aus der Sache wird ja doch sowieso nichts... Wozu denken? Ach, wenn sie doch alle ihre Jahre so durchschlafen könnte!

Ihr fiel eine Geschichte ein, die sie einmal gehört hatte: Die Geschichte von einem müden, eben aus dem Militärdienst entlassenen Soldaten, der einmal mitten im Winter zu seinen Eltern ins Städtchen gekommen war, sich sofort schlafen legte und dann den ganzen Winter durchschlief. Er erwachte erst in den warmen Tagen vor *Pessach* und sah sich im Freien unter der Bettwäsche, die man zum Lüften hinausgehängt hatte, liegen; irgendwo in der Nähe backte man *Matzen,* und im Haus seiner Eltern wusch man die Fenster und scheuerte die Wände.

Als sie die Augen wieder aufschlug und einen Blick in die Leere des Zimmers warf, war es schon sehr spät, gegen vier Uhr nachmittags. In der Wohnung war es still. Irgendwo in der Nähe der Küche tönte Giteles lautes Gähnen. Sie hatte schon ausgeschlafen, und jemand erzählte gerade der Rabbinerin Libke vom guten Eindruck, den die Seidenowskis im Städtchen hinterlassen hatten. Und dann kam das Gespräch auf den unerwarteten *Feiertag,* den die Hebamme Schatz hatte:

Ihr Bekannter, der hebräische Dichter, sei seit zwei Tagen bei ihr zu Gast; die Lehrerin Polja sei von auswärts, wo sie in Stellung sei, noch vor *Pessach* heimgekommen, und der hiesige hebräische Lehrer Schabad hätte schon zweimal die Hebamme besucht, um ihren Gast kennenzulernen, und ihn beide Male nicht getroffen.

Die letzten Ereignisse von der Verlobungsfeier bis zur Abreise der Seidenowskis schienen schon in weiter Ferne zu liegen. Es schien ihr unglaublich, daß alles sich erst heute und gestern abgespielt hatte. Sie stellte sich vor, daß der Zug mit den Seidenowskis schon irgendwo in weiter Ferne an den geheimnisvollen Stationen vorübersause, die ihnen die ersten Grüße von der fernen Gouvernementsstadt überbrachten. Unglaublich schien ihr auch, daß sie nun die Braut Schmilik Seidenowskis sei, daß die ganze Stadt davon wisse und daß die Seidenowskis am nächsten Sabbat einen Empfang haben würden, bei dem man auf ihr Wohl trinken werde.

Beim Aufstehen dachte sie immer noch daran, daß sie unbedingt etwas unternehmen müsse: ja, einen Brief wolle sie schreiben, einen Brief an Schmilik; sie müsse ihm mitteilen, daß aus der Verlobung nichts werden würde. Sie war aber so wunderbar und angenehm ruhig und fühlte beim Gedanken, daß Schmilik nicht mehr hier im Hause sei, eine so wohltuende Schläfrigkeit, daß sie sich wieder ins Bett legte. Sie sagte sich, daß das Schwerste nun überstanden sei und daß sie noch immer genug Zeit habe, um die Verlobung rückgängig zu machen.

Bis Sabbat nach *Schwues* habe sie ja noch viel Zeit!

Abends kam Gitele zu ihr ins Zimmer und brachte ihr einen Brief:

Der Brief sei an Mirele adressiert. Er sei soeben mit der Post gekommen.

Der Brief war von Nossen Heller und begann mit den Worten, mit denen wohl schon viele Briefe begonnen hatten:

Sie sei nun also eine glückliche Braut...

Der Brief ödete sie gleich nach den ersten Worten furchtbar an, und sie legte ihn weg. Nach einer Weile versuchte sie weiterzulesen:

Man hätte ja über ihn, Nossen Heller, in ihrer Anwesenheit so schlecht gesprochen...

Sie hatte keine Geduld, den Brief weiterzulesen. Sie legte ihn wieder weg und nahm ihn nicht mehr in die Hand.

Der Brief lag dann offen auf dem Stuhl vor ihrem Bett. Als sie einmal in ihr Zimmer kam, überraschte sie ihre Mutter dabei, wie sie den Brief in der Hand hielt. Gitele wandte sich schnell vom Bett weg und ging aus dem Zimmer, und der Brief... der Brief lag nicht mehr auf dem Stuhl, sondern auf dem Fußboden. Sie hätte schwören können, daß Gitele den Brief gelesen hatte.

Gitele tuschelte dann den ganzen Abend mit Reb Gdalje, der soeben aus der Kreisstadt heimgekommen war:

Sie hätte den Brief mit eigenen Augen gelesen. Er schrieb ihr per *Du*...

Reb Gdalje wollte auf sie nicht hören und wurde sogar böse:

Er wisse gar nicht, was sie von ihm wolle... Was ihr nicht alles einfalle!

So sehr beschäftigt war er mit dem Vorschlag des ausländischen Schwiegersohns des Kaschperiwker Grafen, der soeben aus dem Ausland angelangt war und das Kaschperiwker Wäldchen von der Bank ausgelöst hatte:

Er sei bereit, Reb Gdalje mit einer Einlage von nur achttausend Rubeln am großen Wald zu beteiligen, ihm die Verwaltung zu übertragen und mit ihm zu den Preisen abzurechnen, die die Kaufleute in der Kreisstadt zahlten. Für ihn, Reb Gdalje, wäre es sicherlich eine Rettung...

Gitele ließ ihn aber noch immer nicht in Ruhe:

Er bilde sich wohl ein, daß er mit seiner Tochter fertig sei?... Nun, er werde bald etwas erleben: sie hätte gesagt, sie werde gar nicht zur Kreisstadt fahren, um sich die Hochzeitskleider machen zu lassen... Um nichts in der Welt wolle sie das tun.

Am vorletzten Sabbat vor *Pessach* wehte ein zartes Frühlingswindchen. Grau und trocken lagen die Schneehaufen im Straßenkot, und es war nicht klar, zu welchem Fest die Kirchenglocken läuteten.

Eine von Awrohom-Mejsche Burnes' Töchtern, die sich sonst immer in der Stube aufhielt, stand, in den schwarzen Schal ihrer Mutter gehüllt, vor der Veranda und sah die Bauern aus dem Dorf zur Kirche gehen, die sich am anderen Ende der Stadt befand. Die Bauern gingen langsam durch die lange Gasse und an den Mauern der jüdischen Häuser vorbei und gaben sich die größte Mühe, trockenen Fußes durch den Morast der Straßen zu kommen.

In der Luft schwebte schon eine Vorahnung der furchtbaren Leere und Langeweile des kommenden Sommers. Der Provisor Saffian, der in seiner Apotheke nichts zu tun hatte, spazierte durchs Städtchen, blieb jeden Augenblick stehen und wollte schon wieder umkehren, als er Awrohom-Mejsches Tochter vor dem Haus ihres Vaters stehen sah. Nun schlugen sie zusammen den frisch ausgetretenen Pfad in Richtung Bauernhäuser ein. Er ging an ihrer Seite, ohne sie anzublicken, und sprach zu ihr so ernst, wie man zu einem Gelehrten spricht.

»Lipkes«, sagte er gehässig, »Lipkes ist nicht mehr da: er ist schließlich doch zur Vernunft gekommen, sitzt wieder in der Großstadt und studiert mit großem Fleiß. Und Mirele Hurwitsch... Mirele ist schon seit mehr als acht Tagen in der Kreisstadt und läßt sich Hochzeitskleider machen. Einfach lächerlich!«

Awrohom-Mejsches Tochter fühlte sich an seiner Seite

sehr ungemütlich und wußte nicht, was sie ihm antworten sollte.

Sie machte sich immer über ihn lustig, und in der ganzen Stadt erzählte man sich, daß er in die Hebamme verliebt sei, bei der sich seit einigen Tagen ihr Bekannter, der hebräische Dichter, aufhielt.

Er blickte nervös zu Boden und sprach über das gleiche Thema:

Wen diese Mirele eigentlich narren wolle? Sich selbst oder die ganze Stadt?

Plötzlich sahen sie einen großgewachsenen breitschultrigen Mann, der ihnen von den Bauernhäusern entgegenkam. Sie blieben stehen und musterten ihn. Wie ein junger vermögender Arzt sah er aus, der soeben aus der Universität kommt und noch keine Praxis hat.

Offenbar war es der Gast der Hebamme. Man konnte unmöglich erraten, wohin er jetzt ging.

Mirele Hurwitsch war schon seit mehr als acht Tagen nicht daheim. Und am Rand der Stadt, dem er sich jetzt näherte, war kein Mensch zu sehen außer der kleinen Gruppe Männer, die vor den Türen standen und auf die Stunde des Nachmittagsgebets warteten. Die Leute blickten ihm schweigend entgegen. Als er schon vorbei war, glitt über alle Gesichter ein Lächeln. Sie sahen ihm nach und sprachen über ihn:

»Was, sagst du, schreibt er?«

»Bücher!«

»Nun, meinetwegen, warum soll er keine Bücher schreiben?«

11

Als Mirele an einem trockenen, kühlen Tag kurz vor Sonnenuntergang aus der Kreisstadt heimkehrte, fand sie im Haus die Unordnung des großen *Pessach*-Reinemachens vor. Alle Möbel waren zu einem Haufen zusammengerückt und mit weißen Laken bedeckt. Gitele rechnete gerade mit dem alten Malermeister, der die Decken neu geweißt hatte, und mit den beiden Bauernweibern ab, die den ganzen Tag die Fenster und Türen gescheuert hatten. Die Weiber bestellte sie auch für den nächsten Tag. Im Haus gab es eine große Neuigkeit:

Reb Gdalje war am frühen Morgen aus der Gouvernementsstadt heimgekehrt, wo er das Geschäft mit dem Schwiegersohn des Kaschperiwker Grafen glücklich zum Abschluß gebracht hatte. Von diesem Geschäft hatte er Gitele im Laufe des Tages schon wiederholt atemlos berichtet. Nun besprach er die Sache mit dem Kassier im Kabinett, wo es schon sauber und aufgeräumt war. Der Kassier saß nachdenklich am Tisch, während Reb Gdalje in seinen Pelzschuhen immer auf und ab ging, ab und zu am ungeheizten Ofen stehenblieb und den Kassier über die goldene Brille hinweg ansah:

»Stimmt da etwas nicht? An diesem Wald kann man doch ein Heidengeld verdienen!«

Und das Material, das man aus den dreihundert Desiatinen in der Mitte des Waldes gewinnen könne, sei ja auch etwas wert!

Reb Gdalje wollte jetzt unbedingt die Seinigen beruhigen und seine Geschäfte in Ordnung bringen und hatte offenbar gar keine anderen Sorgen. Mirele kam daher der Gedanke: Wenn niemand mehr ein Interesse daran hat, daß sie sich verlobt hat und jetzt deswegen so furchtbar darunter leidet, und wenn alle von der Sache ebenso wenig halten wie sie, so sind doch die Hochzeitskleider überflüssig, und es hat auch gar keinen Sinn gehabt, zur Kreisstadt zu fahren und dort acht Tage zu verbringen.

Sie hätte diese sinnlose Reise gar nicht machen sollen. Sie hätte gleich von vornherein erklären müssen, daß die Verlobung ein dummer Fehler gewesen sei und daß es zu einer Hochzeit sowieso niemals kommen werde.

Der Kassier war schon fort, und im Kabinett brannte die Lampe. Reb Gdalje saß allein am Tisch und rechnete die Gewinne nach, die ihm sein neuer Wald einbringen sollte. Mirele ging in ihrem Zimmer auf und ab, das ihr nach den acht Tagen, die sie in der Kreisstadt verbracht hatte, fremd vorkam. Sie konnte sich weder an ihren Tisch setzen, noch aufs Bett legen, und dachte immer an ihren letzten Entschluß:

Sie wird jetzt gleich zu Reb Gdalje ins Kabinett gehen und ihm sagen: »Da niemand mehr ein Interesse an dieser dummen Verlobung hat und es doch nie zu einer Hochzeit kommen wird, sollte man der Sache so schnell wie möglich ein Ende machen.«

Sie dachte lange darüber nach, ging in ihrem Zimmer auf und ab und kam schließlich ins Kabinett. Sie hatte sogar die ersten Worte bereit:

»Ich muß mit dir sprechen, Vater...«

Als sie aber schon im Kabinett stand, war es ihr auf einmal ganz unmöglich, auch nur ein Wort über die Lippen zu bringen. Reb Gdalje wandte sich nach ihr gar nicht um; er saß vor dem Rechenbrett, hantierte ungeschickt mit den Holzkugeln und sprach die Zahlen laut vor sich hin. Und als er sich nach ihr umwandte, fiel ihr plötzlich die Ruhe auf, die ihm seit einigen Tagen zurückgekehrt war. Diese Ruhe hing jetzt nur noch von ihr ab. Einige wenige Worte aus ihrem Munde würden genügen, um ihn wieder unglücklich zu machen; dann würde er wieder wie einer, der soeben einen schweren Verlust erlitten hat, zusammensinken.

Sie stand eine Weile unbeweglich da und sah ihn an. Ohne die Frage, die er an sie richtete, zu beantworten, verließ sie das Kabinett und ging durch die Zimmer, in denen noch immer Unordnung herrschte. Sie schob die Aussprache auf später hinaus; sie ärgerte sich über sich selbst und tröstete sich:

Es werde doch nie zu einer Hochzeit kommen. Die Sache werde sehr bald ein Ende nehmen.

Am Abend saß sie unter den anderen Gästen im erleuchteten Zimmer der Hebamme Schatz und fühlte sich dort zum ersten Mal vereinsamt und allen fremd.

Außer der Lehrerin Polja und der Hebamme Schatz befanden sich im Zimmer der zigeunerschwarze Hebräischlehrer Aisik Schabad und ein schlankes Mädchen mit länglichem traurigem Gesicht, Esther Finkel, die schon seit drei Jahren in Paris studierte. Sie war die Tochter des heruntergekommenen, aber stolzen Mannes, der Mirele an einem Wintertag vor ihrem Haus angesprochen hatte.

Der Hebräischlehrer, der schon seit langer Zeit mit keinem Menschen außer seinen kleinen Schülern verkehrte, war von der Tagesarbeit müde. Er döste vor sich hin und wartete schon zum dritten Mal auf den hebräischen Dichter, der am Nachmittag fortgegangen war und jeden Augenblick kommen mußte.

Die Mädchen beachteten ihn nicht. Sie saßen zu dritt neben Mirele auf dem Sofa am ungeheizten Ofen. Keine von ihnen wollte sie kränken, keine wußte aber auch, worüber sie mit ihr sprechen sollte.

Esther Finkel erzählte von der Stelle, die ihr die Pariser Universität in acht Monaten zuteilen würde:

Sie dürfe hoffnungsfroh in die Zukunft blicken. Sie werde schon ihren Weg durchs Leben machen. Und was das Glück betreffe... nun, in Paris gewöhne man sich bald ab, an außergewöhnliches Glück auch nur zu denken.

Mirele kam es vor, daß Esther Finkels letzte Worte sich irgendwie auf sie bezogen. Niemand wußte es sicher, aber in der Stille, die die brennende Lampe umschwebte, flakkerte plötzlich eine leise Erinnerung auf; die Erinnerung an den Abend vor vierzehn Tagen, als in Reb Gdaljes Haus die Seidenowskis waren und die lustigen Gäste ihre Lieder erklingen ließen; als die drei Mädchen im Feuerbrand der scheidenden Sonne spazierengingen, eine tiefe Trauer empfanden und alle das gleiche über Mirele dachten:

Ein Mädchen, das imstande sei, sich jetzt in diesem Haus zu befinden, wo die Gäste ihrem Bräutigam, den sie durch Vermittlung eines *Schadchens* bekommen habe, zutrinken... Nun, von einem solchen Mädchen lohne es sich überhaupt nicht zu sprechen.

Der Gast der Hebamme, der hebräische Dichter Herz, erschien erst gegen neun Uhr abends. Er saß in seinem dunkelblauen Anzug obenan am Tisch und blickte stumm in sein Teeglas. In seinen tiefliegenden kleinen Augen lächelten grüne Reflexe. Dieses Lächeln schien zu sagen:

Ich bin klug und glaube weder an sentimentales Gerede, noch an mein eigenes Talent. Doch jetzt habe ich, wie ihr mich da seht, eine große Dummheit begangen: auf der Reise nach dem Ausland habe ich einen Abstecher zu diesem durchaus gewöhnlichen Mädchen gemacht, das mich womöglich noch weniger interessiert als euch.

Die Stille im Zimmer war nach seinem Kommen noch

schwerer und drückender geworden. Die jungen Mädchen schwiegen und sahen ernster und klüger aus als sie in Wirklichkeit waren. Esther Finkel erhob sich bald von ihrem Platz und ging heim. Die Hebamme hatte ihr gestern erzählt, daß Herz eine Abneigung gegen studierende Mädchen habe. Sie ärgerte sich über ihn und dachte beim Weggehen:

Sie kenne ja in Paris viele jüdische und auch russische Dichter. Keiner von ihnen sei aber so stolz und eingebildet wie dieser lange Kerl mit den kurzgeschorenen blonden Haaren!

Der Hebräischlehrer wurde aber auf einmal gesprächig und drang auf Herz immer wieder mit der wichtigen Frage ein:

Er könne unmöglich begreifen, warum Herz so wenig von seinen eigenen Gedichten halte, die sogar in eine Reihe von Schulbüchern aufgenommen seien.

Herz hörte ihm nicht zu. Der Lehrer machte einen mitleiderregenden Eindruck. Er selbst merkte es aber nicht und bemühte sich, seine Behauptungen zu beweisen:

Er sei bereit, morgen früh zehn oder fünfzehn Schuljungen herzubringen, die Herzens Gedicht *Bei Sonnenaufgang* auswendig hersagen könnten.

Herz erhob sich in seiner ganzen Größe und begann auf und ab zu gehen. Die grünen Reflexe in seinen Augen waren erloschen. Er wollte etwas unternehmen, konnte es aber nicht, weil Schabad und Mirele, die ihn gar nicht interessierten, im Zimmer waren. Er flüsterte der Hebamme ins Ohr, daß sie ihn, um Himmels willen, doch von Schabad, der ihn langweile, erlösen möchte. Mirele fühlte sich auf einmal unbehaglich; sie stand unvermittelt auf und unterbrach den Lehrer Schabad:

Ob er nicht Lust habe, sie nach Hause zu begleiten?

Es fügte sich aber, daß Mirele nicht vom Lehrer Schabad begleitet wurde, sondern vom Gast der Hebamme, dem Dichter, welcher gar nicht wußte, worüber er mit ihr reden sollte. In der kühlen *Erew-Pessach*luft des schlafenden Städtchens war es ungewöhnlich still, und Mirele klangen noch die Worte in den Ohren, die der Lehrer Schabad vorhin zu dem Dichter mit einem Seitenblick auf sie gesagt hatte:

Ihr Bräutigam zum Beispiel... Man sage, daß ihr Bräutigam recht gut Hebräisch könne...

Die Finsternis verschlang den langen ausgetretenen Fußpfad und Mireles schlanke Gestalt, nach der sich Herz immer wieder umsah, – die Gestalt eines schon vergebenen jungen Mädchens aus guter Familie, das einen eng anliegenden schwarzen Herbstmantel trägt, immerzu schweigt, ihn gar nicht anschaut und das Geheimnis ihres Mädchendaseins, des Lebens eines verzogenen Einzelkindes, tief in sich verborgen trägt.

Schließlich fragte er sie:

Sie werde doch bald Hochzeit haben, nicht wahr?

Mirele spürte auf einmal die Last all ihrer schweren Gedanken, die sie in den letzten Tagen so bedrückt hatten:

Die Hochzeit... Das wisse man noch nicht... Es sei noch überhaupt zweifelhaft...

Sie wollte diese Worte gar nicht sagen und blickte ihn dabei nicht an. Er wiederholte aber seine Frage. Sie fühlte einen plötzlichen Zorn in sich aufsteigen und sagte erregt:

Sie wolle ihn um etwas bitten... Er möchte ihr den Gefallen tun und eine Weile schweigen. Sie würden bald die ersten Häuser der Stadt erreichen, und dann habe sie keine Angst mehr, allein zu gehen.

Jetzt fing dieses Mädchen an ihn zu interessieren, und in seinen Augen lächelten wieder die grünen Reflexe. Er begleitete sie bis vor die Haustür, sie sah ihn aber nicht mehr an und verschwand ins Haus, ohne ihm *Gute Nacht* gesagt zu haben.

Als Mirele am nächsten Nachmittag von der Post heimging, traf sie draußen am Rand des Städtchens Herz. Sein Gesicht kam ihr jetzt so vertraut vor, als ob sie mit ihm seit langem bekannt wäre. Er stand vor einem ärmlichen Haus, in dem gerade *Matzen* gebacken wurden, und lauschte dem Lärm, der aus Türen und Fenstern drang.

Als er Mirele erblickte, fingen seine Augen wieder zu lächeln an. Er ging auf sie zu und sagte:

Er hätte seit gestern abend lange an sie gedacht und auch mit der Hebamme viel über sie gesprochen. Es hätte ihm imponiert, daß sie ihm gestern abend geboten habe zu schweigen.

Sie stand eine Weile vor ihm und sah ihn an: Er macht auf sie den Eindruck eines Menschen, der mehr als die anderen vom Leben und von den Menschen versteht; jedenfalls ist er selbst dieser Ansicht und schreibt darüber Bücher. Es fällt ihm aber gar nicht ein, mit ihr, dem verlobten Mädchen, das er zufällig im Städtchen kennengelernt hat, von diesen Dingen zu reden. Aus diesem Grund spricht er mit ihr so oberflächlich und halb im Scherz. Er war aber jetzt in den Bann ihrer traurigen blauen Augen geraten. Er lächelte und wiederholte:

Er meine es ernst. Es hätte ihm so gut gefallen, daß sie ihm gestern geboten habe zu schweigen.

Während sie an seiner Seite langsam in Richtung des Marktplatzes ging, hatte sie nur den einen Gedanken: der Dichter Herz, dessen Gedichte die Schuljungen auswendig lernen, geht jetzt mit ihr, Mirele Hurwitsch, der Braut Schmilik Seidenowskis, von dem gestern der Lehrer Schabad mit einem Seitenblick auf sie gesagt hatte: Ihr Bräutigam... Man sage, daß ihr Bräutigam recht gut Hebräisch könne...

Sie wollte nicht, daß er sich über sie erhaben fühle, und es verdroß sie, weil er wieder seine gestrige Frage gestellt hatte und mit ihr noch immer im gleichen scherzenden Ton redete. Sie schwieg, und er rechtfertigte sich:

Er hätte sie mit seiner Frage nicht verletzen wollen...

Sie unterbrach ihn und brachte die Rede darauf, daß es im Städtchen einen gewissen Provisor Saffian gebe:

Dieser Saffian sei ein Liebhaber schöner Literatur; er habe auch Herzens Gedicht von der *Toten Stadt* gelesen und dazu gesagt: Das Bild mit der Puppe, habe er gesagt, sei zu seicht und roh und durchaus unpoetisch.

Nun standen sie schon vor Reb Gdaljes Haus. Herz streifte sie mit einem schnellen Blick und errötete.

»Hören Sie einmal...«, fing er wieder lächelnd an.

Sie hatte ihm aber schon die Hand zum Abschied gereicht und lief, ohne ihn anzuschauen, die Verandastufen hinauf.

Etwas später brachte ihr ein Bauernjunge aus dem Dorf einen von der Hebamme und von Herz unterschriebenen Zettel: Man bitte sie, zum Tee zu kommen. Sie schickte den Jungen ohne Antwort fort und blieb den ganzen Tag zu Hause. Am späten Nachmittag ging sie aus dem Spezereiwarenladen, in dem sie die Dinge, die sie brauchte, nicht gefunden hatte, nach Hause. Sie ging allein durch das Städtchen und sah den Himmel hinter den Bauernhäusern in Flammen stehen. Auf dem Weg, der von den Bauernhäusern ins Städtchen führte, spazierten die

Hebamme und Herz. Sie wollte aber an die beiden gar nicht denken. Nachher lag sie lange in ihrem Zimmer und dachte an die Verlobung, die sie rückgängig machen mußte: Ja, auf welche Weise könnte sie der Sache noch vor *Pessach* ein Ende machen?

Da kam die Hebamme zu ihr herauf und fragte sie:

Ob Mirele nicht Lust habe, ein wenig spazierenzugehen?

Die Hebamme lächelte auffällig, weil draußen vor dem Haus Herz wartete und weil er darauf bestanden hatte, daß sie Mirele abhole. Mirele entgegnete kühl, daß sie nicht mitkommen wolle, und die Hebamme fühlte sich in einer dummen Lage. Sie blieb noch eine Weile da und erzählte von Herz, der sich heute nach seinem Nachmittagsschläfchen plötzlich an Mirele erinnert und lächelnd gesagt habe:

Er sehne sich nach ihr ... Wie heiße sie noch? Nun, nach dieser ›Kleinstadttragödie‹ sehne er sich.

Mirele erblaßte; sie sah die Hebamme erstaunt an und sagte nichts. Und als die Hebamme schon längst fort war, dachte sie noch immer an den hebräischen Dichter Herz, und seine Worte klangen ihr in den Ohren:

»Kleinstadttragödie.«

Sie wußte selbst nicht genau, was für sie so beleidigend war: daß Herz sich nicht die Mühe gegeben habe, ihren Namen zu behalten, oder daß er diesen Ausdruck gebrauchte: ›Kleinstadttragödie‹.

Um sich einige Erleichterung zu verschaffen, suchte sie sich einzureden, daß sie sich aus Herz und seinen Worten gar nichts machte:

Es sei einfach dumm. Und sie, Mirele, habe jetzt ganz andere Dinge im Kopf und wolle ihn überhaupt nicht mehr sehen.

Herz trieb sich aber den ganzen folgenden Tag im Städtchen herum und kam einigemal an Reb Gdalje Hurwitschs Haus vorbei. Mirele sah aus ihrem Fenster, wie er jedesmal den Kopf nach dem Haus wandte, und konnte gar nicht begreifen, warum er das tat. Sie zuckte sogar die Achseln und fragte sich erstaunt: Was will er eigentlich?

Am späten Nachmittag warf sie sich den Schal um und ging auf die Veranda hinaus; ganz ohne jede Absicht tat sie das. Er erblickte sie aber aus der Ferne und ging mit ernstem Gesicht auf sie zu.

Er müsse sie sprechen. Nur ein paar Worte wolle er ihr sagen. Ob sie nicht Lust hätte, sich anzuziehen und mit ihm ein wenig spazierenzugehen?

Sie fühlte zwar, daß sie eine Dummheit beging, lief aber dennoch schnell ins Zimmer, zog sich an und ging mit ihm ins Städtchen.

So was paßte doch nur für ein siebzehnjähriges Mädchen, aber nicht für sie, die an ganz andere Dinge denken sollte!

Eine Weile gingen sie schweigend nebeneinander her und sahen sich nicht an. Es geschah aber, daß Mirele als erste das Schweigen brach. Sie wandte ihm ihr aufgeregtes Gesicht zu und fragte:

Hätte er nicht in Verbindung mit ihr gestern den Ausdruck ›Kleinstadttragödie‹ gebraucht?

Herz wurde rot vor Verlegenheit, aber in seinen Augen lächelten die grünen Reflexe wieder. In seiner Stimme lag schon wieder der scherzende Ton von gestern:

Sie müsse es doch selbst wissen, was er damit gemeint habe...

Mirele erblaßte: Nein, auch dieser Mensch ist vom gleichen Gift durchseucht wie die Hebamme und ihre alte Großmutter. Einen solchen Menschen muß man streng im Zaum halten, sonst ist er imstande, sich selbst in den Schmutz zu ziehen, nur um einen schlechten Witz über einen Mitmenschen machen zu können:

Auch er, Herz, selbst sei ja nur eine ›Kleinstadttragödie‹...

Sie wollte ihn nicht mehr anhören und sagte:

»Hören Sie einmal, wie heißen sie noch? Hätten sie nicht Lust, einen Ihrer Kritiker kennenzulernen?«

Ohne ihn anzuschauen, fing sie an, den Provisor Saffian zu rufen, den sie in der Ferne bemerkt hatte.

Am Sonntag nachmittag – es war der Tag vor *Erew-Pessach* – floh Mirele vor dem Trubel der Festvorbereitungen aus dem Haus und irrte einige Stunden weit draußen vor dem Städtchen umher. Als sie gegen Abend nach Hause kam, erzählte man ihr:

Herz habe zwei Stunden lang in ihrem Zimmer gesessen und auf sie gewartet.

Auf dem Toilettentisch lag ein Zettel:

»*Ich fahre heute fort. Es tut mir sehr leid, daß Sie nicht zu Hause waren und ich Sie nicht sehen konnte. Wenn ich je wieder ins Städtchen komme, so tue ich es ausschließlich Ihretwegen.*«

Der Zettel war mit seinem Namen unterzeichnet.

Auch dieser Zettel schloß mit einem Witz, der aber zu Wahrheit werden konnte:

»Wenn ich je wieder ins Städtchen komme, so tue ich es ausschließlich Ihretwegen.«

Ganz in ihren Gedanken verloren zog sie sich wieder an, ging zur Hebamme Schatz und blieb vor der von außen abgesperrten Tür stehen: Er ist also schon fort!

Nun gab es im Städtchen niemand mehr, mit dem sie reden konnte. Die Nacht von *B'dikas-Chomez* senkte sich über die schwacherleuchteten Häuser. Sie dachte an Herz, der wohl schon im Zug saß und sich der Grenze näherte:

Wenn er noch hier im Städtchen wäre... Wenn sie ihm zum Beispiel jetzt auf dem Heimweg begegnete...

Das wäre natürlich nicht das höchste Glück, aber es würde ihr doch etwas leichter zumute werden. Herz hätte sie doch sicher verstehen und damit ihre Last etwas erleichtern können. Es war ihm wohl aber nicht sehr darum zu tun, er hatte sich ja über sie lustig gemacht:

»Kleinstadttragödie«, hatte er gesagt.

Es war zwar nur eine Kinderei, aber es verdroß sie immer wieder. Er hätte sie ja verstehen können, hatte es aber nicht tun wollen und sie mit einem Scherz abgefertigt:

Sie müsse es doch selbst wissen, was er damit gemeint habe...

Sie lag im Dunkeln auf dem Bett und dachte darüber nach. Schließlich stand sie auf, zündete die Lampe an und begann ihm einen Brief zu schreiben:

»*Die ›Kleinstadttragödie‹ mag keine Menschen, die immer scherzen. Lassen Sie Ihre Scherze und hören Sie mich an: in acht Wochen habe ich Hochzeit.*«

Im Zimmer war es kühl, weil die Fenster den ganzen Tag über offengestanden waren. Draußen wieherte ein vor einem Laden angebundenes Reitpferd. In den meisten Zimmern wurde kein Licht gemacht, damit niemand *Chomez* hineinbringe. Reb Gdalje suchte in allen Zimmern nach *Chomez* mit einem brennenden Licht in der Hand; er hatte schon den Segensspruch verrichtet und sprach zu Gitele auf Hebräisch von einem Flederwisch und von Brosamen. Im Eßzimmerofen brannte Feuer, und Mirele hörte in ihrem Zimmer, wie die gußeiserne

Ofentür sich im Luftzug hin- und herbewegte: *Pch... pch... pch... pch...*

Mirele saß nachdenklich mit der Feder in der Hand und starrte in die Lampenflamme:

Vielleicht würde sie keine Kraft mehr haben, die Hochzeit zu verhindern. Nicht weil sie diese Hochzeit wollte oder weil jemand anders an ihrem Zustandekommen Interesse hätte, sondern weil ihr schon alles gleichgültig war und weil sie sich vor dem Gedanken grauste, auch diese zweite Verlobung rückgängig machen zu müssen.

Und doch sehnt sie sich nach Liebe; doch während sie hier so abseits von allem liegt, leben alle anderen Menschen, und sie sieht aus der Ferne, wie sie leben.

Alle diese Menschen wissen wohl längst, daß die Liebe nicht das Wichtigste im Leben ist. Ein jeder weiß es für sich, und niemand spricht es aus. Was ist aber das Wichtigste? Gibt es im Leben vielleicht doch noch einen verborgenen Winkel, wo man erfahren könnte, was das Wichtigste ist?

Als sie mit dem Brief fertig war – es war schon gegen zehn Uhr geworden –, las sie ihn noch einmal durch, ging einige Male durchs Zimmer, blieb wieder vor dem Tisch stehen, nahm den Brief wieder in die Hand und zerriß ihn in kleine Fetzen:

Dieser dumme Brief! Was bedeutet ihr überhaupt dieser Herz, daß sie ihm Briefe schreiben soll?

Sie warf einen zerstreuten Blick auf den Toilettentisch und entdeckte einige Briefe von Schmilik, die in ihrer Abwesenheit angekommen waren. Es waren vier Stück, und alle waren sehr dick. Sie öffnete einen von ihnen.

Die erste Hälfte des Briefes war hebräisch, die zweite jiddisch; der Brief fing mit *Geliebte meiner Seele* an und endete mit zwei Zeilen Punkte.

Sie legte den Brief wieder auf den Toilettentisch und ging ins Eßzimmer. Dort traf sie den Kassier und sagte ihm in Gegenwart ihrer Eltern:

Ja, sie möchte ihn um etwas bitten. Sie hätte eben einige Briefe von Schmilik bekommen. Er möchte so gut sein und Schmilik mitteilen, daß sie das Briefschreiben nicht möge und dann überhaupt... Sie lasse ihn bitten, daß er ihr keine solchen Pakete mehr schicke.

12

Zu den beiden letzten *Pessach*-Tagen kam Schmilik.

Er erschien ganz plötzlich, beinah ungebeten. Er begleitete Reb Gdalje jedesmal zum Beten und fühlte sich im Hause so wohl wie ein frischgebackener Schwiegersohn im ersten Monat nach der Hochzeit.

Man hielt ihn im Städtchen für einen hübschen jungen Mann. Festlich geputzte Weiber sprachen von ihm:

Er habe einen so guten Charakter... Er sei ein Mensch ohne Galle!

Mirele aber stellte fest, daß er in ihr längst keine sinnlichen Regungen mehr weckte, und betrachtete ihn kühl und gleichgültig. Sein hübsches Gesicht schien ihr jetzt so bekannt und viel gelber als früher; das kleine, weiche, gleichmäßig gestutzte Bärtchen schien ihr rötlicher, der Schnurrbart dünner und länger und die volle Nase sogar häßlich, weil sie unten bei den Nasenlöchern so merkwürdig in die Breite ging und weil er die wohl noch von der Kindheit zurückgebliebene Angewohnheit hatte, die Nase hochzuziehen.

Es zeigte sich, daß er sehr schlecht russisch sprach, aber mit der Hebamme nur russisch reden wollte; daß er die Angewohnheit hatte, am Nachmittag zu schlafen, und gerne endlose, uninteressante Geschichten erzählte, die die Zuhörer kalt ließen.

Gerade erzählte er der Hebamme eine solche unendliche Geschichte schon zum zweitenmal. Plötzlich bemerkte er ein flüchtiges Lächeln auf ihren Lippen und wußte auf einmal nicht, wie er die Geschichte zu Ende bringen sollte. Mirele saß abseits und fühlte einen Ekel vor seiner seichten Seele und vor der endlosen, uninteressanten Geschichte, die er schon zum zweitenmal erzählte. Sie wollte nicht mehr an ihn denken und wandte sich an die Hebamme mit der Frage:

Ob die Hebamme glaube, daß Herz wirklich nie wiederkommen werde?

Als Schmilik den Namen des bekannten Literaten hörte, mischte er sich ins Gespräch ein:

Ja, er hätte seine Bücher gelesen, er kenne sogar einen Vetter von ihm, einen freigeistigen Rabbiner.

Mirele ärgerte sich über diese Einmischung. Sie wollte ihm sagen, daß er lüge; daß er die Bücher, die er lese, gar nicht verstehen könne. Sie beherrschte sich aber und sagte nichts. Sie trat ans Fenster und stand dort so lange, bis sich ihre Erregung wieder gelegt hatte. Sie dachte:

Welwel Burnes sei zwar viel ungehobelter als dieser Schmilik, und doch habe sie vor ihm nicht diesen Ekel gehabt.

Als sie einige Tage später, von Schmilik begleitet, durchs Städtchen ging, sah sie vor dem Burnesschen Haus Welwels Wagen warten. Sie blieb stehen und sagte, ohne Schmilik anzuschauen:

Ihr gewesener Bräutigam sei jetzt offenbar zu Hause.

Wenn seine Eltern nicht so garstig und unfreundlich wären, hätte sie große Lust, ihn jetzt zu besuchen.

Sie mußte sich darauf furchtbar ärgern, denn ihre Worte hatten auf Schmilik nicht den geringsten Eindruck gemacht. So lau war der Mensch, so seicht und so kalt war seine Seele. Er zog nur die Nase hoch und fuhr in seiner Erzählung fort: sie werden nicht im großen alten Haus seiner Eltern wohnen, sondern im kleinen neuen Häuschen, das im Garten steht und dessen Fenster auf die stille Straße des Vororts hinausgehen.

Während er so redete, fühlte er sich mit ihr ganz vertraut und nahm sie am Arm. Sie befreite aber ihren Arm, ohne ihn anzublicken, rückte von ihm weg und machte ein ernstes Gesicht:

Sie möchte nicht eingehängt gehen... Es sei ihr immer unangenehm gewesen, und sie habe es ihm schon einige Male gesagt.

Sie schwieg den ganzen weiteren Weg und sah ihn auch nicht mehr an.

Als sie wieder zu Hause war, fiel ihr ein, daß Schmilik bald abreisen würde, und sie fühlte sich auf einmal erleichtert. Sie stand in der Dämmerung an dem dunklen Fenster und dachte:

Nun werde wohl auch Reb Gdalje nach seinem neuen Kaschperiwker Wald fahren und viele Wochen wegbleiben. Im Haus werde es wieder so still sein wie es vor *Pessach* war, und sie, Mirele, würde nun wieder allein sein können... Ach, wenn sie nur allein sein könnte!

Es war ein heißer, sommerlicher Tag; die Morgensonne schien zum offenen Fenster herein, brachte die Fensterscheiben und Jalousien zum Glühen und spielte auf dem Fußboden und den Wänden.

Da Schmilik an diesem Morgen abreisen wollte, waren alle im Haus früher als sonst aufgestanden. Mirele hörte in ihrem finsteren Zimmer, wie man im Eßzimmer den Frühstückstee trank, wie Gitele Schmilik fragte, wo sie ihm das Buttergebäck einpacken solle, und wie der Rabbiner Reb Awremel, der vor dem Beten heraufgekommen war, laut sagte:

Wenn Schmilik auch erst um zwölf Uhr das Haus verließe, käme er noch immer rechtzeitig zum Zug.

Auf dem Hof wusch man den Wagen und gab den Pferden Hafer. Für Reb Gdalje, der sich gleich nach Schmiliks Abreise nach dem Kaschperiwker Wald begeben wollte, wurde ein Mietwagen bestellt.

Mirele stand erst gegen zehn Uhr auf. Die ganze vordere Hälfte des Hauses lag schon im Schatten. Ein leises Windchen spielte mit den Fenstervorhängen.

Mirele trank ihren Tee am Eßzimmertisch, an dem Reb Gdalje und der Rabbiner Reb Awremel saßen. Schmilik verrichtete sein Morgengebet und ging mit umhängtem *Tfillin* lange auf und ab. Er dachte daran, daß Mirele zu ihm in den letzten zwei Tagen kein einziges Wort gesprochen hatte, und blickte gekränkt und beleidigt auf und ab gehend zu Boden. Ein einziges Mal streifte er sie mit einem Blick und stellte fest, daß sie ihn gar nicht ansah. Sie sah nur auf den ehrwürdigen deutschen Maschinenmeister und hörte, wie Reb Gdalje dem Kassier sagte:

Der Deutsche wolle, daß man die Sägemaschine beim kleinen Graben, der gleich nach der sechsundachtzigsten Desiatine käme, aufstelle.

Etwas später kam Schmilik ohne *Tfillin* zu ihr ins Zimmer.

Sie stand am offenen Fenster und wandte sich nicht zu ihm um. Er fühlte, wie sich in ihm plötzlich eine furchtbare Leere auftat, und sein Gesicht wurde von Augenblick zu Augenblick gelber. Er wartete auf etwas Bestimmtes.

Mirele drehte sich zu ihm und brachte die Rede auf die beiden letzten Tage:

Er könne mit ihr eine Menge solcher Tage erleben! Sein Leben lang werde er mit ihr unglücklich sein!

Noch etwas müsse sie ihm sagen: sie, Mirele, liebe ihn nicht und werde ihn niemals heiraten... Sie könne unmöglich begreifen, warum er sie wolle. Er könne doch sicher eine bessere Partie finden. Es sei ihr nicht ganz klar, was für eine Frau er sich wünsche; aber da gebe es zum Beispiel die beiden Burnes-Mädchen. Mit einer jeden von ihnen würde er glücklicher sein als mit ihr.

Als sie sich nach einer längeren Pause wieder nach ihm umwandte, standen ihm Tränen in den Augen. Zwei Tropfen rollten langsam über seine Nase. Die Nase fühlte es und reagierte darauf mit einem leisen Hochziehen.

Mirele fühlte sich auf einmal erleichtert, und es durchzuckte sie der Gedanke:

Er hat sich also schon damit abgefunden...

Bald darauf warf sie sich den schwarzen Schal um und wandte sich im Weggehen noch einmal an ihn:

Sie gingen also auseinander... Sie wünsche ihm alles Gute und möchte ihn nur noch um eines bitten: er solle keinen Lärm machen und sich bis zuletzt so benehmen, als wäre er noch ihr Bräutigam. Er möchte so gut sein und vorläufig keinem Menschen etwas sagen. Ihre Eltern sollten es erst später, nach seiner Abreise, erfahren... Sie halte ihn für einen anständigen Menschen und sei überzeugt, daß er ihr diesen Gefallen tun würde.

Von niemandem bemerkt, verließ sie durch die Küchentür das Haus und ging zur Hebamme Schatz.

Sie wollte dort abwarten, bis alle zum Bahnhof abgefahren sein würden. Sie lag auf dem Bett der Hebamme und dachte:

Die Sache sei jetzt also zu Ende... Nun sei sie endlich den Schmilik und den Verlobungspakt, der sie an ihn fesselte, los!

13

Erst gegen drei Uhr nachmittags kehrte sie von der Hebamme heim. Kurze dunkle Schatten lagen vor den Häusern, und dösten in den heißen, langweiligen Tag hinein.

Vor Reb Gdaljes Haus war es ungewöhnlich still. In der Pfütze vor der Küchentür lag ein schlafendes Schwein, und die vordere Verandatür war wie am Sabbat von innen verschlossen. Es sah so aus, als ob alle im Hause ihr Nachmittagsschläfchen hielten. Mirele trat in den Hof und sah sich um. Der Wagen, der sonst immer unter dem Schutzdach stand, war fort und der Stall leer:

Schmilik ist also schon abgereist. Reb Gdalje hat sich wohl auch schon nach seinem Wald begeben, und zu Hause ist niemand außer Gitele.

Mirele fühlte sich zu den stillen, leeren Zimmern hingezogen.

Nun wird sie lange in ihrem kühlen Zimmer liegen können und daran denken, daß sie schon wieder frei sei und daß in ihrem Leben wieder etwas geschehen könne.

Sobald sie aber ins Eßzimmer trat, merkte sie, wie sehr sie sich getäuscht hatte.

Das Haus war voller Geflüster und Unruhe, die man vor der Stadt und den Leuten, die aus und ein gingen, zu verheimlichen suchte.

Man rief sie in den Salon, wo alle um den niedergeschlagenen und verweinten Schmilik saßen und ihm zuredeten, er möge doch endlich seinen schon kalten Tee austrinken. Man wollte mit ihr in Schmiliks Gegenwart sprechen und hatte für sie bereits einige vorsichtige Fragen bereit. Mirele wollte aber nicht kommen. Sie schloß sich in ihrem Zimmer ein. Sie fühlte sich wieder bedrückt und unbehaglich und dachte:

Wie dumm es doch von ihr gewesen sei anzunehmen, daß die Sache so einfach ablaufen werde...

Hinter verschlossenen Türen wurden endlose Beratungen abgehalten, und Schmilik kam nur selten aus dem Salon heraus.

Der Rabbiner Reb Awremel nahm an den Beratungen teil; auch der Kassier mußte den ganzen Tag dableiben. Man berief telegraphisch jenen guten Freund der Seidenowskis, der einmal im Winter als Vermittler gekommen war.

Abends kam Reb Gdalje zu Mirele ins Zimmer und fragte:

Was sie eigentlich wolle? Ob sie es ihm sagen könne, was sie wolle?

Mirele machte ein ernstes Gesicht und antwortete mürrisch und kalt:

Gar nichts wolle sie... Sie wolle, daß man sie in Ruhe lasse.

Reb Gdalje wandte sich zu der Salontür und sagte so leise, als fürchte er, daß ihn jemand hören könne:

Schmilik wolle seine Eltern kommen lassen... Man

müsse sich doch einfach vor den Leuten schämen. Und noch eins: Bilde sie sich vielleicht ein, daß seine Geschäfte schon in Ordnung seien? Glaube sie vielleicht, daß die fünfzig Prozent, mit denen er am Kaschperiwker Wald beteiligt sei, ihm genügen würden, um alle Schulden zu bezahlen und einige Jahre sehr bescheiden leben zu können?

Er stand noch eine Weile da und dachte an seine letzten Worte.

Er müsse es ihr noch einmal sagen: er und Gitele lehnten jede Verantwortung ab... sie solle nur tun, was ihr beliebe...

Es war ja klar! Ihre Eltern hatten für sie alles getan, was sie nur konnten; nun gaben sie ihr volle Freiheit und sagten ihr:

»Tu, was du willst!«

Als Reb Gdalje gegangen war, fühlte sie sich noch bedrückter als zuvor. Mit Grauen dachte sie an die ihr bevorstehende Einsamkeit.

Reb Gdalje und Gitele werden Zeugen ihres elenden Lebens sein. Sie werden niemals darüber reden, sich aber immer denken: »Nun, was können wir helfen?«

Nachts träumte sie, daß Schmiliks Eltern schon längst da seien. Sie packten mit bitterbösen Mienen ihre Sachen und wollten mit niemand reden. Beim Morgengrauen sah sie sich im Traum am Fenster stehen und hinausschauen. Draußen fuhr ein Wagen ab, in dem Awrohom-Mejsche Burnes und seine Frau saßen. Zwischen ihnen saß, seltsam geduckt, den Kopf auf die Brust gesenkt, Schmilik und zitterte vor verhaltenem Schluchzen am ganzen Leib. Awrohom-Mejsche Burnes und seine Frau stießen den kleinen Bauernjungen, der auf dem Bock saß, in den Rücken, damit er schneller zum Bahnhof fahre.

Als sie morgens erwachte, kam ihr zuallererst der Gedanke, daß Schmiliks Eltern noch gar nicht angekommen seien. Sie befreite sich allmählich von dem Alpdruck und sagte sich, im Bett liegend, daß sie noch immer Zeit habe, die Sache wiedergutzumachen... Sie könne sich noch immer bereit erklären, Schmilik zu heiraten, aber nicht fürs Leben, sondern nur für eine gewisse Zeit.

Mirele söhnte sich also mit dem Bräutigam aus, und der Hochzeitstag wurde wieder für den Sabbat nach *Schwues* festgesetzt.

Man erzählte sich, daß Mirele mit ihrem Bräutigam einen neuen Pakt abgeschlossen habe: Er dürfe von ihr nicht erwarten, daß sie mit ihm wie eine Ehefrau zusammenleben. Sie behalte sich das Recht vor, ihn jeder Zeit zu verlassen. Was war da noch viel zu reden?

Schmilik Seidenowski hatte ja noch immer die Möglichkeit, eine andere und bestimmt bessere Partie zu machen. Und wenn er es doch vorzog, so zusammenzuleben als wäre bei ihnen ewig Jom-Kippur, so doch nur darum, weil er in sie nicht weniger vernarrt war als vor ihm Welwel Burnes. Doch die Tatsache selbst war immerhin ungewöhnlich und beachtenswert, und es lohnte sich, in den Fenstern zu liegen und den Brautleuten nachzuschauen, die durch die lange Straße gingen und sich anschickten, nicht wie Mann und Frau, sondern in irgendeinem neuen, ungewöhnlichen Verhältnis, in dem hier im Städtchen noch kein einziges Ehepaar gelebt hatte, zusammenzuleben.

Schmilik kam nun allen wie ein Heiliger vor. Er erzählte zwar seinen Bekannten nach wie vor unendliche langweilige Geschichten, aber mit gedämpfter Stimme, und sein Gesicht war so traurig, wie wenn er faste.

Alle Menschen bemitleideten ihn und beklagten sein Los:

Der Ärmste! Auch er sei schön hereingefallen...

Wenn Mirele mit ihm durchs Städtchen ging, verhielt sie sich so streng und unnahbar, daß er sich nie wieder traute, ihren Arm zu nehmen.

Einmal blieb sie fast eine halbe Stunde mitten auf der Straße stehen und vertiefte sich, ohne auf Schmilik zu achten, in ein Gespräch mit der Schusterfrau Broche, die einst sechs Monate lang ihre Amme gewesen war. Sie sagte ihr mit ernstem Gesicht:

»Euer Häuschen fällt ja ganz ein. Ihr müßt es kommenden Sommer umbauen lassen!«

Die Leute standen vor den Haustüren und sahen erstaunt zu:

Unerhört! Benimmt man sich denn so, wenn man mit seinem Bräutigam spazierengeht?

Sie sagte Broche, daß sie ihr ihren Mann schicken solle, damit er bei Schmilik Maß für ein Paar Schuhe nehme, und rief ihr laut nach:

Ihr Mann sei doch ein guter Schuster und verstehe sein Handwerk nicht schlechter als die Schuster in den großen Städten...

14

Schmilik blieb acht Tage da. Er war furchtbar niedergeschlagen und verschob die Abreise von einem Tag auf den anderen.

Gleich nach seiner Abreise begann man im Haus mit

den Vorbereitungen für die Hochzeit. Im Küchenherd brannte Tag und Nacht Feuer. Ein halbes Dutzend Weiber mit aufgekrempelten Ärmeln und nassen Händen arbeitete mit großem Eifer. Sie schälten Mandeln, schlugen Eier und stießen Zimt. Die Oberaufsicht hatte eine fremde Aufwärterin mit heiserer Stimme und blauer Brille, die so schweigsam war wie eine fromme Witwe, dafür aber für zehn arbeitete.

Reb Gdalje hielt sich nun wieder wochenlang im Kaschperiwker Wald auf.

Im Haus wirtschaftete eine arme Verwandte Giteles, die man von auswärts kommen ließ. In den Wohnzimmern arbeitete eine Gruppe von Damenschneidern, die mit Mireles halbfertigen Kleidern aus der Kreisstadt gekommen waren, um sie hier fertig zu nähen.

Im Städtchen wollte noch immer kein Mensch glauben, daß Mirele tatsächlich heiraten würde. Im Burnesschen Eßzimmer sagte man sich:

»Habt nur keine Angst! Sie wird, so Gott will, auch dem Seidenowski den Verlobungspakt zurückschicken.«

Die Hebamme Schatz und der Provisor Saffian ließen sich im Hurwitschschen Haus nicht mehr sehen. Sie spazierten zusammen durch das Städtchen und fühlten sich Mirele immer mehr entfremdet:

Was für ein Interesse verdiene sie denn überhaupt? Als ob man noch nie ein vor der Verheiratung stehendes Mädchen gesehen hätte!

Auch Mirele selbst wußte wohl, wie tief sie gesunken war; sie dachte daran, wenn sie am Nachmittag in ihrem Zimmer stand, wo Berge von Wäsche aufgestapelt waren; sie dachte daran, wenn sie sich über ihren Koffer mit der Aussteuer beugte, um die Wäsche einzuordnen. Um sie herum arbeiteten viele geschäftige Hände für ihre

Aussteuer, und in der Stille der kühlen Zimmer erklang von Zeit zu Zeit das heisere Knirschen der großen Schneiderschere. Manchmal versuchte einer von den jungen Schneidergesellen, die vor den Nähmaschinen gebeugt saßen, die Stille zu brechen und stimmte ein Lied an:

Ach meine Geliebte,
Einen weiten Weg
Fahr' ich von dir fort...

Und die Nähmaschine rasselte immer heiserer, bis sie schließlich verstummte. Im gleichen Augenblick begann in einer anderen Zimmerecke eine andere Nähmaschine zu rasseln. Ein warmes Lüftchen, das zum Fenster hereindrang, hob den Vorhang zur Decke und zeigte, daß es eben zu dunkeln begann und daß in den Bauerngärten vor der Stadt die Obstbäume blühten.

Mirele mußte in den Salon kommen, um ein Kleid anzuprobieren. Die sechs Schneidergesellen unterbrachen sofort die Arbeit und glotzten mit blöden Augen auf ihre nackten Arme und Schultern. Sie stand im neugehefteten Kleid vor dem großen Spiegel und dachte:

Erst vor gar nicht so langer Zeit war sie, Mirele, jemand und habe auch mal etwas gewollt... Heute aber sei sie niemand und wisse überhaupt nicht mehr, was mit ihr weiter geschehen solle. Und nun lasse sie sich gutwillig ein Kleid für ihre Hochzeit anprobieren...

Plötzlich wurde sie ungeduldig und stieß den Schneider, der sie beschwor, gerade zu stehen, von sich:

Was wolle er von ihr? Was wolle er ihr da einreden? Das Kleid werfe an der Schulter Falten und sei überhaupt ganz verpfuscht!

Eines Nachmittags stand auf der Veranda des Hurwitschschen Hauses eine von den aus der Kreisstadt herübergekommenen Schneiderinnen und war mit dem Bügeln eines Seidenkleides beschäftigt. Das Mädchen hielt das glühende Bügeleisen in der Hand, spritzte mit dem Mund Wasser auf das Kleid und hörte, wie die Nähmaschinen im Haus um die Wette klapperten. Am östlichen Ende der Stadt erstarben langsam die Schläge eines Schmiedehammers. Plötzlich erklang in der Stille Schellengeläut, und in der Ferne zeigte sich ein unbekannter Mietwagen. Der Wagen kam immer näher. Der fremde junge Mann, der im Wagen saß, wandte im Vorbeifahren keinen Blick vom Hurwitschschen Haus. Die Näherin vergaß für einen Augenblick das Kleid, das sie bügelte, und begleitete den Wagen mit den Augen bis zu den ersten Bauerngärten. Schließlich sagte sie sich beruhigt:

Es wird wohl nur ein Durchreisender sein...

Eine Weile später kam jemand ins Haus und berichtete ganz atemlos:

Man sage, daß zu der Hebamme wieder der Gast gekommen sei, der schon einmal vor *Pessach* dagewesen sei.

Mirele stand mit bloßen Armen und glühendem Gesicht vor dem Spiegel und probierte eben ein neues Kleid. Mit weit aufgerissenen Augen fragte sie die Umstehenden:

Wer? Wer ist angekommen?

Noch ehe man ihr antwortete, hatte sie den Oberschneider, der vor ihr auf dem Boden kniete und den Saum des Kleides mit Stecknadeln zusammenheftete, vergessen. Sie riß das Kleid, mit dessen Anprobe sie noch gar nicht fertig war, herunter und zog wieder ihre Wochentagsbluse an.

Der Schneider war ganz außer sich. Er wandte sich zu den beiden Gesellen, die das Kleid zu Ende nähen sollten und nun ohne Arbeit waren, und wischte sich den Schweiß von der Stirn:

Diese verrückten Launen!... Er kenne Mirele Hurwitsch zwar schon lange. Er habe damit gerechnet, daß er am Dienstag abend mit der Arbeit fertig sein werde und Freitag früh nach Hause fahren könne... Und jetzt? Mirele knöpfte schon den Kragen der Bluse zu, und ihre Lippen zitterten:

Was wolle er von ihr, der Schneider? Sie wisse wirklich nicht, was er wolle!

Sie ging schnell aus dem Salon und begann auf jemand mit großer Ungeduld zu warten. Sooft die Haustür aufgemacht wurde, kam sie aus ihrem Zimmer ins Eßzimmer gestürzt und schickte das Dienstmädchen in den Flur, um nachzuschauen:

»Nun, wer ist's? Wer ist eben gekommen?«

Gegen Abend schlug ihre Stimmung aber um und sie sah wieder müde und entmutigt aus. Niemand war zu ihr gekommen.

Sie saß allein, in einen leichten Sommerschal gehüllt, auf den Verandastufen und sah, wie die untergehende Sonne die Strohdächer mit rotem Schein übergoß. Irgendwo sollte an diesem Abend eine *Ben-Sochor*-Feier stattfinden, und jemand trug vom Markt in einer Riesenflasche Wein zu der Feier hin. Der Wein schwappte in der Flasche und schimmerte in den Strahlen der untergehenden Sonne in einem grellen Rot. Man mußte unwillkürlich an das Haus denken, in dem die Feier stattfinden sollte: man sah vor sich die gedeckten Tische und die einander zutrinkenden Gäste mit ihren vor Freude leuchtenden Gesichtern. Mirele dachte aber an ein anderes Haus: an das Bauernhaus am Rande des Dorfes, dessen

Fenster heute bis spät in die Nacht hinein leuchten würden; die Hebamme, Herz und auch der Provisor Saffian werden dort sitzen und von allen möglichen Dingen reden. Und sie werden alle wissen, was in dem Brief steht, den Mirele kurz nach *Pessach* dem Dichter geschrieben hat. Niemand wird davon reden, aber jeder einzelne wird denken:

Was gibt's denn da noch viel zu reden? Eine dumme Geschichte... So furchtbar dumm ist dieser Brief, den Mirele geschrieben hat...

Am nächsten Morgen sauste die Hebamme durchs Städtchen in einem fremden Wagen, den sie irgendwo erwischt hatte und selbst lenkte. Einige Weiber, die bei Sonnenaufgang ihre Kühe auf die Weide trieben, sahen es. Bald wußten es alle:

Bei der Hebamme hatte man nachts viel getrunken. Am Trinkgelage hatten teilgenommen: die Hebamme selbst, Herz, der Sohn ihrer Hausfrau, ein gedienter Soldat, und ein Lehrer aus einem nahen Städtchen, ein etwa achtunddreißigjähriger Kerl mit blauer Bluse, der einst die Möglichkeit gehabt hatte, Rabbiner zu werden und die Tochter eines Schächters zu heiraten, jetzt aber in die kaum siebzehnjährige Tochter eines vermögenden Krämers verliebt war.

Der schon etwas angeheiterte Herz ärgerte sich, daß man ihn immer mit Mirele neckte, und sagte halb im Scherz und halb im Ernst:

»Ich verstehe nicht, was ihr von mir wollt! Mirele ist ja nur ein Übergangspunkt, und es wird aus ihr sowieso gar nichts Rechtes werden. Aber ein hübsches Mädchen ist sie doch.«

Am Tage sprach man davon auch schon in Reb Gdaljes

Haus. Jemand erzählte, wie die Hebamme ausgesehen hatte, als sie am Morgen durch die Stadt sauste. Ein anderer fragte im Scherz:

»Ja, wie alt mag sie wohl sein, die Hebamme?«

Mirele, die in diesem Augenblick etwas in einem Haufen von Kleidern und Wäsche suchte, hörte es. Sie unterbrach das Suchen und richtete den Blick auf den, der von der Hebamme sprach.

Gegen Abend begegnete sie auf der Straße der Hebamme. Beide Mädchen sahen sich eine Weile stumm an, wußten nicht, wovon sie reden sollten, und fühlten, wie sie einander nicht mehr mochten.

Mirele sagte schließlich:

Sie hätte gehört, daß Herz gekommen sei.

Die Hebamme lächelte boshaft wie eine schadenfrohe Schneiderstochter.

»Ja«, sagte sie, »er ist schon seit Sonntag da.«

Eine neue Pause.

»Wird er lange hier bleiben?«

»Einige Tage.«

Eine Pause.

Könne ihr die Hebamme vielleicht sagen, warum Herz ihren Brief nicht beantwortet habe?

Das Lächeln der Hebamme wurde noch giftiger und boshafter. Es sah so aus, als ob Mirele ihr etwas entreißen wolle und es nicht könne.

Sie könne unmöglich begreifen, warum Mirele dem Herz so nachlaufe! Als ob er nichts anderes im Sinn hätte als sie und ihre Briefe.

Mirele stand erstarrt da und sah ihr stumm ins Gesicht.

Sie ging nach Hause, viel schneller als sonst, und merkte es nicht. Der Oberschneider trat ihr im Vorzimmer in den Weg und sagte ihr etwas, aber sie hörte es nicht. Später lag sie lange auf dem Bett und wußte es nicht.

Plötzlich sprang sie auf, zog hastig die Sommerjacke an, lief, ohne auf den Oberschneider, der ihr wieder etwas sagen wollte, zu achten, aus dem Haus und eilte zur Wohnung der Hebamme.

Erst gegen zehn Uhr abends kehrte sie von dort zurück. Mit glühendem Gesicht stand sie in ihrem Zimmer, wollte sich auf etwas besinnen und wandte sich schließlich an eine der jungen Näherinnen:

Ob die Näherin ihr nicht sagen könne, was für eine Arbeit sie, Mirele, heute vorgehabt hätte?

Gleich darauf ging sie in das trüb erleuchtete große Eckzimmer, wo die müden Schneider nach ihrer Tagesarbeit in einem Halbschlummer herumsaßen. Sie ließ sich das halbfertige Kleid geben, dessen Anprobe sie gestern nachmittag unterbrochen hatte, und ärgerte sich über den Oberschneider, der schon am nächsten Tag heimfahren wollte. Sie stand mit rotem Gesicht vor dem Spiegel, brachte ihr Korsett in Ordnung und sprach aufgeregt:

Schon am kommenden Montag müsse sie zur Hochzeit fahren. Das Einpacken der Kleider könne sie aber niemand anderem als dem Oberschneider anvertrauen.

Sie wollte offenbar, daß es um sie herum möglichst laut zugehe. Sie holte sogar Reb Gdalje aus dem Kabinett und befahl ihm, den Schneidern feierlich zu erklären:

Wenn die Schneider diese Nacht durcharbeiten, würden sie als Extravergütung ein Drittel des ausbedungenen Lohns bekommen.

15

Am Freitag – es war ein schöner, heiterer Tag – rasselten die Nähmaschinen nicht mehr. An allen Fenstern hingen wieder Gardinen, und die Zimmer wurden in großer Eile zum letzten Mal aufgeräumt.

Es war der Freitag vor dem *Vorspiel-Sabbat*.

Gegen drei Uhr nachmittags standen vor Reb Gdaljes Haus zwei große Bauernwagen, und die Schneider banden ihre Nähmaschinen und Anprobebüsten auf den Wagen fest. Reb Gdalje kam gerade aus seinem großen Kaschperiwker Wald heim und lächelte heiter und freundlich dem ganzen Städtchen zu. Er stieg aus dem Wagen, holte, auf den frischgescheuerten Verandastufen stehend, die Brieftasche aus der Brusttasche und zeigte den Schneidern mit dieser Geste, daß er noch imstande sei, die Hochzeitskleider seiner geliebten Tochter großzügig zu bezahlen. Mit glückstrahlendem Gesicht fuhr er mit dem gleichen Wagen, mit dem er aus dem Wald gekommen war, ins Bad und unterließ es sogar nicht, unterwegs den Rabbiner Reb Awremel abzuholen.

Die Leute, die auf dem Markt standen, sahen, wie die Schneider in großer Eile in die Wagen stiegen und davonfuhren. Mit gutmütigem Lächeln sagten sie einander:

Sie würden noch, Gott behüte, in den Sabbat hineinfahren, diese Schneider! Ein paar Stunden nach Sabbatanbruch würden sie wohl erst in die Kreisstadt kommen!

Reb Gdaljes Haus lag nun still da.

Die rosa Gardinen, die wieder an allen Fenstern hingen, und die Plüschläufer, die überall ausgebreitet waren, weckten die Sehnsucht nach einem fremden Glück.

Da liegt auf dem frischgewaschenen Fußboden des

Salons ein Plüschläufer und denkt neidisch an einen anderen Plüschläufer, der irgendwo in weiter Ferne in einem anderen hochzeitlich geputzten Haus liegt.

Die Braut in jenem anderen Haus ist glücklich, scheint der Läufer zu sagen.

Ganz leise rührt sich ein langer Fenstervorhang. Er scheint zu flüstern:

»Ja, die andere Braut liebt den Bräutigam.«

Mirele stand vor dem kleinen Spiegel in ihrem Zimmer und zog sich um. Sie machte es durchaus nicht umständlicher als an jedem anderen Freitagabend.

In den Zimmern war es ungewöhnlich still; das ganze Haus schien das einsame Mädchendasein, das nun enden sollte, zu beweinen, und so fern lag jeder Gedanke an Schmilik, der sich um dieselbe Stunde in einer andern Stadt zu der gleichen Hochzeit vorbereitete. Die Hochzeit war ja nur eine Komödie, und die Ehe sollte keine wirkliche, sondern nur eine provisorische, eine Ehe auf Kündigung, werden. Mirele selbst war davon an diesem Freitag mehr als je überzeugt; sie fühlte sich ganz alltäglich und ging wie an einem gewöhnlichen Freitag in die Apotheke, um etwas zu kaufen.

Als sie allein durchs Städtchen ging, dachte sie, wie elend sie sei, wie verbissen in ihrem Elend, und daß sie keinen Menschen brauche; und wenn sie sich auch zuweilen sage, daß ihrem Leben nur ein Ziel fehle, so glaube sie schon im nächsten Augenblick weder an sich selbst noch an dieses Ziel. Auch die anderen Leute glaubten nicht daran.

Plötzlich errötete sie. Es fiel ihr ein, daß dieser Gedanke schon in dem Brief stand, auf den sie von Herz keine Antwort bekommen hatte. Als sie die Stufen zur Apotheke hinauflief, ärgerte sie sich über sich selbst:

Dieser dumme Brief ... Wozu, ach wozu diente dieser Brief?

Als sie kurz darauf von der Apotheke wieder heimging, hing die Sonne wie eine feurig goldene Münze tief am Horizont, und am Ende des schon sabbatlich gestimmten Städtchens stand ganz allein Herz. In seinen kleinen tiefliegenden Augen funkelten wie immer grüne Reflexe. Er betrachtete mit großem Interesse die Leute, die, eben aus dem Bad heimgekehrt, vor den offenen Türen ihrer Häuser standen und im Begriff waren, zum Abendgottesdienst zu gehen. Sein Gesicht war vom Licht der untergehenden Sonne übergossen; es sah golden aus. Als er Mirele erblickte, ging er einige Schritte auf sie zu und zeigte mit einer Handbewegung auf das Städtchen:

Sie möchte doch selbst sehen, welchen ausgesprochen sabbatlichen Anstrich das Städtchen habe; selbst über den grünen Feldern auf dem Hügel im Westen schwebe eine Sabbatstimmung.

Mirele blickte mechanisch auf die Hügel und sah nichts außer einem einsamen müden Bauern, der noch um diese späte Stunde seinen Acker pflügte. Ein breiter frischgepflügter Streifen durchzog wie ein schwarzer Gürtel den grünen Hügel. Mirele wußte nicht recht, ob Herzens Worte nicht noch einen ironischen Nebensinn hatten, und sah ihn erstaunt und erschrocken an.

Nein, sie weiß wirklich nicht, was dieser Mensch von ihr wollte. Sie kann es unmöglich begreifen.

Seine Augen lächelten aber noch ironischer. Er sah sie so klug an und fragte sie wohl nur zum Scherz:

Ob sie sich je für die Juden interessiert hätte?

In Mirele kochte es, und sie war blaß vor Aufregung. Ohne ihn anzusehen, preßte sie die Lippen fest zusammen und atmete schnell und schwer.

Wer hat ihn gebeten, sie anzusprechen?

Da fiel ihr der Zettel ein, den er vor seiner Abreise in ihrem Zimmer zurückgelassen hatte: »Wenn ich je wieder ins Städtchen komme, so tue ich es ausschließlich Ihretwegen.« Um so beleidigender war für sie jetzt sein seltsam kalter Ton, und so kränkend war das, was er neulich von ihr bei der Hebamme gesagt hatte. Ja, in jenem Zettel steckte wohl etwas Ärgeres als ein bloßer Witz.

Er begleitete sie durchs Städtchen und sagte:

Vor einigen Tagen hätte er ihren Vater gesehen...

Sie unterbrach ihn:

Es gäbe Menschen, denen jedes Wort eine Beleidigung sei. Schweigen sei noch das beste, was diese Menschen tun könnten. Und sie, Mirele, hätte ihn schon einmal darum gebeten.

Ohne ihn, der sich offenbar sehr verlegen fühlte, anzublicken, sprach sie eine Frau an, die ihr gerade entgegenkam und der Reb Gdalje vor einigen Tagen eine alte Schuld mit Zinsen bezahlt, dabei aber ganz vergessen hatte, seinen Schuldschein zurückzuverlangen. Das gutmütige Gesicht der Frau leuchtete unter dem hellen seidenen Sabbatkopftuch, und sie sprach von Reb Gdalje mit Bewunderung:

Ob die Leute überhaupt eine Ahnung hätten, was er für ein edler Mensch sei? Habe er denn nicht immer gesagt, daß er fremdes Geld nicht veruntreuen und alle seine Schulden zurückzahlen werde?

Herz wartete, bis sie mit der Frau fertig war, und begleitete sie bis vors Haus.

»Hören Sie einmal«, begann er lächelnd, mit glühendem Gesicht. »Es gibt Mädchen, die gerade einen Augenblick vor ihrer Hochzeit anziehend werden...«

Sie wollte ihm aber nicht zuhören und streckte die Hand zum Abschied aus.

Er möchte es ihr verzeihen, sie müsse unbedingt nach Hause.

Er sagte noch:

Er hätte geglaubt, daß sie jetzt Zeit habe. Die Hebamme sei fort und werde erst gegen Abend heimkommen... Er hätte draußen vor den Bauerngärten eine ungewöhnlich schöne Stelle entdeckt.

Sie ließ ihn aber stehen und eilte ins Haus. Und als sie in ihrem Zimmer war, fühlte sie plötzlich, wie es sie mit aller Macht zu ihm hinzog. Sie wollte ihn noch einmal sehen, diesen Herz, der jetzt allein zum Haus der Hebamme ging und ihr etwas zu sagen hatte. Die vielen Gedanken, die ihr durch den Kopf zogen, waren von einem einzigen Gedanken beherrscht: Am Montag fahre sie zur Hochzeit. Und Herz stehe jetzt ganz allein vor dem Haus der Hebamme, und die Hebamme sei fort.

Sie ging auf die Veranda hinaus und blieb dort stehen, bis es schon ganz dunkel geworden war und die Leute vom Abendgottesdienst heimkehrten. Reb Gdalje kam in seinem seidenen Kaftan mit leuchtendem Gesicht die Stufen hinauf und sagte zweimal:

»Gut Schabbes! Gut Schabbes!«

Am Sonntagvormittag schlenderte Herz wieder allein durchs Städtchen. Schließlich kam er zu Reb Gdalje Hurwitsch ins Haus.

Es war sonderbar. Im Eßzimmer saßen gerade fünf Freunde Reb Gdaljes; der Rabbiner Reb Awremel, der auch dabei war, trank Reb Gdalje zu:

»Gebe Gott, daß Ihr in Frieden hinfahrt und in Frieden heimkehrt!«

»Zum Wohl! Gebe Gott Glück und Segen!«

In den anliegenden Zimmern wurden Körbe gepackt und Kisten vernagelt. Giteles auswärtige Verwandte klimperte mit den Schlüsseln und rief jemand zum offenen Fenster hinaus zu:

»Kommt morgen um zwölf. Um halb eins werden wir schon fort sein.«

Plötzlich ging die Tür auf, und ins Eßzimmer trat der große, kräftige junge Mann, den keiner hier kannte. Er fragte nach Mirele.

Die Gäste starrten ihn an. Auch Reb Gdalje hob die Nase mit der goldenen Brille und sah ihn an, wie man einen Musikanten, der ins Städtchen zu einer fremden Hochzeit gekommen ist und sich in ein falsches Haus verirrt hat, ansieht.

Herz lächelte aber schon Mirele zu, die auf seine Stimme herbeigeeilt war und erschrocken in der Tür stand.

Etwa eine halbe Stunde verbrachten sie unter vier Augen. Als sie wieder aus dem Salon kamen, war Mirele vor Aufregung über und über rot. Sie sah ihn nicht an, er aber ging ruhig voraus und lächelte vor sich hin.

Auf den Verandastufen blieben sie stehen und ließen einige Gäste, die sich von Reb Gdalje verabschiedet hatten, passieren.

Mirele blickte zum blauen Himmel hinauf, der sich über dem Städtchen ausbreitete, und sagte kühl, als wolle sie Herz kränken:

So glücklich sei sie, daß die letzten Tage so schön und heiter seien. Auch ihr Hochzeitstag werde wohl ebenso schön sein.

Er lächelte abwesend, nickte ihr zu und ging langsam zum Haus der Hebamme am Ende des Dorfes.

Man erzählte sich später, daß Mirele am Montag, wenige Stunden vor der Abreise, ganz allein um das Städtchen herum zum Haus der Hebamme gegangen sei. Sie hätte dort niemand angetroffen und von der Hausfrau erfahren:

Herz sei gestern abend ins Ausland abgereist und werde wohl nicht wieder zurückkehren.

Awrohom-Mejsche Burnes und seine Frau waren schon am frühen Morgen zur Kreisstadt gefahren.

Jetzt lag Reb Gdaljes Haus leer und verschlossen da. Eine von den Burnesschen Töchtern erzählte, daß die einheimischen Schneider, die an der Anfertigung der Aussteuer nicht beteiligt waren, einen anonymen Brief an Schmiliks Eltern abgeschickt hätten; der Brief handele von Mirele und von Herz und werde genau am Hochzeitstag ankommen.

Im Burnesschen Eßzimmer ging es am Teetisch recht lustig zu. Die Photographenfrau Rosenbaum saß mit ihrer Gitarre da, und die jüngeren Geschwister machten in den Nebenzimmern lauten Spektakel. Zuletzt ging die ganze Gesellschaft durchs Städtchen spazieren; die Kinder liefen voraus. Die Luft kam allen irgendwie freier vor – Reb Gdaljes Haus stand jetzt leer.

Als sie aber am verlassenen Haus vorbeikamen und die verschlossenen Fensterläden sahen, wurde es ihnen beim Gedanken an die Leere, die jetzt im Haus herrschte, traurig zumute. Ein Bauer im Pelz saß auf den Verandastufen und bewachte am hellichten Tag die verriegelte Tür. Das Haus selbst erzählte ohne Worte von seinen Bewohnern, die nun fort waren, und von der großen, fernen Bahnstation, wo morgen Mireles Hochzeit gefeiert werden sollte.

Die am Haus Vorbeigehenden dachten unwillkürlich:

Dort, in jenem fernen gepflasterten Städtchen, das jenseits der Bahnlinie liege, herrsche jetzt derselbe sommerliche Nachmittag wie hier; beim Festessen, das von der Familie des Bräutigams gegeben werde, spiele Musik, und Mirele ziehe wohl jetzt das neue Seidenkleid mit der Schleppe an.

Jemand von der Gesellschaft machte den Vorschlag umzukehren, und alle schlugen träg und lustlos den Weg zum Eichenwäldchen ein. Eins von den jüngsten Burnes-Mädchen sah plötzlich aus der Ferne, daß vor ihrem Haus ein Wagen hielt. Das dumme Mädchen rief laut:

»Es ist ja Welwels Wagen! Welwel ist gekommen!«

Alle wußten ja, warum Welwel sich in den letzten sechs Wochen kein einziges Mal in der Stadt hatte blicken lassen.

Das ältere Mädchen lief allein ins Haus und traf Welwel im Eßzimmer.

Er stand in seinem hellen Staubmantel mit gesenktem Kopf vor dem Tisch und fuhr mit dem Finger in der kleinen Wasserlache herum, die auf dem Wachstuch nach dem Teetrinken zurückgeblieben war.

Die Schwester sah ihn an, dachte zugleich auch an Mirele und rief ganz dumm aus:

»Schau nur, Welwel ist ja da! . . .«

Sie wollte ihm zeigen, wie sehr sie sich über sein Kommen freute. Er blieb stumm und stand noch immer mit gesenktem Kopf da.

Eine Weile schwiegen beide. Die Schwester fühlte sich recht ungemütlich. Sie trat ans Fenster, lüftete den Vorhang und blickte lange hinaus. Schließlich wandte sie sich wieder nach ihm um.

»Welwel«, fragte sie ihn, »bleibst du über Nacht da?«

Jetzt erst hörte er auf, mit dem Finger auf dem nassen

Wachstuch herumzufahren. Er steckte beide Hände in die Taschen seines Staubmantels und sagte, ohne sie anzublicken:

»Wie? ... Was? ... Nein, ich fahre wieder zurück.«

Gleich darauf verließ er das Haus und setzte sich wieder in seinen Wagen.

Die Spazierenden hörten noch, wie er dem Kutscher sagte:

»Nach Hause!«

Sie standen alle da und blickten ihm nach.

Der leichte Wagen fuhr schnell an den letzten Häusern der Stadt vorbei. Welwel saß gebückt auf seinem Sitz, mit dem Rücken zum Städtchen, und sah sich kein einziges Mal um.

III Der Anfang vom Ende

1

»Schmilik, geh doch endlich einmal!«

Schmilik steht mit halb offenem Mund über sie gebeugt, lacht und stochert nach dem Essen in den Zähnen. Draußen wartet schon sein Wagen, mit dem er zur drei Stunden entfernten Brennerei seines Vaters fahren muß.

Schließlich entfernt er sich vom Kanapee, geht zur Tür, spuckt etwas aus, schnalzt mit der Zunge und lügt sie an:

»Am Freitag, Mirele, am Freitag...«

Am Freitag werde er früher als sonst von der Brennerei heimkommen. Dann werde er in die Stadt fahren und sich erkundigen, warum die bestellte große Standuhr immer noch nicht gekommen sei.

Diese Lüge ist eigentlich ganz überflüssig. Sie interessiert Mirele nicht und widert sie an. Sie will ihn gar nicht anschauen. Sein rötliches Bärtchen, das er sich seit zwei Wochen nicht mehr stutzen läßt, und sein vernachlässigtes Äußeres erinnern sie daran, daß sie sich ihm vor einem Monat leidenschaftslos und willenlos hingegeben habe; daß Schmilik von ihr nun alles, was er brauche, bekommen habe und darum so nachlässig und gleichgültig geworden sei. Gestern, Sabbat, hat er den ganzen Nachmittag in Hemdsärmeln in seinem kleinen Kabinett auf dem niedrigen Kanapee durchgeschlafen. Einer von den jungen Verwandten seiner Mutter wollte ihn wecken und kitzelte ihn. Er aber rollte sich zu einem Knäuel zusammen und flehte gemütlich lachend den jungen Verwandten um Gnade:

»Nicht doch! Nicht kitzeln! Ich bin ja schon ein alter Mann!«

Und sie, Mirele, hatte geglaubt, daß sie ihn nur zum Scherz heirate; hatte sie mit ihm doch vor der Hochzeit ausdrücklich ausgemacht, er dürfe von ihr nicht erwarten, daß sie mit ihm wie eine Ehefrau leben werde.

Ach, sie ist wohl nicht das erste Mädchen, das, ohne genau zu wissen, was es will, geglaubt hat, daß es nur zum Scherz heirate, und mit seinem eigentlich unerwünschten Verlobten die gleiche Abmachung getroffen hatte!

Als sie Schmiliks Wagen endlich abfahren hört, fühlt sie sich etwas erleichtert. Sie weiß, daß er jetzt eine ganze Woche fortbleiben wird. Und nun ist es in der neumöblierten Vierzimmerwohnung wieder still und traurig, und sie hört nur, wie in der Küche das Geschirr vom Mittagessen gewaschen wird. Die Teller klirren so jämmerlich, als ob das Spülen ihnen weh täte.

Sie geht, sie weiß selbst nicht warum, in den großen halb aufgegrabenen und halb ausgetrockneten Garten hinaus und sieht sich um.

Alles ist schon gelb, trocken und riecht nach Spätsommer. Eine Reihe abgeernteter Weichselbäume zieht sich von ihrem kleinen Häuschen zum großen weißgetünchten Haus des Schwiegervaters. Die Weichselbäume erzählen leise vom trüben Himmel und den ersten kühlen *Elul*-Tagen. In einer entfernten Ecke des Gartens erscheint im Fenster der Glasveranda, die zum Haus der Schwiegereltern gehört, der Kopf der Schwiegermutter:

»Mirele! Was ist mit dem halben Pfund Tee? Du hast doch ein halbes Pfund Tee geliehen und denkst gar nicht daran, es zurückzugeben!«

Der reichen Frau ist es natürlich gar nicht um das halbe Pfund Tee zu tun. Sie ärgert sich nur über Mireles Vergeßlichkeit und will sie erziehen:

»Eine junge Frau muß es sich ein für allemal merken: wenn sie etwas borgt, so soll sie es auch zurückgeben.«

Mirele antwortet ihr nicht. Die Schwiegermutter fällt ihr auf die Nerven. Sie geht wieder zu ihrem Häuschen und setzt sich auf die Verandastufen.

Ein Einspänner fährt gemächlich über die lange Kettenbrücke in die große Bezirkshauptstadt mit den vielen Straßen, wo Tag und Nacht der geschäftige Lärm der halben Million Einwohner braust. Mirele sitzt auf den Stufen und blickt dem Einspänner nach.

Was könnte sie jetzt unternehmen?

Am gegenüberliegenden Ende der Stadt klappert auf dem Straßenpflaster ein leerer Wagen. Es ist ihr, als ob es kein Klappern der Räder wäre, sondern eine trockene unterirdische Stimme, die in einem fort sagte:

»Morgen wird dasselbe sein... Und auch übermorgen wird dasselbe sein...«

Auf der alten, stellenweise abgebröckelten Kirchhofsmauer kräht ein alter Hahn.

Und dann ist wieder alles still. Wie ausgestorben, wie stumme Büßer stehen alle die reichen und armen Häuser am sandigen Ende der Vorstadt. Mirele denkt an die Dinge, die sich vor zwei Monaten abgespielt hatten.

Reb Gdalje und Gitele waren hergekommen und hatten im Haus des Schwiegervaters den Sabbat nach der Hochzeit verbracht. Sie fühlten sich elend und ungemütlich, weil sie sich mit Leuten verschwägerten, die reicher waren als sie und denen sie durch nichts imponieren konnten. Immer wieder riefen sie einander auf die Seite und tuschelten. Unter den reichen Großstadtgästen, die zu *Melawe-Malka* im neumöblierten Häuschen des jungen Paares versammelt waren, fühlten sie sich furchtbar fremd. In aller Stille fuhren sie schließlich mit dem heimlichen Gefühl ab, daß sie nur arme Verwandte seien.

Nun liegt schon alles in weiter Ferne: die Eltern, das leere Städtchen und das leere Haus mit der immer verschlossenen Verandatür. Mirele kann sich ihre Eltern nur schlafend vorstellen. Sie halten ihr Nachmittagsschläfchen ab, in allen Zimmern ist es still, und die Wände langweilen sich und denken: »Mirele ist schon verheiratet, verheiratet!«

Jetzt, wo sie sich Schmilik hingegeben hat, kommt sie oft mit ihrer großstädtischen Cousine Ida Schpoljanski zusammen, der stadtbekannten ausgelassenen Person, die sehr reich ist und ihren meistens abwesenden Mann betrügt. Sie ist auch schon öfters im belebten Stadtzentrum gewesen und hat dort einmal zufällig Nossen Heller getroffen, der jetzt in der Großstadt lebt und die Absicht hat, eine Kopekenzeitung zu gründen. Als sie eines Abends spät von Ida Schpoljanski heimkehrte und durch die Hauptstraße ging, erkannte sie plötzlich seinen Rücken. Nossen Heller in einem neuen weiten Herbstmantel an einer Straßenkreuzung unter einer Bogenlampe, die gerade im Auslöschen war, und sprach mit einem ehrwürdig aussehenden älteren christlichen Herrn von der geplanten Kopekenzeitung:

»Die erste Nummer muß spätestens am Fünfzehnten erscheinen!«

Sie war furchtbar aufgeregt und merkte gar nicht, wie er ihr sein längliches mattes Gesicht mit den frischrasierten Wangen und dem schwarzen Schnurrbart, der ihm einige Ähnlichkeit mit einem Rumänen verlieh, zuwandte.

Es sei ihnen also doch beschert gewesen, einander wiederzusehen, sagte er mit vor Aufregung bebender Stimme.

Ihr Herz versuchte einige schnelle abgerissene Schläge. Seine Worte kamen ihr aber dumm vor, und sie sagte sich:

›Er ist noch immer nicht klüger geworden, dieser Nossen!‹

Um ihn herum schwebte aber schon die Erinnerung an die Frühlingsabende vor zwei Jahren, an das feuchte Gras des grünen Hügels, auf dem sie mit ihm bis spät in die Nacht hinein zu sitzen pflegte.

Nachts träumte sie, daß sie um zwei Jahre jünger sei und diesen Nossen liebe. Und am Morgen zog es sie dann zur lärmenden Stadt hin, in das stille, graswachsene Gäßchen, wo Nossen sie am Abend erwarten sollte.

Während des Tages sagte sie sich wieder und wieder, daß das Gefühl, das sie zu ihm hinzog, sinnlos sei. Sie saß auf den Verandastufen, blickte auf den menschenleeren Rand der Vorstadt und dachte daran, daß sie einst über alle diese Gefühle erhaben gewesen sei und diesem Nossen Heller schon einmal den Laufpaß gegeben habe; damals hatte sie sich nach etwas besserem gesehnt, nun sei aber ihr Leben leer, sie habe sich schon Schmilik hingegeben und von Reb Gdalje und Gitele für immer losgerissen.

Gegen Abend wurde sie noch trauriger. Sie empfand die Last des dahingegangenen leeren Tages, und sie dachte, daß es doch auch irgendwo glückliche Menschen geben müsse. Fast jeden Abend um die gleiche Zeit geht die kleine eiserne Gartentür ihres Schwiegervaters auf, und die jüngere Schwester Schmiliks, Rickel, erscheint auf der Straße. Rickel ist ein großes neunzehnjähriges Mädchen, das erst im vorigen Sommer die Töchterschule beendet hat und viel älter aussieht, als sie in Wirklichkeit ist. Das Mädchen macht mit seinem großen Hut, der etwas schief auf der modischen Frisur sitzt, einen durchaus großstädtischen Eindruck und scheint immer seltsam müde und gleichgültig. Jedesmal bleibt sie vor Mirele stehen, atmet schwer, als ob ihr langes Korsett zu eng wäre, und sagt, daß sie gleich mit der Trambahn in die Stadt hineinfahren werde.

Ob sie für Mirele in der Stadt etwas besorgen solle?

Mirele blickt zu ihr von den Verandastufen hinauf und denkt sich:

So groß sei sie und schlank, habe ein mattes dunkles Gesicht und matte dunkle Augen, spreche wenig und wolle von all den Partien, die man ihr vorschlägt, nichts wissen. Man habe den Eindruck, daß sie nur darum so wenig kluge Worte spreche, weil sie zu müde sei. In Wirklichkeit habe sie aber wohl wie ihre Mutter einen hohlen Kopf, in dem überhaupt keine Gedanken entstehen könnten. Es sei nicht ausgeschlossen, daß sie in der Stadt etwas über Mirele und Nossen Heller aufgeschnappt habe und es heute oder morgen ihrer Mutter erzählen werde.

Dieser Gedanke macht Mireles Herz erstarren. Sie schaut der Schwägerin nach; als sie ihren Blicken entschwunden ist, geht sie ins Schlafzimmer und macht lange und umständlich Toilette. Dann begibt sie sich zur Haltestelle am anderen Ende der Vorstadt, wo jeden Augenblick neu ankommende Trambahnwagen läuten, steigt in den schon erleuchteten Wagen und fährt über die lange Kettenbrücke in die Stadt.

Es ist ein stiller dunkler *Elul*-Abend mit vielen Sternen, doch ohne Mond. Über den breiten Spiegel des mächtigen Stromes gleiten ruhig schwachbeleuchtete Schiffe. Ab und zu bleiben sie stehen, lassen einen Pfiff ertönen, gleiten wieder zurück und grüßen stumm die Menschen, die mit ihnen am Nachmittag in die Stadt gekommen sind:

Sieh mal an! Sie haben schon ausgeschlafen und sind jetzt wohl im Theater, im Klub oder im Stadtpark.

Die auf mehreren Hügeln gelegene Großstadt blinzelt Mirele mit zahllosen Lichtern zu und empfängt sie mit ihrem abendlichen Brausen. Sooft der Trambahnwagen hält, hört sie dieses Brausen, das sich wie das Quaken vieler tausend Frösche anhört, und sie denkt an das stille Gäßchen, wo Nossen Heller schon auf sie wartet.

Wenn sie zur Haltestelle kommt, ist der schon längst erleuchtete Trambahnwagen überfüllt. Die Leute sitzen ruhig auf ihren Plätzen und schweigen. Ein jeder will mit seinem Schweigen zeigen, daß er von den anderen keine Notiz nimmt. Jeder vermittelt daher den komischen Eindruck eines übelgelaunten Menschen, der heute mit dem linken Fuß aus dem Bett gestiegen ist.

Mirele hat für alle diese Menschen nicht das geringste Interesse. Aber hinter ihrem Rücken stehen immer einige wichtigtuende Vorstadtbürger, die die Köpfe zusammenstecken und über sie tuscheln:

»Ist es nicht Seidenowskis Schwiegertochter?«

Sie hatten schon oft sagen hören, daß Seidenowskis Schwiegertochter ein Frauenzimmer sei, das auf alle jungen Männer eine starke Anziehungskraft ausübe. Nun sahen sie sie mit eigenen Augen und hatten ihre Freude daran:

»Die Leute erzählen sich... Man möchte doch auch einmal selbst sehen, was den Männern so gefällt!«

Einmal vergaffte sich in sie ein Offizier, der mit seiner Frau ihr gegenüber saß. Er dachte wohl an seine erste Liebe und daß er seine Frau nur aus Versehen geheiratet habe. Mirele fühlte instinktiv seinen Blick und richtete auf ihn ihre tiefen blauen Augen, die von ewiger Trauer beschattet waren und erzählten, wie verpfuscht ihr eigenes Leben sei. Beide, der Offizier und Mirele, erröteten. Sie fühlte plötzlich, wie ihr das Korsett die Hüften drückte, stand auf und trat auf die Plattform hinaus.

Als sie dann endlich am Anfang der breiten lärmenden Hauptstraße aus der Trambahn stieg, brannten schon überall die Bogenlampen. Das grelle elektrische Licht floß mit dem ersterbenden Tageslicht zusammen und verlieh der ganzen Stadt eine festliche Stimmung. In der Tiefe der schnurgeraden Straße schien ein Fest zu beginnen. Es sah so aus, als ob ein von vielen Kerzen erleuchteter Traubaldachin aus einem rauschenden Zauberreich nahte, und man glaubte das Dröhnen vieler Riesenpauken zu hören.

Auf dem breiten Trottoir rechts kamen ihr viele festlich herausgeputzte junge Männer entgegen, die jedem weiblichen Wesen frech ins Gesicht blickten, reich gekleidete junge Frauen, die ihre Männer gern betrügen wollten und nicht wußten, wie sie es anstellen sollten, und Scharen blutjunger Studenten und Kursistinnen, die so erregt aussahen, als fürchteten sie, wenn sie sich in der einen

Straße befänden, etwas Wichtiges in einer anderen zu versäumen.

Die breite Hauptstraße wird an dieser Stelle von einem stillen Boulevard durchschnitten. In diesem Boulevard wohnt ihre Cousine Ida Schpoljanski. Mirele geht aber weiter. Es kommen ihr noch immer Scharen festlich gestimmter schwarzgekleideter Menschen entgegen, und alle sind ihr so fremd. Die Straße wird allmählich stiller, und sie begegnet immer weniger Menschen. Da ist schon die zweite stille Nebengasse. Nach dieser kommt eine dritte noch stillere, und in der vierten brennen nur noch einfache Petroleumlaternen. An einer dieser Laternen erwartet sie seit geraumer Zeit Nossen Heller.

Er hat schon geglaubt, daß sie nicht kommen würde. Und als er sie vor sich erblickt, wird er vor Freude halb wahnsinnig. Er fürchtet, daß ihr kalt sei, und ist glücklich, daß sie ihm erlaubt, seinen weiten Herbstmantel über ihre und seine Schultern zu werfen. Unter dem Mantel legt er behutsam seine zitternde rechte Hand um die Taille der jungen Frau Schmilik Seidenowski. Er sagt ihr, daß ihre Haare nicht nach Parfüm dufteten, sondern ein eigenes Aroma hätten, den Duft eines verzärtelten jungen Mädchens... Er könne sich noch so gut erinnern, wie sie vor zwei Jahren in ihrem Städtchen ausgesehen habe.

Sie schweigt und denkt, daß das Gefühl, das sie zu ihm hinziehe und sie zwinge, mit ihm herumzulaufen, nicht lange anhalten werde.

Sie blickt auf die beiden reich gekleideten jungen Mädchen, die ihnen entgegenkommen. Die Mädchen sind anscheinend in der Großstadt aufgewachsen und verstehen sich auf hübsche junge Männer. Sie schauen lächelnd auf Nossen Heller. Und als sie vorbeigegangen sind, wenden sie sich noch einmal nach ihm um und lächeln wieder. Sie hört gar nicht, was Nossen ihr von seiner Zeitung erzählt, und denkt, daß dieses Herumschlendern mit Heller doch nichts für sie sei.

Das wäre aber etwas für die beiden Mädchen, die in der Großstadt aufgewachsen sind, aber nicht für sie, Mirele Hurwitsch!...

Sie habe ja schon einmal diesem Nossen Heller den Laufpaß gegeben.

Sie sehne sich nach etwas ganz anderem. Als junges Mädchen hätte sie schon beinahe gewußt, wonach sie sich sehne. Nun wohne sie in der lärmenden Großstadt und werde sich wohl bald nur noch nach diesem Lärm sehnen. Ohne diesen Lärm werde sie gar nicht mehr leben können.

3

Nossen Hellers wahres Wesen kam von Tag zu Tag immer mehr zum Vorschein.

Er war noch immer ebenso leichtsinnig und leer wie vor zwei Jahren und machte den Eindruck eines relegierten Gymnasiasten.

Sein Geschwätz langweilte Mirele, und sie hörte ihm nicht zu, als er erzählte, daß er sich vor vier Monaten mit einem reichen kränklichen Waisenmädchen hier in der Stadt verlobt habe und die Verlobung wieder rückgängig machen möchte.

Eines Abends verlangte er von ihr, daß sie sich von Schmilik scheiden lasse und ihn heirate. Er werde mit seiner Zeitung ein Vermögen verdienen und genieße schon jetzt großes Ansehen.

Seine Worte widerten sie an. Er aber überschüttete sie mit Vorwürfen, daß sie ihm nicht zuhöre und wohl an etwas anderes dächte:

Keinem Menschen erscheine er doch so dumm und unbedeutend wie ihr, Mirele!

Sie antwortete ihm darauf nicht. Sie warf ihm nur einen eigentümlichen Blick zu und hörte von diesem Abend an auf, sich mit ihm in der Stadt zu treffen.

Von nun an saß sie wieder tagelang gelangweilt und tatenlos auf den Verandastufen und dachte daran, daß sie sich in der letzten Zeit allzusehr habe gehenlassen und sich nun zusammennehmen müsse.

Als Mädchen sei sie ja schon beinahe auf dem richtigen Weg gewesen. Sie hatte ja Schmilik nur für eine kleine Weile heiraten wollen. Nun müsse sie etwas unternehmen, um sich aus der unerträglichen Lage zu retten, wisse aber nicht, was.

Es war ihr schwer ums Herz.

Die Tage waren trüb, kühl und traurig. Ein stummer grauer Himmel hing den ganzen Nachmittag über dem sandigen Rand der Vorstadt. Und die Menschen, die abends durch die eiserne Fabrikpforte kamen, schienen zu sagen:

›Einen Augenblick... Wollen wir es uns mal ruhig überlegen: was soll ein Mädchen anfangen, das als einzige Tochter in Reb Gdalje Hurwitschs Haus aufgewachsen ist, das schon einmal im Begriff war, etwas zu verstehen, und das nicht im Ernst, sondern bloß für eine kleine Weile geheiratet hat?‹

Von Heller kam an einem Sabbat ein Brief. Er schrieb

ihr, daß er sie liebe und daß sein Leben ohne sie leer sei; daß seine Braut, die von seinen Beziehungen zu Mirele etwas erfahren habe, am Dienstag ohne sein Wissen zu ihrem Bruder nach Lodz abgereist sei und sich dort für andere Partien interessiere; heute, Sabbat, um die Stunde, in der sie mit ihrem Mann zu Hause sei und Gäste bei sich habe, werde er wie jeden Abend allein in dem stillen Gäßchen auf und ab gehen, mit Grauen an sein leeres Heim denken und sich vor Sehnsucht verzehren: Vielleicht... vielleicht werde auch sie eine leise Sehnsucht spüren und zu ihm kommen?

Sie legte den nicht zu Ende gelesenen Brief neben sich aufs Kanapee. Sie lag auf dem Rücken, die Hände im Nacken verschränkt.

Ihr Abenteuer mit Heller, einem jungen Mann, der weder Eltern noch Geschwister hatte und seit zwei Jahren in einem Mietzimmer im Zentrum der Großstadt hauste, erschien ihr auf einmal so sinnlos, langweilig und dumm. Sie stellte sich vor, wie er sich jetzt in der breiten stillen Straße neben dem einzigen am Sabbat geschlossenen jüdischen Laden langweile, wie leer seine Seele sei und welchen Ekel er vor seinem Zimmer habe. Und sie wunderte sich über sich selbst.

Was brauchte sie, Mirele Hurwitsch, diese täglichen Spaziergänge mit Nossen Heller?

Schmilik schlief auch an diesem Sabbat den ganzen Nachmittag in Hemdsärmeln in seinem kleinen Kabinett; vor Sonnenuntergang kitzelte ihn wieder einer der jungen Verwandten seiner Mutter:

»Schmilik! Mach doch die Augen auf... Deine Brennerei brennt, Schmilik!«

Mirele konnte die jungen Verwandten ihres Mannes

nicht ausstehen und sprach mit ihnen niemals ein Wort. Als sie an der offenen Kabinettür vorbeiging, blickte sie nicht einmal hinein. Schmilik war aber schon wach. Er reckte seine verschlafenen Glieder und rief ihr gutmütig lächelnd zu:

»Mirele, willst du heute zum Vater mitkommen?«

Sie ging ins Eßzimmer und wandte sich nach ihm nicht einmal um. Vor einigen Wochen hatte sie ihm einmal auf die gleiche Frage geantwortet: »Du wirst auch ohne mich hinfinden.« Er war doch erwachsen genug, um sich diese Antwort zu merken und sie nicht wieder zu belästigen.

Als Schmilik mit seinem Vater zum Nachmittagsgebet gegangen war, hörte sie plötzlich, im Eßzimmer sitzend, das schrille Läuten der Türglocke. Jemand stürzte ins Zimmer und fragte aufgeregt nach Schmilik:

»Ist er nicht zu Hause? Wann kommt er? Ißt er heute *Schalaschudes* bei seinem Vater?«

Es war Schmiliks Vetter, Montschik der Ältere. Dem Sabbat zu Ehren hatte er einen neuen grauen Anzug und nagelneue Lackschuhe an. Den jungen Mann mit dem zerfahrenen Gesichtsausdruck eines vielbeschäftigten Kaufmanns und dem beweglichen Körper eines Großstädters zog es wohl schon wieder nach dem Trubel des Stadtzentrums hin, als ob ihn dort nicht seine kleinen Schwindelgeschäfte, sondern irgendeine neue wichtige Nachtsünde erwartete. Seine großen schwarzen Augen glänzten lebhafter als sonst. Er blieb aber eine Weile mit dem Hut in der Hand im Eßzimmer sitzen, verhielt sich Mirele gegenüber wie einer neuen Verwandten gegenüber, mit der er sich anfreunden wollte, und erzählte lange Geschichten von seiner und Schmiliks Kindheit, vom litauischen *Melamed,* von dem sie einst unterrichtet wurden, und von der Taubenzucht, die sie sich als Kinder in diesem Häuschen, in dem jetzt Mirele und Schmilik wohnten, eingerichtet hatten.

Einmal hätten sie zehn Paar Tauben gehabt. Da hätten sie ein Männchen und ein Weibchen von verschiedenen Paaren genommen und in der kleinen Kammer, wo jetzt Schmiliks Kabinett sei, zusammengesperrt: sie hätten sehen wollen, was daraus werden würde. Ob Mirele es für möglich halte? Was solchen Bengeln nicht alles einfallen könne! Er, Montschik, sei damals noch keine zehn Jahre alt gewesen.

Offenbar rührte die Idee, ein Männchen und ein Weibchen, die einander fremd waren, zusammenzusperren, von Montschik; Schmilik war wohl nur an der Ausführung beteiligt gewesen. Montschik standen ja so viele Großstadtsünden im Gesicht geschrieben. Man hatte den Eindruck, daß ihm noch viele neue Sünden bevorstünden und daß er darum noch so kräftig, lebhaft und immer auf dem Sprung sei.

Mirele hörte seinen Erzählungen fast gar nicht zu. Sie lag auf dem Kanapee, sah ihn mit großen Augen an und dachte, daß sie noch keinen Menschen von diesem Schlag gesehen habe. Einmal – es war in den ersten Wochen nach der Hochzeit – traf sie diesen Montschik auf einer der belebtesten Straßen der Stadt und begleitete ihn ein Stück. Es fiel ihr auf, daß er unglaublich viele christliche und jüdische Bekannte hatte, mit denen er auf *Du* stand, und daß er jeden Augenblick einem anderen zurief: »Besuch mich heute abend, ich muß dich sprechen!«, »Sei heute um elf zu Hause! Hörst du? Um Punkt elf!«

In der Familie ihrer Schwiegereltern hielt man auf Montschik große Stücke. So oft er aus der Stadt kam, scharten sich alle um ihn herum und überschütteten ihn mit Fragen:

»Montschik, warum warst du nicht letzten Sabbat da?«

»Montschik, Tante Perl hat dir aus Warschau ein Geschenk geschickt, hast du es schon gesehen?«

»Montschik, kommst du am Sonntag mit zur Brennerei?«

Alle Seidenowskis hatten ihn gern und erzählten jedem neu angeheirateten Familienmitglied Wunderdinge über ihn: daß er ein so kluger und durchtriebener Junge sei, daß er schon als Kind seltene Fähigkeiten gezeigt habe, eine Menge wisse, obwohl er mit achtzehn Jahren aus der Kommerzschule ausgetreten sei, und daß er eine ungewöhnlich lukrative Handelsgesellschaft gegründet habe, an deren Spitze er auch jetzt noch stehe. Jetzt habe er in der Großstadt einen guten Namen und Kredit, sei mit der halben Stadt bekannt und werde von vielen in Geschäftsdingen zu Rate gezogen.

Als ihm sein Gesprächsstoff ausgegangen war und er schon mit dem Hut in der Hand an der Tür stand, erinnerte er sich plötzlich an einen der letzten Fälle, bei dem man ihn in geschäftlichen Dingen zu Rate gezogen hatte, und erzählte:

In der vergangenen Woche hätte ihn wieder so ein junger Mann aufgesucht, um ihn um Rat zu fragen, und hätte nebenbei erzählt, daß er Mirele kenne. Es sei ein ungewöhnlich hübscher junger Mann gewesen, der wie ein Rumäne aussehe. Ja, wie habe er noch geheißen? Hel... Hel... Heller! Er sei eben im Begriff, eine russische Kopekenzeitung zu gründen und habe im ganzen dreitausend Rubel beisammen. Mit diesem Geld könne er natürlich nichts anfangen, das sei kein Geschäft.

Mireles Herz schlug einigemal sehr heftig und blieb beinahe stehen. Es war ja möglich, daß Montschik diese letzte Geschichte ganz zufällig und ohne jeden Hintergedanken erzählt hatte. Ebenso möglich war es aber auch, daß er dabei irgendwelche Absichten verfolgte oder von ihrer Schwiegermutter dazu angestiftet worden war.

Als Montschik gegangen war, blieb sie noch eine lange Weile bewegungslos auf dem Kanapee liegen. Sie mußte sich über ihre Aufregung von vorhin wundern. Plötzlich fühlte sie aber einen heftigen Ärger in sich aufsteigen, daß Heller dem Verwandten ihres Mannes von seiner Bekanntschaft mit ihr erzählt hatte. Sie wollte an ihn nicht mehr denken. Und sie begann in großer Hast und Wut Toilette zu machen, um sich in das stille Gäßchen zu begeben, wo er sie erwartete.

Nein... Es müsse doch einmal ein Ende nehmen! Diese ganze Geschichte widere sie an. Solle er doch alle seine Hoffnungen aufgeben!

Nossen Heller erwartete sie wie jeden Abend vor der geschlossenen Postfiliale im stillen Gäßchen. Er dachte, daß sie wieder nicht kommen würde, und ärgerte sich schier zu Tode. Jeden Augenblick wandte er sich mit zusammengekniffenen Augen zu der Straßenecke, wo die noch glühende Sonne tief am Himmel stand und das welke Laub der Bäume und die Dächer der nächsten Häuser mit rotem Schein übergoß. Ab und zu erschien an der Straßenecke eine vom Sonnenlicht vergoldete menschliche Gestalt; es war aber immer noch nicht Mirele. Und als sie endlich wirklich erschien, wollte er im ersten Augenblick gar nicht glauben, daß sie es sei. Er wußte, daß er ihr etwas zu sagen hatte, und daß es unmöglich so weitergehen dürfe. Ihr Gesicht und ihre ganze schlanke Gestalt zogen ihn an; er weinte beinahe vor Aufregung.

Als er aber auf sie zuging und ihr strenges, abweisendes Gesicht sah, vergaß er sofort alles, was er ihr hatte sagen wollen. Einige Augenblicke standen sie sich stumm gegenüber. Er hielt den Kopf gesenkt, und Mirele sah ihn an und schwieg. Er hörte, wie sie einmal tief Atem holte und sich zu gehen anschickte. Auch er holte Atem und ging ihr langsam nach. Nun war es ihm klar, daß sie heute wohl zum letzten Male gekommen war. Er zitterte am ganzen Leib. Er versuchte zu sprechen, doch die Zähne klapperten, und er konnte kein Wort herausbringen. Er blickte nicht auf sie, sondern auf die geschlossene Postfiliale. Das Dach war von den letzten Sonnenstrahlen beleuchtet. In einem Fenster fehlte eine Scheibe, und die Öffnung war mit blauem Papier überklebt. Als er Mirele nach einer Weile wieder ansah, merkte er, daß ihr Gesicht seit der letzten Zusammenkunft magerer geworden war und daß sie blaue Ringe unter den Augen hatte. Sie hatte wohl alle diese Tage allein in ihrem Zimmer gesessen und unter allerlei traurigen Gedanken gelitten, die aber mit ihm, Nossen Heller, nichts zu tun hatten. Das ärgerte ihn und er sagte:

Nun habe sie natürlich nichts mehr für ihn übrig...

Mirele sagte noch immer nichts.

Sie bogen nach links ab und gingen die steil abfallende krumme Gasse hinunter, deren Pflastersteine größer als in den anderen Straßen zu sein schienen: das kam daher, weil in der Regenzeit das ganze Wasser durch diese Gasse abfloß. Sie gingen bis ans Ende der krummen Gasse, wo zugleich auch die Stadt endete. Hier setzten sie sich auf eine Bank gegenüber dem langgedehnten niederen Gebäude einer Eisengießerei. Die untergehende Sonne spiegelte sich in den großen Fenstern der Gießerei, in der schon elektrisches Licht brannte. Rechts badeten im roten Sonnenschein die hohen grünen Hügel mit den

Lehmgruben, die die Stadt daran hinderten, sich in dieser Richtung noch weiter auszudehnen. Auf einem der Hügel weidete neben einer verfallenen Windmühle ein scheckiges Pferd. Ein kleiner Bauernjunge in weißer leinener Pluderhose stand daneben und blickte auf die Stadt hinunter. Nossen fühlte, wie seine Aufregung von Augenblick zu Augenblick wuchs und daß sich ihm Worte auf die Lippen drängten, die er sich im Kopf noch gar nicht zurechtgelegt hatte:

Er wisse... Eines wisse er! Er wolle sie nur das eine fragen...

Mirele sah ihn erstaunt an und wußte nicht, was er von ihr wollte.

Er bemühte sich, den Faden seiner Gedanken zu erhaschen, und konnte es nicht. Es schien ihm, daß Mirele ihn wie einen hohlen Schwätzer, wie einen Schwachsinnigen anschaue. Das ärgerte ihn noch mehr, und dieser Ärger bewirkte, daß er plötzlich zu seinem eigenen Erstaunen alles sagte, was er ihr hatte sagen wollen:

Er möchte nur das eine wissen: Ob Mirele ihn liebe? Sie könne es doch nicht mehr leugnen. Darum müsse er sie fragen: warum wolle sie sich nicht von ihrem Mann scheiden lassen und ihn, Nossen Heller, heiraten?

Mirele zuckte die Achseln, richtete den Blick auf die Striche, die sie mit der Spitze ihres Sonnenschirms in den Sand zog, und fragte:

»Und was wird nachher sein, nach der Hochzeit?...«

»Nachher?«

Nossen Heller konnte nicht verstehen, was sie damit meinte.

»Nachher... Nachher fahren wir ins Ausland... Mein Gott, nachher...«

Mirele zuckte wieder die Achseln und erhob sich.

Heller wollte noch etwas sagen. Sie wußte aber schon im voraus, was es war. Sie wollte es gar nicht hören und sagte kalt:

»Ich mag nicht viel reden.«

Heller war aber schon ganz außer sich:

Nun, wie halte sie es seit vier Monaten mit ihrem dummen Mann aus? Die ganze Stadt mache sich über ihn lustig... Die Leute lachten ihm ja ins Gesicht...

Mirele blickte ihn aber so kalt an, daß er verstummen mußte. Ihr Gesicht war jetzt noch strenger und abweisender. Er sah sie traurig an, und ein Zittern ging ihm durch den ganzen Leib.

Sie sagte:

Sie hätte ihn schon einigemal gebeten, ihren Mann in Ruhe zu lassen! Ihr Mann sei ein guter Mensch... Jedenfalls täte er keinem Menschen etwas zuleide.

Nun mußte sie sich wieder über sich selbst ärgern. Es fiel ihr ein, daß sie wohl nicht die erste junge Frau sei, die über ihren dummen Gatten diese Worte zu einem jungen Mann spreche, mit dem sie sich in einem stillen Gäßchen treffe.

Jedenfalls verdiene er, Heller, es gar nicht, daß sie ihm zuliebe die Meinung über ihren Mann ändere.

Sie wollte an diese letzten Worte, die sie ihm vor dem Weggehen im Zorn gesagt hatte, nicht mehr denken. Sie wandte sich nicht mehr um und gab sich Mühe, ihn zu vergessen. Während sie sich von ihm mit gleichmäßigen Schritten entfernte, kämpfte sie gegen ihre Aufregung an und klammerte sich an den Gedanken:

Mit Nossen Heller sei sie also fertig. Nun müsse sie wohl noch mit jemand anderem fertig werden... Das mit den Seidenowskis müsse ja auch einmal ein Ende nehmen!

Sobald sie nach Hause komme, werde sie sich an diese Aufgabe machen.

3

Nach der Begegnung mit Heller schlenderte sie noch einige Stunden durch die Stadt und kam erst spät abends nach Hause. Als sie die dunklen Fenster ihrer Wohnung sah, fühlte sie sich von der hinter ihnen herrschenden Leere abgestoßen und hatte keine Lust, das schlafende Dienstmädchen zu wecken und in die finsteren Zimmer zu kommen. Im Haus der Schwiegereltern waren aber die Fenster wie an jedem Sabbatabend festlich erleuchtet. Sie mußte die Seidenowskis aufsuchen, sie mußte sie noch einmal sehen, um sich von der Notwendigkeit ihres Vorhabens endgültig zu überzeugen: Wie sei es nur möglich, daß sie diese Leute noch immer nicht verlassen habe?!

Und sie ging zu den Schwiegereltern, saß dort lange, ohne ihre Sommerjacke abzulegen, im Eßzimmer, sprach kein Wort und langweilte sich.

Wie an jedem Sabbatabend war dort die ganze Verwandtschaft versammelt. Man saß auf den alten und neuen Stühlen um den langen gedeckten Tisch und vor der großen Kredenz; man stand in kleinen Gruppen vor dem altertümlichen schlanken Glasschrank, einem alten Erbstück, oder machte es sich auf dem großen breiten Kanapee gemütlich, über dem ein auf Kanevas gesticktes Bild hing.

Die ganze Verwandtschaft, die Jungen wie die Alten, hingen an Schmilik mit großer Liebe; alle hielten ihn für einen ungewöhnlich guten und gutherzigen Menschen und behandelten ihn wie ein kleines wohlgeratenes Kind. Alle wußten, daß Mirele ein schönes und edles Geschöpf sei, fühlten sich jedoch fremd in ihrer Gegenwart und hielten sich von ihr in einiger Entfernung. Sie sagten sich, daß Mirele doch nicht diejenige sei, die sie für Schmilik seit vielen Jahren ersehnt hatten, und mußten noch immer an die steinreiche Ita Morejnes denken, die sich auch heute noch in Sehnsucht nach Schmilik verzehrte. Der alte Morejnes hatte ja erst neulich gesagt, daß er die Absicht gehabt hätte, Schmilik zwanzigtausend Rubel zu geben.

Unter den Verwandten befand sich auch die der Familie etwas entfremdete ehemalige Kursistin Mirjam, eine hübsche, großgewachsene, etwas massive Person mit dem Gesicht einer gesetzten und klugen Revolutionärin. Sie hatte vor eineinhalb Jahren einen ihrer Parteigenossen, einen Ingenieur Ljubaschitz, geheiratet und gleich nach dem ersten Kind angefangen, fett zu werden, allzuviel zu lächeln und ihren Onkel Jaakew-Jossel wieder zu besuchen. Sie schwärmte wie die anderen Verwandten für Schmilik, lächelte ihm verliebt zu und erzählte immer Geschichten über seine Gutmütigkeit.

Vor ein paar Wochen hatte sie Schmilik auf dem Hauptbahnhof getroffen und mit einem ihrer Verwandten, einem gewissen Naum Kluger, bekannt gemacht. Naum sei gerade aus Charkow gekommen, wo er das Doktorexamen bestanden habe...

Die Pointe der Geschichte bestand darin, daß der gutmütige Schmilik diesen jungen Doktor, von dessen Existenz er noch nie etwas gehört, gleich im ersten Augenblick ins Herz geschlossen und ihn durchaus ernsthaft aufgefordert hätte:

»Naum, bleiben Sie doch den Sabbat über bei mir! Lassen Sie sich auf dem Billett die Fahrtunterbrechung bescheinigen! Bitte, Naum!«

Aus dem Kabinett des Hausherrn kam mit einer Zigarette im Mund ein langer Mann in mittleren Jahren heraus; er war ein *Schadchen*. Er machte den Eindruck eines halb frommen und halb aufgeklärten Menschen, trug einen viel zu weiten Gehrock, hatte ein langes schmales Bärtchen, und auf seinem Gesicht leuchtete noch die Sabbatstimmung. Er hatte die Angewohnheit, dümmer zu scheinen als er in Wirklichkeit war. Er schnappte einige Worte vom Gespräch auf, das am langen Tisch geführt wurde, und fing laut zu beteuern an:

Was? Kursistinnen? Solch ein gutes Jahr möchte er erleben, wie sie alle darauf brennen, geheiratet zu werden. Anfangs machten sie lange Geschichten, sobald sie aber sähen, daß die Sache ernst wird, hätten sie auf einmal Lust zu heiraten und hörten zu lachen auf... So wahr er ein Jude sei!

Die Gespräche drehten sich um Schmiliks Schwester Rickel. Obenan saß die Schwiegermutter mit einem Schal um die Schultern und zwinkerte dumm mit den Augen. Vor Mireles Erscheinen hatte sie gerade der ehemaligen Kursistin Mirjam geklagt:

Sie könne es unmöglich begreifen! Mirele gehe doch jeden Tag in die Stadt. Warum nehme sie niemals ihren Schmilik mit?

Nun erzählte sie einer älteren Frau von zwei Kursistinnen, die in der Stadt bei der Tochter ihres Onkels Asriel-Mejer in Miete wohnten. Erzählt sie also, Onkel Asriel-Mejers Tochter, daß zu diesen Kursistinnen oft abends ein Student zu Besuch komme und über Nacht dableibe.

Abseits von allen stand der jüngste Bruder des Hausherrn, Scholem Seidenowski. Er sah wie ein älterer *Jeschiwe-Bocher* aus, der sich erst vor kurzem die Schläfenlocken und den Kaftan hatte stutzen lassen. Er stand allein in der Mitte des großen Zimmers, blickte die Gesellschaft argwöhnisch und schüchtern an und schwieg hochmütig. Nach dem Tod seiner fanatischen Eltern war er als ein von ketzerischen Gedanken vergifteter *Maskil* zurückgeblieben, hatte vor kurzem des Geldes wegen ein ältliches mageres Mädchen, gegen das er sich vorher drei Jahre lang gesträubt hatte, geheiratet und wohnte nun in einem nahen Städtchen, der Residenz eines *Zaddiks,* wo er eine Bretterhandlung besaß. Gegen das Geld hatte er einen tiefen Haß und liebte es zugleich mit der von den Vorfahren ererbten krampfhaften Liebe eines Krämers. Er glaubte nicht, daß jemand in dieser Beziehung besser sei als er, und war aus diesem Grund auf die ganze jüdische Jugend schlecht zu sprechen. Wie können bei uns auch seelisch gesunde Individuen aufkommen!

Mirele gegenüber verhielt er sich gleich von Anfang an feindselig, als ob er ihr die Heirat mit dem dummen Sohn seines Bruders unmöglich verzeihen könnte. Ihr trauriges Gesicht mit den vergrämten blauen Augen regte ihn aber sehr auf. Schließlich ging er auf den jungen Studenten Ljubaschitz zu, der in Mireles Nähe saß, und sagte mit einer Miene, als handele es sich um einen bestimmten Fall, der sich vor seinen Augen in einer der belebtesten Großstadtstraßen zugetragen hätte:

»Da gehen also unsere jungen Leute herum und denken sich: ich bin ein Prinz, und irgendwo wartet auf mich eine Prinzessin...«

In später Stunde kam aus der Stadt Montschik. Er sah so zerfahren aus, als ob er eben einer anderen Welt entlaufen wäre. Soeben war ihm irgendein gutes

Geschäftchen aus den Fingern geglitten. Seine Gedanken waren darum noch in der Stadt, und er zerbrach sich den Kopf, ob das Geschäftchen nicht doch noch irgendwie zu retten wäre. Wie geistesabwesend starrte er in die Lampe und merkte gar nicht, wie die jungen Mädchen hinter seinem Rücken kicherten, ihn am Rock zupften und ihm Orangenschalen hinter den Kragen stopften. Als er sich schließlich umwandte, brachen sie alle in schallendes Gelächter aus. Nur die ehemalige Kursistin Mirjam Ljubaschitz lachte nicht. Sie machte ein ernstes Gesicht und neckte ihn:

»Pfui, Montschik! Seit einer halben Stunde frage ich dich etwas, und du antwortest mir nicht! Ist das eine Art? Ist das ein Benehmen?«

Nun fiel ihm plötzlich ein, daß er hungrig sei, und fing sich zu wundern an:

»Wartet einmal... Tee habe ich heute abend ganz gewiß nicht getrunken. Aber zu Mittag? Merkwürdig, ich kann mich unmöglich erinnern, ob ich heute zu Mittag gegessen habe oder nicht!«

Man lachte ihn aus und gab ihm zu essen. Er nahm, ohne sich hinzusetzen, einen Bissen in den Mund und wurde wieder nachdenklich. Dann ergriff er ein Glas Tee ohne Untertasse und begann auf und ab zu gehen.

Am oberen Ende der Tafel wurde noch immer von den Kursistinnen gesprochen. Jemand, der es mit eigenen Ohren gehört haben wollte, berichtete, was für unanständige Gespräche die beiden Kursistinnen, die bei Onkel Asriel-Mejers Tochter wohnten, eines Morgens, als der Student, der bei ihnen zu nächtigen pflegte, eben fort war, geführt hätten. Die Schwiegermutter verzog das Gesicht und spie aus. Die Männer aber wurden lüstern und begannen einander schlüpfrige Geschichten zu erzählen. Jemand rief Schmilik auf die Seite und erzählte ihm etwas von einer kleinen, sehr temperamentvollen Kursistin, die ihren Mann, einen Geschäftsreisenden, in Kursk habe sitzenlassen und hier in der Stadt bereits in gesegnete Umstände gekommen sei. Schmiliks Gesicht begann zu glühen. Er vergaß, daß sich die ganze Familie im Zimmer befand, und fragte laut:

»Ist es wahr? Hier in der Stadt?«

Im dunklen Korridor, der das Kabinett mit dem Eßzimmer verband, ertönte aber in diesem Augenblick die saftige Bruststimme des noch nicht alten Hausherrn:

»Boruch, laß sofort den Wagen anspannen. Du hast nur noch fünf Viertelstunden Zeit bis zur Abfahrt deines Zuges.«

Im Eßzimmer wurde es auf einmal still. Alle blickten mit großem Respekt auf den Hausherrn, der eben die Hand auf Montschiks Schulter legte und ihn lächelnd fragte:

»Tust schon wieder fressen, was?«

Niemand wußte, ob er das Wort *fressen* im Ernst oder im Scherz gebraucht hatte. Seine Augen glänzten, als ob er sie eben frisch lackiert hätte, und seine ganze bewegliche Figur sagte ohne Worte das, was alle wußten und was er selbst niemals laut aussprach:

»Nun habe ich fast eine halbe Million beisammen... Bin in der ganzen Gegend bekannt... Bin auch nicht irgendwer, stamme ja von den Seidenowskis ab!«

Mirele, die noch immer in der Jacke am Tisch saß, sah ihn an. Dieser Mann, der so gerne Witze machte, der alljährlich zu *Jom-Kippur* nach Sadagora reiste und zu *Schalaschudes* einen ganzen *Minjon* um sich haben mußte, erschien ihr als ein ganz gemeiner, verkleideter Gauner. Es sei ihm zuzutrauen, daß er, trotz seiner frommen Lebensführung, auf Reisen seine Frau betrüge und vielleicht sogar noch üblere Dinge tue. Nur so ließe es sich erklären, daß er manchmal seinen ganzen Stolz und Trotz ablegte und selbst seinen eigenen kleinen Kindern gegenüber mild und schüchtern auftrat.

Als er seine einzige Schwiegertochter am Tisch sitzen sah, ging er auf sie lächelnd zu und begann mit ihr in einem Ton zu scherzen, als ob nur er allein das Geheimnis wüßte, daß sie eigentlich zu seinem Sohn absolut nicht paßte:

»Sieh nur an... Mirele! Wie geht es dir in deiner Wirtschaft?«

Alle sahen ihn lächelnd an und schwiegen. Die ehemalige Kursistin Mirjam Ljubaschitz hatte sich hinter dem Rücken von jemand versteckt und antwortete ihm statt Mirele mit einem Scherz, um seine Aufmerksamkeit auf sich zu ziehen.

Alle lachten über seine klugen, witzigen Einfälle.

Was würde Mirele anfangen, wenn ihre Köchin plötzlich wegliefe und sie keine andere bekommen könnte? Man müsse ja auch mit der Möglichkeit rechnen, daß alle Köchinnen plötzlich in einen Streik treten!

Alle lachten. Nur der hochmütige und boshafte Bruder des Hausherrn, Scholem Seidenowski, lachte nicht. Mürrisch und voller Verachtung gegen alle Menschen, die weder ihn noch die Ursache seines Menschenhasses zu verstehen imstande waren, stand er abseits von allen und schwieg. Er hielt den Kopf etwas zur Seite geneigt, die rechte Hand zwischen zwei Knöpfe des hochgeschlossenen Rockes gesteckt, und blickte Mirele durchdringend und boshaft an. Er war doch der einzige in der ganzen Gesellschaft, der seinen älteren Bruder für einen dummen und eitlen Menschen hielt. Er sprach dies aber nie laut aus, da er überzeugt war, daß ihn doch niemand verstehen würde. Er ließ den Kopf noch tiefer hängen, hob das glänzende, beinah bartlose Kinn und fing an, schweigend auf und ab zu gehen. Er sagte selbst zu der ehemaligen Kursistin Mirjam kein Wort, die ihn für einen Geizhals hielt und ihm seit einigen Minuten mit der Frage zusetzte:

»Scholem, wann lädst du uns einmal zu dir ein?«

Der Schwiegervater war nicht mehr im Zimmer. Die Gesellschaft fühlte sich wieder ungezwungen und vergnügt, und Mirele saß noch immer in der Jacke am Tisch. Plötzlich fühlte sie Scholems gehässigen Blick auf sich ruhen und sprang von ihrem Platz auf. Sie ging, ohne sich von jemand zu verabschieden, nach Hause und konnte sich lange nicht beruhigen.

Diesem *Jeschiwe-Bocher* wird sie doch einmal sagen müssen, daß er ein großer Dummkopf ist!

Als sie sich im Schlafzimmer auszog und zu Bett ging, ärgerte sie sich über sich selbst.

Nun sei sie schon so weit, daß Scholem Seidenowskis Blicke auf sie solchen Eindruck machten! Und vor allen Dingen...

Vor allen Dingen fühle sie jeden Tag, daß sie etwas unternehmen müsse, wisse aber nicht, was und wie. Jeden Tag sage sie sich, daß sie es am nächsten Tag wissen werde; am nächsten Tag sinke sie aber noch tiefer, weil sie sich unter einem Dach mit Schmilik befinde und seine Frau sei. Einmal werde sie aber doch noch einen Ausweg aus diesem Leben finden müssen. Ja, das ist es: Andere Menschen suchen viele Jahre nach einem Ausweg. Und wenn sie ihn nicht finden, nehmen sie sich das Leben und hinterlassen kluge oder auch närrische Abschiedsbriefe.

Es war spät nach Mitternacht, als sie endlich einzuschlafen anfing. Im Schlafzimmer war es stockfinster und sehr still. In der Küche, am andern Ende des Korridors, lag das Dienstmädchen in den Kleidern auf dem Bett und schnarchte laut. Irgendwo machte sich eine Katze mit einem Stück Zucker zu schaffen. Das Klappern ließ Mirele nicht einschlafen, und sie wiederholte noch immer den letzten Gedanken vor sich hin:

»Und wenn sie keinen Ausweg finden, so nehmen sie sich das Leben und hinterlassen kluge oder auch närrische Abschiedsbriefe.«

Sie wußte selbst nicht, wie lange sie in diesem halbwachen Zustand lag.

Plötzlich fühlte sie an ihrer bloßen Schulter die Berührung einer kalten Hand. Sie erzitterte am ganzen Leib und schlug die Augen auf.

Das Schlafzimmer war von der aus dem Kabinett hereingebrachten Lampe hell erleuchtet, und vor dem Bett stand in Nachthemd und Unterhose Schmilik. Er stand über sie gebeugt, zitterte am ganzen Leib und lächelte. So aufgeregt war er noch von all den Geschichten über die schwangere Kursistin aus Kursk, von der er abends bei seinem Vater gehört hatte.

Mirele sah ihn eine Weile erschrocken an:

»Was suchst du hier, Schmilik?«

Auf einmal begriff sie, warum er vor ihrem Bett stand, und ihre Augen begannen vor Zorn und Verdruß zu brennen.

»Schmilik, nimm dein Kissen und geh ins Kabinett!«
Schweigen.

»Hörst du nicht, was ich dir sage, Schmilik?«

Schmilik steht noch immer über sie gebeugt, zittert, lächelt und weicht nicht von der Stelle. Mirele hat aber schon den Finger auf den elektrischen Knopf gedrückt, und die Klingel dröhnt so schrill, daß man den Eindruck hat, das ganze Haus sei am Zusammenstürzen. Schon hört man das Dienstmädchen mit nackten Füßen über den Fußboden schlurfen. Schmilik lächelt verschämt, nimmt sein Kissen und geht ins Kabinett. Das Dienstmädchen trägt die Lampe hinaus und bläst sie draußen aus. Im Schlafzimmer ist es wieder finster und still. Man glaubt irgendwo ein stilles Schluchzen aus tiefster Seele zu hören. Wenn man sich aber im Bett aufsetzt und die Ohren spitzt, hört man nur, wie die Katze mit dem Stück Zucker spielt und wie das Dienstmädchen im Schlaf schnarcht.

4

Am nächsten Morgen stand Mirele erst gegen elf Uhr auf.

In der Küche klopften schon die Hackmesser, und im Hof wurde der Wagen ausgespannt, mit dem Schmilik bei Morgengrauen zur Brennerei gefahren war. Der vom Schwiegervater arg verwöhnte Kutscher machte großen Lärm und schimpfte auf Schmiliks jüngsten Bruder, der andauernd zwischen den Pferdebeinen herumlief, und auf das Dienstmädchen der Schwiegereltern, weil sie das Schmutzwasser mitten auf den sauber gekehrten Hof ausgoß. Auch die Schwiegermutter stand im Hof, wunderte sich, daß Schmilik diesmal so früh weggefahren sei, und erkundigte sich bei dem schimpfenden Kutscher nach Briefen. Als Mirele später über den Hof ging, war er schon wieder leer. Eine Wochentagsstille ruhte über dem verschlossenen Stall, und der Kutscher saß irgendwo in der Küche. In der Mitte des sauber gekehrten Hofes stand aber noch immer der Wagen mit erhobener Deichsel und erzählte stumm von Schmilik:

Gestern nacht stand er lange in Nachthemd und Unterhose vor ihrem Bett und wollte sie nicht in Ruhe lassen... Nun schämt er sich, ihr in die Augen zu blicken, und wird so bald nicht heimkommen...

Mirele ging ins Eßzimmer, hüllte sich in den Schal und legte sich aufs Kanapee. Es war ihr schwer und übel zumute, als ob man ihr Herz in irgendeine übelriechende Flüssigkeit getaucht hätte. Vom bewölkten Himmel blickte ein neuer leerer Sonntag zum Fenster herein und trug den einen langweiligen Gedanken ins Zimmer:

Eine neue Woche... Eine öde Woche, eine leere Woche...

Da sie nachts schlecht geschlafen hatte, fühlte sie jetzt einen dumpfen Schmerz in Hinterkopf und Nacken. Alle ihre Gefühle waren so verworren und matt wie im ersten Stadium von Typhus. Die Augen fielen ihr zu, und durch den benebelten Kopf zogen wirre Gedanken über Hackmesser, die in der Küche klopften, über ihr eigenes verpfuschtes Leben und den stumpfen Schmerz, den sie im Hinterkopf hatte...

Nun wird sie den ganzen Tag auf dem Kanapee liegen und schlafen.

Sie lag auch wirklich lange auf dem Kanapee und schlief. Als sie erwachte, war der Tisch schon gedeckt. Sie stand auf, versuchte etwas zu sich zu nehmen, hatte aber keinen Appetit und legte sich wieder hin. Sie schlief wieder ein und erwachte erst in der Abenddämmerung.

Da hatte der Teufel irgendeinen durchreisenden *Cha-*

sen hergebracht, einen langen mageren Kerl in abgerissenen Kleidern, mit einem schmutzigen Papierkragen um den Hals und einer Stimmgabel in der Tasche. Er redete mit seltsam pfeifender Stimme und erkundigte sich nach Schmilik als dem einflußreichen Mitglied der Betstube:

Ob Madame ihm nicht sagen könne, wann der Herr heimkommen werde? Ob der Herr vor Sabbat nicht heimkommen werde?

Sie hielt sich nicht für verpflichtet, sich von ihm anöden zu lassen, den üblen Geruch von faulen Fischen, den er um sich verbreitete, einzuatmen und ihm wieder zu antworten:

»Ich weiß nicht.«

»Nein.«

»Ich weiß nicht.«

Sie machte vor seinen Augen alle Fenster auf, um das Eßzimmer zu lüften. Er verstand aber den Wink nicht. Schließlich ließ sie ihn allein im Eßzimmer stehen, ging hinaus und setzte sich auf die Verandastufen.

Allmählich senkte sich die Abenddämmerung über die wenigen Häuser, die am sandigen Ende der Vorstadt standen. Kein Mensch kam vorbei, und in der Luft regte sich nichts. Irgendwo bei den Strohschuppen in der Nähe der Kirche surrte eine Dreschmaschine und drosch die Getreidevorräte des Geistlichen. Links, zwischen den Bäumen des Schwiegervaters, wo die ganze Familie dem abreisenden Scholem Seidenowski soeben das Geleit gegeben hatte, tönte jetzt jämmerliches Geschrei. Die Schwiegermutter züchtigte einen ihrer jüngsten Söhne und belehrte ihn mit heiserer Stimme:

»Zu einer Mutter spricht man nicht so! Zu einer Mutter spricht man nicht so... Zu einer Mutter spricht man nicht so...«

Mirele hörte, wie das Kind schrie und zappelte, und stellte sich vor, wie die Schwiegermutter es quer über die Knie legte, ihren Kopf mit den kurzsichtigen Augen tief über den Körperteil gebeugt, auf den sie schlug. Sie dachte sich, daß diese dumme Frau ihre Kinder nicht zu erziehen verstünde und sie zugrunde richte; daß sie wohl vor fünfzehn oder sechzehn Jahren auf dieselbe Weise ihren Mann Schmilik geschlagen und dabei dieselben Worte wiederholt hätte:

»Zu einer Mutter spricht man nicht so... Zu einer Mutter spricht man nicht so...«

Es wurde ihr auf einmal klar, daß Schmilik eine Frau brauchte, die seine Kinder auf die gleiche Weise wie seine Mutter behandeln würde. Und als sie sich das sagte, fiel ihr ein Stein vom Herzen, und die halbvergessene Hoffnung regte sich von neuem.

Halt! Was fesselt sie noch an Schmilik und an das Haus? Sie kann ja das Haus verlassen, wann sie will! Nur über eines müsse sie sich noch klarwerden.

Sie erinnerte sich an eine Geschichte, die sich vor einigen Jahren in der Kreisstadt zugetragen hatte.

Eine schweigsame und trotzige junge Frau, die Schwiegertochter des reichen Dischur, steht eines Morgens auf, geht, ohne dem Mann und den Schwiegereltern auch nur ein Wort zu sagen, aus dem Haus und kommt nicht wieder zurück.

Als die Leute in der Stadt davon erfuhren, scherzten sie:

»Ist nicht so schlimm, sie wird schon wiederkommen... So Gott will, wird sie zum Sabbat heimkommen.«

Aber die junge Frau ist nicht mehr zurückgekehrt, und niemand weiß, wo sie hingekommen ist. Niemand weiß

es.. Aber sie, Mirele, sollte es jetzt eigentlich wissen...
So gerne möchte sie es erfahren.

Wo ist jene junge Frau hingekommen?

Schmilik hielt sich noch immer in der Brennerei auf und ließ nichts von sich hören. Er hatte die Absicht, mit einer Partie Ochsen nach Warschau zu reisen. Eines Tages kam der Verwalter der Ochsenställe, Reb Bunes, ein kleingewachsener, schmieriger, untersetzter Mann mit rotem Nacken in die Vorstadt, der selbst in den heißesten Sommermonaten einen langen Kaftan trug und die Aufträge seines Herrn mit übertriebener Gewissenhaftigkeit auszuführen pflegte. Er brachte einige alte Stallaternen zum Reparieren mit und kaufte eine Menge kurze Stricke und einige Pud Steinsalz, damit die Ochsen während der Reise etwas zu lecken hatten. Er kam auch zu Mirele ins Haus und brachte den Geruch von Maische mit. Mirele lag auf dem Kanapee, als er seinen Auftrag ausrichtete.

»Der junge Herr hat gesagt, man möge ihm das Konto der vor *Pessach* angeschafften Ochsen mitgeben... So hat er gesagt....«

Mirele hörte ihn an, rührte sich nicht vom Fleck und schickte ihn in die Küche.

Das Dienstmädchen glaubte, daß es sich um irgendein vor *Pessach* angeschafftes Gefäß handle und sah ihn erstaunt an. Woher solle sie das wissen? Vor *Pessach* sei sie ja noch nicht hier in Stellung gewesen! Er möchte sich doch beim Kutscher Theodor erkundigen.

Der Mann stand so lange im Hof herum, bis man ihn endlich zum Schwiegervater heraufrief und fragte:

»Nun? Hat sie Euch das Kontobuch noch immer nicht gegeben, die junge Frau?«

Die Schwiegermutter warf sich schließlich den Schal

um, ging selbst hinüber und suchte lange zwischen den Büchern in Schmiliks Kabinett herum. Endlich fand sie das Buch, blickte mit ihren kurzsichtigen Augen hinein und las mit der Stimme einer Frau, die im *Taitsch-Chumesch* liest:

»Konto der Ochsen, die in den Monaten *Schwat, Oder* und *Nissen* gekauft worden sind. Hier!« sagte sie absichtlich sehr laut zu dem Mann. Dann ging sie, ohne sich nach Mirele umzublicken, ganz außer sich vor Empörung, wieder zu sich nach Hause und begann aufgeregte Blicke ins Kabinett zu werfen, wo ihr Mann geschäftlichen Besuch hatte. Während des Mittagessens sprach sie kein Wort. Als sich aber Jaakew-Jossel nach dem Essen ins Schlafzimmer zurückzog, setzte sie sich zu ihm aufs Bett und flüsterte so leise, als ob man sie am Halse würgte:

»Verstehst? Sie ist wirklich keine richtige Frau für unseren Schmilik, Gott sei es geklagt... Und dann ihr ganzes Benehmen! Ihr Verkehr mit der feinen Cousine! Ums Haus kümmert sie sich aber nie, und es fällt ihr gar nicht ein, die Decken neu streichen zu lassen... Was willst du noch mehr? Selbst die Hühner muß ich für sie zum Schächten schicken!«

Der kräftige schwarzhaarige Seidenowski, der Herr des Hauses, lag in Hemdsärmeln auf dem Bett, rauchte eine Zigarette, blickte mit seinen klugen Spitzbubenaugen jeden Augenblick auf die Tür, als fürchte er, daß draußen jemand horche, und sagte kein Wort. Er hatte sich wohl längst damit abgefunden, daß Schmilik eine schlechte Wahl getroffen habe, und wollte davon gar nicht mehr reden. Aber die kurzsichtige Frau konnte sich noch immer nicht beruhigen. Sie zwinkerte mit den Augen und fuhr flüsternd fort:

»Nichts macht auf sie Eindruck. Kannst dir denken, was sie erlebt hätte, wenn sie zu anderen Leuten geraten wäre. Aber sie ist auf uns gestoßen! Und Schmilik ist so sanft wie eine Taube... Kein Wort wird darüber geredet, als ob alles in bester Ordnung wäre.«

Nach einigen Tagen kam die Schwiegermutter mit zwei Malergesellen. Ohne Mirele, die auf dem Kanapee lag, zu beachten, ging sie mit den Leuten von Zimmer zu Zimmer und zeigte auf die Decken.

»Seht ihr es? Zuerst müßt ihr die Decke im Kabinett streichen und die Möbel aus dem Kabinett ins Eßzimmer schaffen. Dann müßt ihr die Möbel aus dem Eßzimmer ins Kabinett tragen und die Speisezimmerdecke streichen.«

Die Schwiegermutter ging, ohne sich nach Mirele umzublicken, wieder fort. Die Maler schafften alle Möbel aus dem Kabinett ins Eßzimmer, wo Mirele lag, und machten sich an die Arbeit.

In der ganzen Wohnung verbreitete sich bald der Geruch von Ölfarbe und dem Gemisch von Ocker und Kienruß. Die Unordnung wuchs von Tag zu Tag. Die Zimmer, in denen die Möbel aus der ganzen Wohnung durcheinanderstanden, wurden weder morgens noch abends aufgeräumt. Die Maler machten gemächlich ihre Arbeit und strichen eine Decke nach der anderen.

Die beiden Malergesellen waren junge Leute. Unter den schmierigen Röcken trugen sie gestickte Hemden, und es gab wohl Mädchen, die sich für sie und für ihre Malerei begeistern konnten. Sie standen den ganzen Tag auf den hohen Gerüsten, zogen mit Linealen Striche, schmierten mit den Pinseln, freuten sich ihrer Arbeit und sangen gefühlvolle Handwerkerlieder.

Einer der Maler mußte einmal aus dem Nebenzimmer,

wo Mirele lag, irgendein Werkzeug holen. Als er zu seinem Kollegen zurückkehrte, sah er sich um, ob außer ihnen beiden nicht noch jemand im Zimmer wäre, und sagte mit einer entsprechenden Bewegung des Kopfes:

»Ist doch kein übles Weibchen, die Hausfrau! Was?«

Dann dachte er, neben seinem Kollegen auf dem hohen Gerüst sitzend, nur noch an sie. Er steckte sich eine Zigarette an und begann von einem seiner Jugendstreiche zu erzählen.

»Es war also... vor acht Jahren war es. Wir arbeiteten damals im Dorf Kloki, und der Hausherr hatte eine junge Schwiegertochter, ein lustiges, durchtriebenes Frauenzimmer...«

Mirele lag aber in ihrem weiten, tief ausgeschnittenen Morgenkleid, das so weite Ärmel wie ein Popengewand hatte, auf dem Kanapee im Nebenzimmer, das mit Möbeln vollgestellt war, und nahm im Geiste alle die Orte durch, wohin sie aus diesem Haus entfliehen könne. In jedem Fall werde es ihr nirgends schlimmer ergehen als hier.

Um sie herum standen die Betten, die beiden Kleiderschränke mit den Spiegeltüren, die Polstermöbel aus dem Salon und der große Wäscheschrank, auf dem schon seit einigen Tagen ein nasser Waschlappen lag. Es sah wie an einem seltsamen *Erew-Pessach* aus, der unvermutet auf den Monat *Elul* gefallen ist. Draußen war es den ganzen Nachmittag trüb und dunkel, in ihren Gedanken stand ein dichter Nebel, und es war ihr, als ob sie diesen Tag nicht jetzt, sondern vor fünf oder sechs Jahren erlebe.

Da kam noch die Geschichte mit dem Buch hinzu. Von Herz kam eines Tages ein hebräisches Buch, das nach frischem Papier, Druckerschwärze und einem fremden jungen Mann roch.

Der Briefträger gab es eines Tages mit anderen Poststücken im Haus des Schwiegervaters ab. Alle standen um das Buch herum und sahen es so erschrocken an, als wäre es ein lebendiges Wesen. Jemand bemerkte die feste männliche Handschrift der Adresse und sagte:

»Halt! Auf der Adresse steht ja gar nicht Schmiliks Name!«

Das fiel allen sofort auf und machte sie stutzig. Als hätte man sich nicht schon vorher denken können, daß so ein Mädchen wie Mirele noch aus der Zeit vor ihrer Ehe Männerbekanntschaften haben mußte!

Das Buch lag dann einige Tage auf dem Tisch und erschien allen als eine heimlich entdeckte, lebendige Frucht einer Sünde, die Mirele irgendwo mit irgend jemand begangen hätte. Niemand wußte, was man damit anfangen solle.

Soll man es nicht Mirele hinüberschicken, ehe Jaakew-Jossel zurückkehrt?

Schließlich schickte man es ihr ins Haus. Sie geriet in große Aufregung, zog sich schnell an und machte sich auf den Weg zum Telegraphenamt. Unterwegs kehrte sie aber um und schickte das Dienstmädchen zu der Schwiegermutter.

Sie sollte fragen, ob zugleich mit dem Buch nicht auch ein Brief gekommen sei. Es hätte ganz bestimmt auch noch ein Brief dabei sein müssen.

Bei der Schwiegermutter wurden nun täglich Beratungen abgehalten.

Wie sieht das aus? Man muß doch mit Schmilik endlich einmal ein ernstes Wort sprechen und ihn davon überzeugen, daß er unmöglich so weiter leben kann. Man dürfe ihm aber nicht zeigen, daß es allen bekannt sei, was sich zwischen ihm und Mirele an jenem Sabbatabend zugetragen habe. Man sah sich nach einem geeigneten Menschen um, den man zu Schmilik in die Brennerei schicken könnte, und nahm schließlich den Vorschlag der ehemaligen Kursistin Mirjam an:

Vielleicht ist es wirklich am vernünftigsten, den jungen Studenten Ljubaschitz zu ihm zu schicken?

Der junge Ljubaschitz kam vor Sonnenuntergang von der Brennerei zurück. Er lächelte wie ein Mensch, der aus Gefälligkeit einen Auftrag übernommen hat, zu dem er in keiner Weise geeignet ist. Man ging mit ihm in ein abgelegenes Zimmer, und er berichtete:

Ja, nun habe er also mit Schmilik gesprochen.

Um ihn herum standen fast alle erwachsenen Familienmitglieder mit der Schwiegermutter und der ehemaligen Kursistin Mirjam an der Spitze. Die kleinen Kinder wurden hinausgeschickt, und alle blickten dem lächelnden Abgesandten ins Gesicht.

So, Schmilik wären also Tränen in die Augen gekommen, als er ihn, den jungen Ljubaschitz, erblickt hätte?

Der junge Student war groß gewachsen, dick und blond wie alle Ljubaschitz'. Er stand mit seinem breiten Rücken gegen den Kassenschrank gelehnt und schien von der Reise ermüdet. Im Grunde genommen hielt er sich für einen Dichter. In einer Studentenzeitung waren mal Verse von ihm erschienen, und er rasierte sich aus diesem Grund den Schnurrbart, äußerte sehr verrückte Gedanken über allerlei Dinge und hatte sogar eine eigene Ansicht über Tolstoi. Er sprach von Schmilik mit demselben kindlichen Lächeln, das er immer hatte, wenn er etwas angetrunken war, und es schien, daß auch ihm gleich Tränen in die großen blauen Augen treten würden.

Als Schmilik ihn erblickte, hätte er also gesagt:
»Sieh nur an, Schojelik! Wie kommst du hierher?«
Schmilik scheine anzunehmen, daß alle wüßten, warum er nicht heimkomme; selbst vor ihm, Schojelik, hätte er sich geschämt. Als sie aber später spazierengingen und er Mireles Namen erwähnte, hätte ihn Schmilik am Arm genommen und so seltsam ruhig gesprochen, daß sich ihm, Ljubaschitz, das Herz zusammengekrampft hätte.

»Verstehst du es, Schojelik?« hätte er zu ihm gesagt: »Mirele ist ein Unglück für mich... Gewiß ist sie ein Teufel, aber wenn sie will, kann sie auch gut sein.«

Schmilik hätte nachher geschwiegen, und Tränen wären ihm in die Augen getreten. Und nach einer Weile hätte er ihn, Ljubaschitz, wieder am Arm genommen und zu ihm gesagt:

»Glaube nur nicht, Schojelik, daß es viele solche Frauen wie Mirele gibt... Aber sie hält mich für einen Dummkopf, das ist alles...«

5

Schmilik kam nicht nach Hause, sondern fuhr mit den Ochsen direkt nach Warschau.

Der Schwiegervater bekam von ihm ständig Telegramme, in denen er von der außerordentlich lebhaften Marktlage berichtete. Als tüchtiger Kaufmann trieb er die Preise in die Höhe, wollte auch noch eine zweite Woche in Warschau bleiben und verlangte, daß man ihm so bald wie möglich die schwersten Tiere aus allen nahen und fernen Ställen schicken solle.

Im Kabinett des Schwiegervaters fanden mehrmals am Tage geschäftliche Beratungen statt. Die kleinen Kinder durften wieder aus und ein laufen, man beriet sich scherzhalber mit ihnen und fragte selbst den kleinsten sechsjährigen Jungen, der immer nach Stall roch und den die Schwiegermutter eigenhändig zu züchtigen pflegte:

»Was meinst du, Bengel? Soll man ihm die Ochsen schicken?«

Alle waren außerordentlich gut gelaunt:

Wenn Gott einem hilft und der Markt auch weiterhin so günstig bleibt, kann man ja ein ganzes Vermögen verdienen!

Die Schwiegermutter kam einmal unter einem Vorwand zu Mirele ins Haus. Sie wollte nachschauen, ob die Decken nicht zu dunkel geraten seien. Sie traf sie im Eßzimmer auf dem Kanapee liegend und erzählte ihr, daß Schmilik sich in Warschau befinde und daß man ihm eben einen Brief schreibe.

Ob man ihm nicht auch etwas von ihr schreiben solle?

Mirele zuckte gleichgültig die Achseln:

Nein... Sie habe ihm nichts zu schreiben.

Sie stand zum Fenster gewandt und sah nicht, was für ein Gesicht die Schwiegermutter machte, als sie das Haus verließ. Dann saß sie wieder auf dem Kanapee, fühlte einen Ekel vor dem ganzen Haus und dachte wieder daran, daß sie etwas unternehmen müsse:

Sie müsse doch irgendeine Möglichkeit finden, dieses Haus zu verlassen!

Es zog sie immer irgendwohin, und sie ertrug es nicht zu Hause. Sie ging in die Stadt, schlenderte lange allein durch die Straßen und begab sich zuletzt in die stille Boulevardstraße zu ihrer Cousine Ida Schpoljanski. Diese Ida achtete wohl gar nicht auf die üblen Gerüchte, die über sie in der Stadt verbreitet wurden, und sie glaubte ihr etwas sagen zu müssen:

»Höre mal, Ida! Du hältst doch gewiß alles für erlaubt; aber was würdest du sagen, wenn man dir erzählte, daß Mirele davongelaufen sei und mit ihrem Schmilik nicht mehr zusammenleben wolle?«

Ida war abends meistens nicht zu Hause. Sie trieb sich irgendwo mit dem jungen, sehr reichen Offizier herum, den Mirele einmal gegen Abend bei ihr angetroffen hatte. Keins der beiden Dienstmädchen wußte zu sagen, wohin sie ausgegangen war und wann sie heimkommen würde.

In allen fünf Zimmern war es dunkel und still. Auf den Böden lagen überall große neue Teppiche, und auf den Teppichen standen neumodische Polstermöbel. Alle Dinge sahen so nachdenklich aus, als wüßten sie manches Geheimnis über die stadtbekannte Hausfrau – daß sie ihren Mann, während er in den fernen Städten im Landesinnern Riesensummen verdiene, betrüge und daß er früher oder später dahinterkommen und dann diese ganze neumodische Einrichtung verwüsten werde.

Mirele lag einige Stunden auf dem seidenen Sofa und wartete auf Idas Heimkehr. Dann verließ sie das Haus mit dem Gefühl einer ungeheueren inneren Leere, wie ein Vagabund, der ziellos umherwandert. Auf dem Weg nach Hause dachte sie, daß sie wohl der einzige einsame und überflüssige Mensch in der ganzen Großstadt sei; daß alle anderen Menschen, denen sie begegnete, ihre bestimmten Ziele hätten und Dinge täten, die sie tun wollten, während sie, Mirele... Und sie denkt wieder an all das, was sie in ihrem Leben schon unternommen hat und was aus ihren Plänen geworden ist.

Es wäre wohl kein Unglück, wenn sie vom Tag ihrer

Geburt an immer im Bett geblieben wäre und sich bis heute nicht vom Fleck gerührt hätte!

Nach und nach hörte sie ganz auf, in die Stadt zu gehen.
Sie war jetzt immer zu Hause, schlüpfte, wenn sie gegen elf Uhr morgens aufstand, in ein schmutzigrotes abgewetztes Morgenkleid und viel zu große Männerhausschuhe und blieb in dieser Kleidung den ganzen Tag über. Sie wusch sich nicht mehr das Gesicht und kämmte auch nicht mehr das Haar. Sie lag immer auf dem Kanapee im Eßzimmer und quälte sich mit dem alten Gedanken:

Wenn sie nun wirklich kein Mittel fände, sich aus der jetzigen Lage zu befreien, so wäre alles verloren... Sie könne ja unmöglich länger bei den Seidenowskis bleiben!

Seit dem Zwischenfall mit dem Brief an Schmilik hatte die Schwiegermutter ganz aufgehört, mit ihr zu sprechen. Einmal kam sie mit ihrem eigenen Stubenmädchen ins Haus und ließ die Fenster waschen und die Zimmer aufräumen. Sie zwinkerte mit den Augen und sprach nur zu den beiden Dienstmädchen:

»Wie sieht es aus? Seit vier Monaten hat man hier die Wände nicht mehr abgestaubt!«

Sie ließ die Betten in den Garten zum Lüften hinaustragen, bestellte aus der Stadt einen Parkettbohner und sagte ihm, daß er beim Wachsen der Fußböden die Bettstellen und Schränke wegrücken solle. Sie stand im dritten Zimmer, das Kleid etwas gerafft, und blickte angeekelt in die schmutzigen Winkel. Mirele hörte, wie sie laut ausspie, dann zur Seite ging, einen Stuhl wegrückte und dem Parkettbohner auf kleinrussisch sagte:

»Überall!... Überall!...«

Mirele lag aber auf dem Kanapee und rührte sich nicht.

Die ganze Umgebung widerte sie an, und sie hatte große Lust, ihren Morgenrock vorne an der Brust zu zerreißen. Sie drückte beide Hände ans Gesicht und verging vor Weh.

Dieses Unglück, dieses Unglück... Wie hilflos sie doch sei! Ihr fehle ja nichts als ein Plan. Aber sie habe keinen Plan und könne ihn unmöglich finden!

Bei den Schwiegereltern wartete man auf Schmiliks Rückkehr. Man wußte sogar schon, an welchem Tag und mit welchem Zug er kommen würde.

Montschik Seidenowski kam eines Tages geistesabwesend wie immer, in irgendeiner geschäftlichen Angelegenheit aus der Stadt gelaufen. Solange er mit dem Onkel im Kabinett redete, lauerte man auf ihn. Kaum war er fertig, packte man ihn und zerrte ihn in eines der Zimmer:

»Montschik, dem Schmilik ist ein großes Unglück zugestoßen! Montschik, was sollen wir es noch länger aufschieben! Auf wen sollen wir uns verlassen?«

Montschik blickte zerstreut auf die Weiber, die um ihn standen, und dachte an die Leute, die er im Vorzimmer seiner Stadtwohnung warten gelassen hatte.

An die sechs oder sieben Menschen warteten dort wohl noch auf ihn... Und dann hätte er noch in zwei Banken zu tun... Und sie, die Tante und Mirjam Ljubaschitz, sagen, daß es mit Schmilik sehr traurig stehe... Ja, habe er denn nicht selbst daran gedacht, daß sie nicht die richtige Frau für ihn sei?... Wie? Was meine die Tante?... Gewiß, er müsse es zugeben: Es sei seine Pflicht, in dieser Sache etwas zu tun.

Er eilte nach Hause und machte sich an seine Geschäfte. Etwas später kam er aus der Stadt zurück und stürzte mit schrillem Läuten direkt zu Mirele ins Zimmer.

Er fand sie im zerrissenen Morgenkleid mit den großen Männerhausschuhen auf dem Kanapee liegen.

Zu Ehren von Schmilik, der in den nächsten Tagen erwartet wurde, waren alle Zimmer schön aufgeräumt, und auf dem Eßzimmertisch lag eine neue blaue Tischdecke. Mirele schien aber mit dieser schönen Ordnung nicht das geringste zu tun zu haben. Man dachte unwillkürlich mehr an sie als an Schmilik, und über den schöngewachsten Böden und ordentlich aufgestellten Möbeln schwebte eine seltsam traurige Stimmung.

Er saß ihr lange gegenüber, tat so, als merke er nichts, und erzählte lange Geschichten von seiner Mutter, seiner Schwester und seinem jüngeren Bruder, die er ernähren mußte und mit denen er zusammen wohnte, nachdem sein Vater in zerrütteten Vermögensverhältnissen gestorben war.

Die Schwester sei nur um zwei Jahre jünger als er. Sie sei so schwarz wie eine Zigeunerin, rede seit ihrer frühesten Kindheit unglaublich viel und rattere wie eine Beutelmühle alten Systems. Nachdem sie das Gymnasium beendet, hätte sie sich ein Jahr lang zu Hause gelangweilt und auf alle Kursistinnen geschimpft. Im letzten Winter bildete sie sich aber ein, eine Stimme zu haben, und nehme nun Gesangstunden bei einem Professor.

Mirele blickte ihm ins zerstreute Gesicht und wartete geduldig auf das weitere. Von Augenblick zu Augenblick wuchs in ihr die Überzeugung, daß ihn die Schwiegermutter geschickt habe. Sie wunderte sich, daß er noch immer nicht mit dem Eigentlichen herausrückte. Ja, was denke sie sich eigentlich über Schmilik? Womit solle dieses Leben enden?

Er fuhr aber fort, sie ab und zu mit zerstreuten Blicken streifend, seine Geschichten zu erzählen, und machte den Eindruck, als hätte er gar keine andere Absicht, als sie aufzuheitern.

Er, Montschik, bilde sich durchaus nicht ein, viel von Musik zu verstehen. Aber die Stimme seiner Schwester könne er einfach nicht ertragen. Es sei ein Winseln, das einem durch Mark und Bein gehe und nicht aus der Brust, sondern aus der Gurgel und aus der Nase komme. Er bitte sie immer: »Singe doch nicht, wenn ich zu Hause bin.« Sie fühle sich dann beleidigt, weine und beklage sich über ihn bei seinen Bekannten: Ein anderer Bruder hätte sie doch ermutigt und mit ihr gefühlt; er aber habe nicht das geringste Mitgefühl und sei dabei, das höchste Ideal ihres Lebens zu zerstören.

Immer wieder hielt er inne, sah sie zerstreut an und machte sich sichtlich irgendwelche Gedanken. Schließlich verstummte er ganz, schlug die Augen nieder und begann mit der Hand über die blaue Tischdecke zu fahren. Dieses Schweigen war schwer und quälend. Mirele hörte, wie ihre Schwiegermutter in der Küche das Dienstmädchen fragte, ob man die Kissen frisch überzogen hätte; wie sie dann mit ihrem eigenen Dienstmädchen ins Schlafzimmer ging und sich lange mit den Schlüsseln am Wäscheschrank zu schaffen machte; wie sie dem Mädchen half, die Kissen zu überziehen, und dann wieder das Haus verließ, ohne zu ihr hereinzuschauen.

Montschik verabschiedete sich und ging zu seinem Onkel Jaakew-Jossel. Im Vorzimmer begrüßte ihn irgendein höflicher junger Mann, der ihm unbekannt vorkam. Die ganze Familie stand wieder um ihn herum. Er starrte alle die Weiber nachdenklich an, und seine schwarzen Augen funkelten.

Was habe man an Mirele auszusetzen? Er hätte mit ihr eben fast eine ganze Stunde verbracht... Um die Wahrheit zu sagen, wisse er wirklich nicht, wer mehr Mitleid verdiene: sie oder Schmilik?

Die Weiber sahen ihn erstaunt an und wollten ihm widersprechen. Er begann aber auf und ab zu gehen und blickte die Herumstehenden gar nicht an. Plötzlich erinnerte er sich an etwas, blieb mit erhobenem Zeigefinger stehen und sagte:

Sie sei klug und durchtrieben... Er, Montschik, hätte es gar nicht erwartet...

Mirele sah ihn später in Gedanken versunken zur Trambahn gehen. Als er an ihrem Fenster vorbeikam, fiel ihr plötzlich etwas ein. Sie klopfte an die Fensterscheibe und ließ sich mit ihm in ein neues Gespräch ein.

Sie müsse ihm aber zuvor sagen: wenn er, Montschik, etwas Wichtigeres zu tun habe, so solle er nur in die Stadt fahren. Was sie mit ihm zu sprechen habe, sei nicht so wichtig.

Ihre Augen schienen dabei irgendeinen heimlichen Gedanken verbergen zu wollen. Montschik blickte ihr ins Gesicht, dachte daran, daß er eigentlich keine Zeit habe, nahm sich aber zusammen.

Wie? Er habe keine Zeit? Gott behüte... Im Gegenteil!

Er behandelte sie mit großem Respekt und fuhr mit ihr in die Stadt; und als sie ihn auch für den nächsten Tag bestellte, nahm er sich wieder zusammen und versprach zu kommen. Die ganze Zeit dachte er daran, daß sie dabei etwas ganz anderes im Sinn habe, daß sie klug und interessant sei und daß er seinem Freund und Vetter Schmilik, den er ja sehr mochte, etwas über diese Mirele, die zu ihm ganz gewiß nicht passe, sagen müsse. Als er sie nach

Hause begleitet hatte und wieder zur Trambahn ging, dachte er nicht mehr daran und vertiefte sich wieder in seine alltäglichen Geschäftsgedanken. Im überfüllten hellerleuchteten Trambahnwagen setzte sich derselbe junge Mann zu ihm, der ihn vorhin in Onkel Jaakew-Jossels Vorzimmer begrüßt hatte. Der junge Mann sprach von einem ihm wohlbekannten Geschäft. Er aber glotzte ihn an und ärgerte sich über sich selbst.

Er, Montschik, hat zwar täglich mit mehr als hundert Leuten zu tun; aber es ist doch merkwürdig, daß er einen Menschen plötzlich nicht wiedererkennen kann!

6

Einige Tage darauf fuhr Mirele mit Montschik spät abends wieder in die Stadt. Als sie mit ihm durch die Hauptstraße ging, sah sie aus der Ferne an einer leeren Straßenecke Nossen Heller stehen und offenbar auf sie warten. Er stand allein in seinem weiten Herbstmantel, machte ein unglückliches Gesicht und blickte Mirele direkt in die Augen.

Um eine Begegnung zu vermeiden, ging sie mit dem in eigene Gedanken versunkenen Montschik auf die andere Straßenseite hinüber und trat mit ihm in ein überfülltes Café, wo das Klappern der Teller einen ständigen Kampf gegen das Schrillen der Musikkapelle führte. Als sie das Café gegen Mitternacht verließen, stand der junge Mann im weiten Herbstmantel noch immer draußen und blickte ihr wieder in die Augen. Sie fuhr zusammen und schmiegte sich ängstlich an Montschik.

Ob Montschik sehe, wie dieser Mensch sie anschaue? Montschik erwachte für einen Augenblick aus seinen Geschäftsgedanken und verstand ihre Frage nicht. Er sah sich zerstreut um und merkte nichts. Während er an ihrer Seite ging, dachte er fortwährend an die Kuropoljer Sirupfabrik, die sich in der letzten Zeit schlecht rentierte und verkauft werden sollte.

In der vergangenen Woche sei es ihm gelungen, die Kuropoljer Aktionäre mit Leuten, die die Fabrik kaufen wollten, zusammenzubringen... Wenn der Direktor kein so hundsgemeiner, bestechlicher Kerl wäre, könnte in dieser Woche aus der Sache was werden.

Plötzlich blieb er stehen und tippte sich mit zwei Fingern an die gerunzelte Stirn.

Halt!... Er könne sich unmöglich erinnern, ob er das Telegramm, das er heute an den Direktor abgesandt habe, mit seinem Namen unterzeichnet hätte oder nicht.

Er fühlte sich höchst unbehaglich und warf Mirele so flehende Blicke zu, als ob er um ihr Mitgefühl bitte.

Mirele möge ihm verzeihen. Er müsse für einen Augenblick auf das nahe Telegraphenamt und sich dort erkundigen... nachforschen. Mirele begleitete ihn zum Telegraphenamt und fragte ihn vor dem Eingang mit unzufriedener Miene, warum er sich fürchte, sie allein zu lassen: Was seien das für Sachen? Montschik solle nur sofort auf das Telegraphenamt gehen, sie könne auch ohne seine Begleitung den Weg nach Hause finden.

Als sie mit Montschik sprach und auch später, als sie allein auf dem leeren Trottoir stand und sich umsah, fühlte sie sich zu Nossen hingezogen. Er stand noch immer an der Straßenecke und blickte ihr nach. Er wollte ja nichts: Er war nur unglücklich und blickte ihr nach.

Sie wandte sich aber ab und stieg in eine Droschke.

Sie ärgerte sich über das Gefühl, das sie zu ihm hinzog, über sich selbst, über ihr Zusammenleben mit den Seidenowskis und darüber, daß alles, was sie in ihrem Leben bisher unternommen, zu nichts Gescheitem geführt habe.

Seit einigen Tagen schlendere sie mit Montschik durch die Stadt und habe immer die Absicht, ihn um Rat zu fragen. Das sei aber dumm und überflüssig... Montschik sei ja mit Schmilik verwandt und habe ihn gern. Und außerdem... Außerdem: was könne ihr Montschik raten?

Sie merkte gar nicht, wie sie über die Kettenbrücke fuhr und die letzte Straße der Vorstadt erreichte. Plötzlich sah sie, daß alle Fenster ihrer Wohnung mit Ausnahme ihres Schlafzimmerfensters hell erleuchtet waren. Sie schienen vor der draußen herrschenden Dunkelheit zu prahlen:

Wir haben Besuch! Wir haben Besuch!

Sie blickte erstaunt auf die erleuchteten Fenster.

Vielleicht ist ihr Vater angekommen, oder die Mutter?... Sie hat ihnen ja seit der Hochzeit noch keine Zeile geschrieben.

Als sie aber ins Vorzimmer trat und das Dienstmädchen die Haustür hinter ihr wieder zumachte, merkte sie, daß sich nichts Besonderes ereignet hatte und daß gar keine Gäste gekomen waren. Es war nur Schmilik, der aus Warschau, wo er sich vier Wochen herumgetrieben hatte, heimgekehrt war. So kleinlaut und verschämt war er, denn er wußte ja, daß ihn hier nicht allzuviel Freude erwartete.

Sein Kopfhaar und sein Bärtchen waren kurz geschoren wie wenn morgen *Pessach* wäre. Er hatte einen neuen hellen Warschauer Anzug und neue knarrende Schuhe an. Er selbst sah so neu und frisch aus, als käme er eben aus dem Bad. Er hatte wohl während seiner Abwesenheit viel an sich gearbeitet und manche seiner schlechten Jugendgewohnheiten abgelegt.

Mirele ging durchs Zimmer und sah ihn nicht an. Er mußte sich vor dem alten, grauen und schmierigen Ochseneinkäufer mit den entzündeten roten Augen schämen, der mit dem Stock in der Hand am Tisch saß und einen Geruch von scharfem Schnupftabak und Ziegenfleisch verbreitete. Schmilik ließ beschämt den Kopf hängen und begann an einem Zündholz zu nagen. Seine Augen füllten sich mit Tränen.

Mirele zog sich im erleuchteten Salon den Mantel aus. Sie wußte selbst nicht, warum sie aus dem Eßzimmer nicht gleich nach rechts in ihr dunkles Schlafzimmer gegangen war. Sie wollte sich an etwas erinnern und konnte es nicht; sie dachte nur daran, daß Schmilik im Nebenzimmer sei. Sie schlüpfte, sie wußte selbst nicht warum, wieder in den Mantel, zog ihn aber gleich wieder aus und ging durchs Eßzimmer ins Schlafzimmer. Ohne die schwarzseidene Bluse und das eng geschnürte Korsett abzulegen, legte sie sich ins Bett, bedeckte das Gesicht mit beiden Händen und bereitete sich auf die Dinge vor, die kommen sollten.

Das Ende... Jetzt mußte es ein Ende nehmen...

In allen Zimmern war es still. In dieser Stille hörte sie, wie Schmilik im Eßzimmer langsam auf und ab ging und wie der schmierige Ochsenhändler sich über die paar tausend Rubel, die er, trotz der geringen Gewinnbeteiligung, an der Sache verdient hatte, freute und immer noch über den wunderbaren Markt, den Schmilik in Warschau angetroffen hatte, staunte:

Einen solchen Markt habe es wohl seit Napoleons Zeiten nicht gegeben... Was sage Schmilik? Sieben Rubel das Pud?...

Seine roten entzündeten Augen tränten. Die Tränen liefen ihm die Wangen herab und erreichten den schmutzigen, gelblichen grauen Bart. Er fühlte es aber nicht, stopfte sich Tabak in die Nase und hielt das lächelnde Gesicht nach oben gerichtet wie ein Blinder, der im Wachen träumt. Er träumte schon von einem neuen, ebenso gewinnreichen Markt:

Wenn Schmilik bald nach *Ssukes* wieder nach Warschau ginge, müßten die achtzehn Popiwker Kuhkälber im Stoliner Stall zurückbleiben... Und die sieben Jelisaweter Ochsen, die dicht bei der Tür stehen... Ja, und das wilde Tier mit den großen Hörnern... Es sei doch eine merkwürdige Sache! Die drei Ochsen stehen schon seit dreieinhalb Monaten im Stall und wollen noch immer kein Fleisch ansetzen... In der vergangenen Woche habe er sie genau betastet, sie hätten noch gar kein Fleisch... Er könne solche Ochsen nicht leiden.

Der Mann ging endlich fort, und Schmilik verschloß hinter ihm die Tür. Die Stille war jetzt so vollkommen wie in tiefster Nacht. Man hörte nur, wie Schmilik im Eßzimmer auf und ab ging und wie seine neuen Stiefel knarrten und dabei erzählten, daß es ihrem Besitzer sehr schlecht zumute sei; daß er jetzt an Mirele, die auf ihrem Bett liegt, denke, daß er sie liebe, zu ihr ins Schlafzimmer wolle und nicht wisse, wie er es anstellen solle; daß er sich unglücklich fühle und wisse, daß sein Unglück unabänderlich sei.

Nun sei er nach vier Wochen wieder nach Hause gekommen... Er habe recht viel Geld verdient... Sei nun ein reicher Mann... Für Mirele habe er einige Blusen und noch andere Geschenke mitgebracht... Er habe geglaubt, daß die Sachen ihr gefallen würden... Ja, das habe er geglaubt. Und er habe erwartet, daß sie nach seiner Rückkehr mit ihm wieder reden würde...

Er nagte noch immer am Zündhölzchen, und Tränen standen ihm in den Augen:

Sie halte ihn doch für einen Dummkopf...

Er stellte sich ihr frisches, duftendes Gesicht vor.

Nun liege sie im finsteren Schlafzimmer und habe die Augen geschlossen. Vielleicht schlafe sie schon, vielleicht auch nicht. Er wisse: Wenn er jetzt zu ihr hereinkäme, würde er ihr nichts zu sagen haben.

Und er ging doch ins Schlafzimmer. Ganz leise ging er, Schritt für Schritt, blieb jeden Augenblick stehen, den Kopf gesenkt, und dachte immer an das eine:

Sie halte ihn doch für einen Dummkopf!...

Er trat ins finstere Zimmer und blieb an der Schwelle stehen. Der Lichtschein aus dem beleuchteten Eßzimmer fiel auf das Bett und auf ihre schlanke, biegsame Gestalt im enganliegenden schwarzen Kleid. Er kam mit gesenktem Kopf allmählich näher, machte einen Schritt, blieb eine Weile stehen und machte wieder einen Schritt. Nun konnte er schon ihr Gesicht sehen. Es lag auf dem Kissen, und die Augen waren geschlossen. Eine Weile stand er vor dem Bett und blickte zu Boden. Er wußte, daß er wieder gehen sollte, und kam doch immer näher. Er sah ihre Hand über den Bettrand heraushängen und ergriff sie ganz vorsichtig.

So stand er still da, ihre Hand in der seinigen, und weinte still in sich hinein.

Sie zog die Hand nicht fort. Er hörte, wie sie im Halbschlummer tief Atem holte und mit leiser verschlafener Stimme fragte:

»Was brauchst du mich, Schmilik?«

Nun setzte er sich zu ihr aufs Bett und fing zu schluchzen an. Er küßte ihre Hand, bedeckte die Hand mit Küssen. Sie schlug die Augen nicht auf und sagte nichts. Er rückte etwas näher heran und umschlang sie mit den Armen. Sie schlug die Augen noch immer nicht auf und sagte noch immer nichts. Man hörte, wie das Dienstmädchen in der Küche verschlafen aus dem Bett aufsprang und mit bloßen Füßen von Zimmer zu Zimmer ging und die Lampen löschte.

7

Einen Tag nach *Rosch-Haschona,* als Schmilik für kurze Zeit zur Brennerei gefahren war, packte Mirele einige Sachen in ihre gelbe lederne Reisetasche und bereitete sich vor, noch am selben Tag zu ihren Eltern zu reisen.

Sie sagte niemand etwas davon und hielt an ihrer Absicht fest:

Nun nehme alles ein Ende... Sie müsse sich vor den Seidenowskis retten.

Im Eßzimmer der Schwiegereltern herrschte schon die Stimmung von *Gdalje*-Fasten. Der Schwiegervater saß auf seinem Ehrenplatz am Tisch und unterhielt sich mit einer durchreisenden vermögenden Verwandten, die mit ihrem gelehrten Mann zu Besuch gekommen war. Sie saß lange da und redete sehr laut und auf kleinstädtische Manier.

Man sprach von der Warschauer Tante Perl, von der Schmilik berichtete, daß sie ein gutes Jahr gehabt habe; daß es der hiesigen Tante Esther jetzt, unberufen, besser ginge als zu Lebzeiten ihres Mannes und daß sie jedes Jahr ins Ausland reise; daß Montschik, der sie aushalte, im gleichen Jahr zur Welt gekommen sei, in dem Onkel Asriel-Mejer seine erste Frau verloren habe; daß er schon sechsundzwanzig Jahre alt sei, viel Geld verdiene, aber vom Heiraten nichts wissen wolle.

Plötzlich kam jemand von der Familie ins Eßzimmer und flüsterte der Schwiegermutter etwas über Mirele zu. Die Schwiegermutter flüsterte es gleich ihrem Mann ins Ohr und blickte ihn, mit den Augen zwinkernd, fragend an. Schmilik hatte ja in den letzten Tagen etwas lustiger ausgesehen. Am zweiten Tag von *Rosch-Haschona* hatte man ihn nachmittags mit Mirele auf den Verandastufen in der Sonne stehen sehen. Die Schwiegermutter hatte damals sogar Mirjam Ljubaschitz gefragt:

Wer müßte wohl, nach Mirjams Ansicht, anfangen, mit dem anderen zu reden? Wie? Es sei doch selbstverständlich, daß Mirele es tun müsse!

Die Schwiegermutter warf sich den Schal um die Schultern, ging hinüber und begann sich vorsichtig zu erkundigen; zuerst beim Dienstmädchen und dann, noch vorsichtiger, bei Mirele selbst:

»Fährst du für lange fort, Mirele?«

Und nach einer Weile:

»Willst du nicht lieber abwarten, bis Schmilik zurückkommt?«

Mirele stand mit ernstem, trotzigem Gesicht zwischen ihren beiden Gepäckstücken, zog schnell den Mantel an und schickte das Dienstmädchen, um eine Droschke zu holen. Der Schwiegermutter antwortete sie kurz:

Sie wisse es nicht.

Sie werde sehen.

Nein, sie könne nicht warten.

So fest war ihr Entschluß! Sie wunderte sich sogar über sich selbst:

Diesen einfachen Schritt hätte sie ja ebensogut vor einem Monat und auch vor zwei Monaten tun können... Wo habe sie nur ihren Kopf gehabt?

Während der ganzen achtzehnstündigen Bahnfahrt fühlte sie sich so frisch und wohl, als ob viele ihrer einstigen und jetzigen Hoffnungen nur noch von dieser Reise abhingen und als träte sie jetzt in ein ganz neues Leben. Es tat ihr so wohl, stundenlang an dem blankgeputzten Fenster in der zweiten Klasse zu stehen und auf die fremden Häuschen, die unbekannten Felder und die Gärten und Wälder am Horizont hinauszublicken, die dem Zug schnell entgegenliefen und dann ebenso schnell wieder zurückblieben. Sie dachte an ihre eigenen blauen Augen, die so traurig unter den langen schwarzen Wimpern hervorblickten; daß sie, die Schlanke, Zarte und in schwarz Gekleidete, jetzt ganz frei und allein unter all den fremden Leuten sei, die sie neugierig musterten und ehrerbietig zur Seite traten, wenn sie an ihnen vorbeiging, aber nicht den Mut hatten, sie anzusprechen. Ein blonder Herr, der ihr gegenüber saß und mit Heißhunger irgendein deutsches Buch verschlang, ließ zuletzt den Blick lange auf ihr ruhen und fragte höflich:

Ob er ihr nicht vor zwei Jahren in Italien begegnet wäre?

Auf einer großen Station, wo der verstaubte Zug eine halbe Stunde ausschnaufte, blickte ihr ein anscheinend sehr reicher, schlanker, christlicher Herr im Jägeranzug mit einer Doppelflinte auf dem Rücken lange nach. Er ging immer um den Tisch herum, an dem sie frühstückte, setzte sich schließlich ihr gegenüber und ließ sich Tee geben.

Als sie am nächsten Tag von der letzten Bahnstation mit einem Wagen ins Städtchen fuhr, fühlte sie sich ungewohnt frei und leicht. Sie dachte an das ihr bevorstehende neue Leben und wie klug es von ihr gewesen sei, auf die Fragen der Schwiegermutter und Schmiliks so unbestimmt und kühl zu antworten:

Sie wisse es nicht... Sie werde sehen...

Als sie aber am selben Tag gegen ein Uhr unerwartet im Städtchen erschien, wehten sie die vertrauten Häuser in ihrer altgewohnten Trauer an und weckten in ihr die alte Verzweiflung. Sie fühlte wieder die alltägliche Leere ihres Mädchendaseins; es war ihr, als ob sie das Städtchen niemals verlassen hätte.

Das ganze elende Städtchen mit seinen ihr so wohlbekannten armseligen Häusern schien jetzt in dem einzigen Gedanken erstarrt zu sein:

Das Unglück lasse sich nicht wiedergutmachen... Und es gebe keine Hoffnung mehr...

Da schaut schon hinter dem Markt das Haus ihres Vaters hervor. Das Haus steht noch ebenso traurig wie einst da und erzählt jedem, der vorbeikommt:

Nun sei Mirele schon verheiratet... Dort, in der Großstadt lebe sie...

Niemand kam ihr entgegen. Niemand freute sich über ihr Kommen. Im Haus hatte sich nichts verändert, abgesehen davon, daß Gitele angefangen hatte, ihre Sabbatperücke an Wochentagen zu tragen; den Schmuck hatte sie noch immer nicht. Als sie Mirele eintreten sah, erhob sie sich sehr langsam vom Stuhl, auf dem sie vor dem runden Tisch gesessen hatte, errötete und sagte verlegen mit stillem Lächeln:

»Sieh nur an, Mirele!...«

Sie hielt noch immer die Zeitung in der Hand, die sie

eben gelesen hatte. Es kam ihr wohl sehr sonderbar vor, daß Mirele so plötzlich und unerwartet heimgekehrt war und auch, daß sie ihren Eltern seit der Hochzeit keine Zeile geschrieben hatte; Schmilik hatte aber zum Glück jedem seiner Briefe hinzugefügt:

»Es grüßt Euch meine teure Frau Mirele, leben soll sie.«

Gitele sagte schließlich, ohne sich etwas dabei zu denken:

Mirele sehe noch immer gar nicht gut aus.

Gleich darauf nahm sie aus der Hand des Dienstmädchens die Wärmflasche und ging mit ihr ins Schlafzimmer zu Reb Gdalje, dessen Krankheit sich wieder gemeldet hatte.

Reb Gdalje lag angekleidet auf einem der beiden hölzernen Betten, hielt die blecherne Wärmflasche auf dem Leib und stöhnte nicht.

»Nun liege ich schon wieder«, sagte er mit verschämtem Lächeln zu Mirele. »Bei Tag war ich aber auf den Beinen.«

Er hatte ein gelbes Gesicht und sah schlechter als je aus; sein Lächeln paßte gar nicht mehr zu der spitzen Nase.

Als sie ihn ansah, kam ihr plötzlich der Gedanke, daß er wohl nicht mehr lange leben werde und daß seine Stimme seltsam verändert sei und wie die Stimme eines Menschen klinge, den man schon einmal vor den himmlischen Gerichtshof gerufen und dem man den Gerichtsbeschluß gezeigt hätte:

»Hier, schau! Du mußt sterben... Wann? Das geht dich nichts an.«

Seine Schmerzen waren gegen Abend nicht mehr so heftig, und er ließ den Wagen anspannen, um nach dem

Kaschperiwker Wald zu fahren. Er mußte unbedingt hin. Als er schon den Reisemantel anhatte, ging er auf Mirele zu und stand eine Weile nachdenklich mit gesenktem Kopf vor ihr.

Draußen wartete schon der Wagen, und Gitele war nicht im Zimmer.

Vielleicht dachte er daran, daß er seiner heimgekehrten Tochter irgend etwas schenken sollte und zufällig nichts zur Hand habe.

Plötzlich fragte er sie:

Wie es ihr ginge? Das heißt, wie sie mit Schmilik auskomme? Schmilik müsse doch ein guter Ehemann sein...

Er besann sich aber gleich darauf, daß es gar nicht das sei, was er sie hatte fragen wollen, und hielt verlegen inne. Er ließ den Kopf wieder hängen, dachte eine Weile nach und sagte schließlich: »Na, fahren wir also!«

Als er fort war, kam die schweigsame Gitele wieder ins Zimmer und erzählte leise:

Der Kaschperiwker Wald sei gar kein so gutes Geschäft, wie man es erwartet hätte. Der Kassier hätte in der letzten Zeit bei ihnen nichts mehr zu tun gehabt und habe jetzt bei einer Handelsgesellschaft in der Kreisstadt eine Stelle.

»Er ist ein fähiger, verläßlicher und besonnener Mensch. Welwel Burnes hat ihm einen Posten bei seinem Vater mit einem Jahresgehalt von tausend Rubeln angeboten... Ich und Gdalje redeten ihm zu, die Stelle anzunehmen... Auch der Rabbiner Awremel sagte, daß er verrückt wäre, wenn er sie nicht nehme... Der eigensinnige Mensch wollte aber nicht...«

Etwas später tranken sie beide Tee und wußten gar nicht, worüber sie sprechen sollten. Nach dem Tee stand

Mirele lange allein draußen vor der Tür und blickte auf das Städtchen.

Alles sah ebenso niedergeschlagen und trübsinnig wie einst aus. In der Abenddämmerung ging die Lehrerin Polja, die schon vor zwei Jahren hier war, zur Hebamme Schatz ans Ende des Dorfes. Auch der Provisor Saffian und der lahme Student Lipkes gingen hin...

Im Städtchen war es schon dunkel und kühl, und ein leiser Wind wirbelte auf dem Marktplatz den Staub auf. Welwel Burnes hatte schon von ihrer Ankunft gehört und war darum früher als sonst auf sein Gut zurückgefahren. In der großen Sadagorer Betstube, die mit ihren hellerleuchteten Fenstern aus dem Nebengäßchen herausschaute, wiegten sich die niedergeschlagenen, büßenden Beter und schrien mit traurigen Stimmen zugleich mit dem *Chasen:* »Ein Psalm Davids!«

Ein untersetzter fremder junger Mann mit intelligentem, etwas derbem Gesicht – anscheinend der neue *Talmud-Thora*-Lehrer – kam in der kühlen Abenddämmerung dicht an Mirele vorbei. Plötzlich ging ein Zittern durch seinen ganzen Körper, und er dachte sich wohl mit Behagen:

Dort, wohin er ginge, sei es hell und warm: Auf dem Tisch brenne eine Lampe, der Tee sei eingeschenkt, und es seien auch Menschen da, mit denen er reden könne.

Ihr schien aber alles längst schon so überflüssig und dumm. Dumm war es, während der Reise hierher auf jemand zu hoffen. Dumm, daß im hellerleuchteten Zimmer der Hebamme, am Rande des Dorfes, dieselben Menschen wie vor zwei Jahren versammelt waren und von denselben Dingen wie vor zwei Jahren sprachen. Sie alle – die Hebamme, Polja, Saffian und Lipkes – sind mit ihrem Leben unzufrieden, und doch versucht keiner von ihnen etwas daran zu ändern. Es gibt in den verschiedensten Städten und Städtchen noch viele solche unzufriedene Hebammen, Poljas und Saffians, die sich Abend für Abend im erleuchteten Zimmer versammeln; und wenn sie dann wieder nach Hause kommen, tun sie dasselbe, was sie schon gestern taten und was auch viele andere vor ihnen bis zum Überdruß getan haben.

Irgendwo gibt es aber jetzt, wo der kühle Abend die Welt umfängt, auch solche Menschen, die etwas anderes zu tun versuchen.

Als sie wieder ins Eßzimmer kam, brannte dort schon längst die Hängelampe. Die Rabbinerin Libke saß am Tisch, lächelte der schweigsamen Gitele zu und machte derbe Andeutungen über Mireles angeblichen Zustand.

»So, so!«

Mirele fühlte sich angewidert. Sie ging in ihr früheres Zimmer, dem finsteren Salon gegenüber, und sah sich bei Lampenschein um. Alles sah darin so aus wie einst; auf den Tischen lagen keine Decken; die Luft war kalt wie im Winter; der Ofen wurde seit einem Monat nicht mehr geheizt; im Schrank hing noch ein von ihr zurückgelassenes Kleid. Das Bett war nicht gemacht, sondern nur überdeckt, und die Kopfkissen und das Oberbett lagen in gleicher Höhe. Sie hatte das Gefühl, daß es viel leichter sei, ziellos durch die Welt zu ziehen, als sich in dieses Bett zu legen. Sie konnte nicht länger in ihrem Zimmer bleiben. Sie ging ins Eßzimmer, setzte sich an den Tisch, stützte den Kopf in die Hände, dachte eine Weile nach und fing plötzlich an, sich nach den Zügen zu erkundigen, die von hier zur Großstadt fuhren.

Es gebe wohl zwei Züge... Sie wisse nicht, mit welchem von beiden sie morgen wieder heimreisen solle: mit dem Morgenzug oder mit dem Abendzug.

Gitele lächelte und richtete an sie irgendeine Frage. Auch die Rabbinerin sagte etwas. Mirele hörte nicht, was sie sagten. Ihre Augen starrten in die Leere.

Nun fährt sie morgen wieder zurück... Ihre Reise hat also gar keinen Zweck gehabt. Hier im Haus kann sie keinen Augenblick mehr bleiben. Nun muß sie sehen, wie sie ihr Leben noch retten kann. Und wenn sie jetzt zu den Seidenowskis zurückkehrt, so doch nicht für lange... Für eine kurze Zeit kehrt sie zu ihnen zurück.

8

Sie kam in die Vorstadt am späten Abend des dritten Tages, als alle schon schliefen. Sie sah so schlecht aus, als hätte sie gerade eine schwere Krankheit überstanden, und sprach mit niemand ein Wort. Einige Tage lag sie in den Kleidern auf dem Bett und ging nicht aus. Sie brachte die wenigen Bücher, die Schmilik in seinem Kabinett hatte, eins nach dem anderen in ihr Schlafzimmer, und sie lagen dann auf dem Bett um sie herum. Nun hatte sie Schmilik nichts mehr vorzuwerfen, er konnte ja ihr Los weder besser noch schlechter machen. Sie hatte sich fest entschlossen, ihn sehr bald zu verlassen. Es war ihr aber unerträglich, daß er manchmal zu ihr ins Zimmer kam. Sie sah ihn nicht an und antwortete ihm nicht, wenn er sie etwas fragte.

Schmilik wußte, daß die Ärzte ihren Vater aufgegeben hatten, der Rabbiner Reb Awremel hatte ihm schon darüber geschrieben. Seine Mutter hörte gar nicht auf zu staunen:

Wie sehe das aus? Wenn der Vater so gefährlich krank sei, bleibe doch eine Tochter wenigstens einige Tage bei ihm!

Schmilik versuchte schon zum drittenmal, Mirele danach zu fragen. Sie wurde böse und ließ ihn nicht ausreden:

Sie wisse es nicht... Sie wisse es nicht...

Schmilik traten Tränen in die Augen. Er ging ins Eßzimmer, stand lange am Fenster und blickte mit feuchten Augen auf den bewölkten Himmel hinaus. Er fühlte sich sehr schlecht, und es wollten ihm gar keine Gedanken kommen. In seiner Ratlosigkeit ging er schließlich zu seinen Eltern hinüber. Er sah so verzweifelt aus, daß seine Mutter ihn auf die Seite nahm und ihn fragte:

»Was ist denn, Schmilik? Gibt es schon wieder etwas Neues?«

Er machte ein ernstes Gesicht und runzelte die Stirn:

»Nein, wie kommst du darauf? Nein... Nichts ist geschehen...«

Und er ging zum Vater ins Kabinett, wo die Verwalter dreier verschiedener Ochsenstallungen versammelt waren und die Frage erörterten, ob man nicht wieder eine Partie Ochsen nach Warschau bringen solle. Der Vater richtete an ihn irgendeine Frage, er verstand sie aber nicht und fragte:

»Wie?«

Am Zwischenfeiertag von *Ssukes* war die Familie bei den Schwiegereltern am weißgedeckten Teetisch versammelt. Alle gaben sich Mühe, lustig auszusehen und nicht an Mirele zu denken. Der Schwiegermutter kam zwar einmal der Gedanke, daß es Schmilik schlecht ginge. Der Gedanke konnte sich aber in ihrem hohlen Kopf nicht festsetzen, und sie begann bald wieder dumm und vergnügt mit den Augen zu zwinkern.

Die ehemalige Kursistin Mirjam Ljubaschitz war auch dabei. Sie hielt ihr Kind auf dem Schoß, ein kleines Mädchen von sechs Monaten, mit kahlem Köpfchen, blauen gläsernen Augen und hervorstehender nasser Oberlippe. Vor einer Viertelstunde hatten sich alle Familienmitglieder um das Kind förmlich gerissen. Ein jeder hatte es auf die Arme genommen, war mit ihm durchs Zimmer getanzt und hatte es in die Luft gehoben. Das Kind hatte alle mit seinen blauen gläsernen Augen angeblickt und einigemal zu schreien angefangen. Als die Schwiegermutter es auf die Arme genommen und zu ihm, mit den Augen blinzelnd, zu sprechen begonnen hatte, hatte das Kind sein Näschen gerunzelt, die Zunge herausgestreckt und gelächelt. Alle waren entzückt, und Mirjam Ljubaschitz hatte gesagt:

»Seht ihr es? Sie hat die Tante schon lieb!«

Nun war es im Eßzimmer wieder still. Die Verwandten waren im Salon, und das Kind saß auf dem Schoß seiner Mutter, bearbeitete ihr Gesicht mit beiden Fäustchen, prustete und ließ ab und zu einen lustigen Aufschrei ertönen.

Das Kind trommelte mit seinen Fäustchen, als ob das Gesicht seiner Mutter eine Fensterscheibe wäre, die es einschlagen wolle. Die Mutter wandte ihr Gesicht zur Seite, als hätte sie vor den kleinen Fäustchen Angst, und antwortete zugleich auf die Fragen der Tante:

Was gäbe es da noch viel zu reden? Mirele sei natürlich längst nicht mehr als normal anzusehen.

Fast alle Stühle im Eßzimmer waren leer, und die Kinder lärmten irgendwo im dritten Zimmer. Die Schwiegermutter sah sich um, ob niemand horchte, ließ die Tür zum Korridor schließen und rückte näher an Mirjam heran:

»Wer redet von *normal?*«

Mirjam Ljubaschitz schwieg, hörte der Tante zu und dachte dasselbe wie sie: daß Mirele längst nicht mehr normal sei.

Du lieber Gott, sie, Mirjam Ljubaschitz, ist ja auch verheiratet und lebt mit ihrem Mann...

Mirjam stand auf, reichte das Kind der alten Kinderfrau und verabschiedete sich. Die Schwiegermutter begleitete sie zur Trambahn und redete noch immer von Mirele:

»Und noch eins: was will sie eigentlich von Schmilik? Will sie sich vielleicht scheiden lassen? Dann soll sie es sagen...«

Der Himmel war bewölkt, und ein feiner Regen fiel nieder. Mirele stand allein am Fenster und blickte den beiden Frauen mit traurigen Augen nach.

Plötzlich blieben sie erstaunt stehen.

Aus der Trambahn, die eben angekommen war, stieg Montschik Seidenowski aus. Er trug unter jedem Arm einen großen Packen Bücher, kam an ihnen vorbei und bemerkte sie in seiner Zerstreutheit nicht. Unter dem linken Arm fiel ihm ein Buch heraus, und eine fremde Frau, die es fallen sah, schrie ihm nach:

»Hört! Seid so gut! Da habt Ihr etwas fallen lassen!«

Er wandte sich aber nicht um und ging schnell auf Mireles Tür zu.

Auf dem Heimweg blieb die Schwiegermutter vor Mireles Fenster stehen und blickte hinein.

Im Haus war es still, und Montschik war schon wieder fort. Schmilik schlief in Hemdsärmeln auf dem Kanapee im Kabinett. Mirele lag im Schlafzimmer auf dem Bett, das noch gar nicht gemacht war, und um sie herum lagen viele neue und alte Bücher.

Montschik fiel bei der Tante in Ungnade. Sie hatte wohl irgendeinen Verdacht gegen ihn.
Sie konnte ihm nicht mehr in die Augen blicken.
Sie wußte nicht, wie sie diesen Verdacht ihren Angehörigen mitteilen sollte. Da er aber offenbar für Mirele Partei ergriffen hatte und niemand erzählen wollte, worüber er mit ihr sprach, hielt sie sich für berechtigt, ihn einmal abzufangen und zu fragen:
Ob er ihr vielleicht erklären könne, was Mirele eigentlich von Schmilik wolle? Er, Montschik, kenne ja wohl alle ihre Geheimnisse.
Montschik starrte sie erstaunt an, sagte nichts und ging ins Kabinett zum Onkel, mit dem er etwas Geschäftliches zu erledigen hatte. Als er wieder zur Trambahn ging, blieb er einen Augenblick vor Mireles Tür stehen, besann sich aber und setzte den Weg zur Haltestelle fort. Er sagte sich, daß er sich zusammennehmen müsse.
Was sind das für Geschichten? Man könnte meinen, daß er Schmilik seine Frau abspenstig machen wolle!
Und er hörte auf, in die Vorstadt zu kommen.

9

Als Schmilik an einem gewöhnlichen Mittwochabend vom Lebedjaner Ochsenstall, wo er den Bestand an neuen Ochsen aufgenommen hatte, heimgekehrt war, fand er Mireles Tür von innen verschlossen.

Er stand eine Weile vor der Tür, klopfte an, wartete und klopfte wieder. Er bekam keine Antwort. Nun ging er im Kabinett und im Eßzimmer auf und ab, blieb ab und zu vor dem Fenster stehen und blickte in den trüben Tag hinaus. Er dachte daran, daß Mirele seit zwei Wochen mit ihm nicht mehr gesprochen habe; daß die Wäsche, die er am Leib trug, recht schmutzig sei und daß er schon vor einigen Tagen ein reines Hemd aus dem Wäscheschrank, der in Mireles Zimmer stand, hätte holen wollen; daß seine Beziehungen zu Mirele von Tag zu Tag schlimmer würden und daß er, Schmilik, ganz hilflos sei und keinen Rat finden könne.

Abends ging er um das Haus herum in den Garten und blieb vor Mireles Fenster stehen. Im Garten war es sehr feucht. Ein feiner Herbstregen ging, vom Winde schräg zur Seite getrieben, nieder, und die Weichselbäume zitterten und klagten leise. Die alten Pappeln, die am Ende des Gartens in einer Reihe standen, neigten sich im Wind nach der Seite, wo der Himmel beinahe schwarz war und von wo der Wind immer neue Wolken herantrieb:

Ja, von dort... Von dort kommt das Unglück...

Mireles Fensterläden waren von innen verschlossen, und aus den Ritzen drang der Schein einer brennenden Lampe. Sie schlief also noch nicht.

Er ging ins Kabinett zurück und legte sich auf das Kanapee. Er konnte aber nicht einschlafen, wußte nicht, was er mit sich anfangen sollte, und kratzte nervös mit den Nägeln auf dem Wachstuch:

Sein Leben sei wohl schon hin...

Endlich schlief er ein, angekleidet wie er war. Als er zum erstenmal, gegen ein Uhr nachts, erwachte, brannte bei Mirele noch immer Licht. Als er zum zweitenmal erwachte, war das Dienstmädchen schon mit dem

Wischen der Fußböden beschäftigt, und der erste Schein des neuen trüben Tages blickte zum Fenster herein.

Bei Mirele war es finster; jetzt schlief sie wohl schon.

Er ging in den Hof, weckte den Kutscher, ließ den Wagen anspannen und fuhr zur Brennerei.

Als er aber in die Brennerei kam, sagte er sich gleich, daß es wohl besser gewesen wäre, er wäre gar nicht in die Brennerei gefahren, sondern wäre zu Hause geblieben. Er konnte vor Aufregung einfach nichts anfangen. Sein Arbeitszimmer befand sich zwischen den großen, immer siedenden Kupferkesseln im Hauptgebäude. Es war da unerträglich heiß, und es roch nach Malz, Spiritusdämpfen und angebrannter Gerste. Gegen zwei Uhr nachmittags brach die Sonne durch die Wolken, und der Hof der Brennerei erschien in ihrem kränklichen, silbernen Licht unsagbar öde. Vor dem offenen Keller am Bach standen viele mit eisernen Fässern beladene Wagen, und der immer betrunkene und mürrische alte Kellerverwalter schrie die Kutscher an: »Halt!«

»Vorfahren!«

»Wo willst du hin?«

Vom leeren Platz hinter dem Hauptgebäude wehte ein feuchter, übelriechender Dampf. Man ließ eine neue Portion Maische in die Ochsenstallungen fließen und heizte die Kessel für die Nachtschicht.

Schmilik ließ den Wagen wieder anspannen und fuhr nach Hause.

Es war schon wieder trüb und kühl, aber der Regen hatte aufgehört. Es war so dunkel wie am Abend, und von den feuchten Feldern kam der Geruch von Ackererde, frischem Pferdedünger und überreifen Kürbissen, die irgendwo faulten. Die beiden kräftigen braunen Pferde liefen schnell vorwärts, die Köpfe zu Boden gesenkt und reagierten auf jeden Peitschenknall mit lustigen Sprüngen und lautem Wiehern. Der weich federnde Wagen rollte leicht dahin. Schmilik saß tief im Wagen und dachte die ganze Zeit daran, daß er, Schmilik Seidenowski, der über dreißigtausend Rubel eigenes Vermögen verfüge und von niemand, selbst von seinem Vater nicht abhängig sei, nach Hause eile; daß er zu Hause eine Frau habe, die seit zwei Wochen aus ihrem Zimmer nicht herausgekommen sei und daß er zu ihr hineingehen und ihr sagen müsse:

»Mirele«, würde er ihr sagen, »sag, fällt es dir vielleicht schwer, mit mir zusammenzuleben? Dann will ich dir zwei oder drei Zimmer in der Stadt mieten, damit du für dich allein leben kannst. Verstehst du, Mirele? Ich verlange nichts von dir.«

Als er das dachte, fühlte er Mitleid mit sich selbst, und seine Augen füllten sich mit Tränen. Und doch hatte er die Absicht, es ihr zu sagen, und glaubte, daß das, was er ihr sagen wolle, schön und wichtig sei und ihr sicher gut gefallen werde.

Er wollte so schnell wie möglich nach Hause kommen.

Als aber der Wagen in den Hof seines Vaters einfuhr, fühlte er sich auf einmal genauso schlecht wie in der letzten unruhigen Nacht. Deutlich sah er die einsamen schweren Stunden vor sich, die ihm heute, morgen und übermorgen bevorstehen würden... Draußen war es schon dunkel. Bei seinem Vater waren fast alle Fenster an der Hofseite erleuchtet, in seinem Hause war es dunkel. Nur in Mireles Eckzimmer, dessen beide Fensterläden von innen verschlossen waren, brannte Licht.

Sie war wohl noch immer allein in ihrem Zimmer.

Als er aus dem Wagen stieg, fiel ihm wieder seine schmutzige Wäsche ein.

Plötzlich kam ihm das Dienstmädchen seiner Eltern entgegengelaufen, das man zu ihm hinausgeschickt hatte, und rief:

Er möchte sofort ins Kabinett zum Vater kommen. Man lasse ihm sagen, daß er augenblicklich kommen möchte.

»Augenblicklich?«

Er konnte nicht verstehen, was man von ihm plötzlich wollte, und ging hin. Im Kabinett war es heiß und verraucht. Alles erinnerte noch an die langen Gespräche, die man hier eben über ihn und Mirele geführt hatte.

Am Tisch saß sein Vater, und ihm gegenüber saßen die Mutter, Mirjam und der junge Student Ljubaschitz. In ihren roten Gesichtern stand geschrieben, daß sie eben eine ernste Aussprache gehabt hatten. Der junge Ljubaschitz ging, sobald Schmilik eingetreten war, wieder hinaus. Er genierte sich vor ihm und ließ sich im Eßzimmer in ein Gespräch mit Rickel ein. Der Vater hielt den Kopf gesenkt, als schäme er sich, Schmilik in die Augen zu blicken, und steckte sich eine neue Zigarette an. Mirjam fuhr zerstreut mit dem Finger über den Tisch. Die Mutter allein wandte sich nach ihm um, blinzelte ihm zu und rief ihn näher an den Tisch heran.

»Komm her, Schmilik...«

Schmilik fühlte plötzlich einen stechenden Schmerz in der Schläfe und verzog das Gesicht, so unangenehm und schwer erschien ihm das Gespräch, das die Mutter begonnen hatte.

Er hörte sie seinen und Mireles Namen nennen. Sie erzählte, daß sie heute bei Mirele gewesen sei und mit ihr zu sprechen versucht habe; Mirele hätte sie aber nicht zu Worte kommen lassen und ihr wie ein Mensch, der nicht mehr bei klarem Verstand sei, geantwortet:

»Ich will nicht sprechen«, habe sie gesagt, »ich will schweigen.«

Nun ließ die Mutter einigemal das Wort *Scheidung* fallen. Das verdroß ihn, und er äffte sie sogar nach:

»Ja, Scheidung, Scheidung!...«

Er dachte dabei an Mirele, die allein in ihrem Zimmer auf dem Bett liege. Er wollte so schnell wie möglich hinübergehen und bei ihr anklopfen. Da hob aber der Vater den Kopf und sagte dasselbe, was die Mutter eben gesagt hatte:

»Bleibt dir denn etwas anderes übrig, als ihr den Scheidebrief zu überreichen?«

Mirjam Ljubaschitz erhob sich von ihrem Platz und unterstützte den Vater:

Man könne doch nicht ewig so leben.

Auch die Mutter stand auf und fügte hinzu:

»So einen Fall hat es noch nicht gegeben, seit die Welt besteht.«

Nach einer Weile gingen alle drei aus dem Kabinett. Sie hatten ihm nichts mehr zu sagen.

Die Mutter ging im Eßzimmer auf den jungen Ljubaschitz zu und sagte leise zu ihm:

»Geh doch zu ihm ins Kabinett. Sag du es ihm... Er hält viel von dir.«

Der junge Ljubaschitz ging ins Kabinett, kratzte eine Weile mit dem Finger auf dem blauen Tuch des Schreibtischs herum und sagte schließlich:

»Mirele mag dich ja nicht... Auch vor der Hochzeit hat sie dich nicht gemocht. Du siehst es selbst, sie will mit dir nicht zusammenleben. Kannst du sie denn dazu zwingen?«

Schmilik stand mit dem Rücken zu ihm und hörte nur das eine: »Mirele mag dich ja nicht...«

Er wußte nicht recht, ob diese Worte von Mirele selbst stammten oder nur die Ansicht des jungen Ljubaschitz wiedergaben. Aber wenn alle seine Angehörigen dieser Ansicht sind und wenn auch Schojelik dasselbe sagt, so wird es wohl stimmen, daß Mirele ihn nicht mag... Schojelik wird doch nichts ins Blaue hinein sagen. Und wenn sie ihn wirklich nicht mag, so kann er sie auch nicht zwingen, mit ihm zusammenzuleben.

Ohne es selbst zu merken, ließ er den jungen Ljubaschitz stehen und ging ins finstere Kinderzimmer. Das Fenster war mit einem dunklen Tuch verhängt. Die kleinen Kinder schnarchten leise in ihren Bettchen. Schmilik stand mit gekrümmtem Rücken am Fenster und dachte:

Nun müsse er sich also von ihr scheiden lassen... Sie werde ins Städtchen zu ihrem Vater zurückkehren, und er, Schmilik... er würde hier bleiben... ganz allein würde er hier bleiben... Er werde sich nicht wieder verheiraten... Wer könne noch an Heiraten denken... Sein Leben sei hinüber... für immer hinüber.

Er war ganz von Mitleid mit sich selbst ergriffen, und das Herz tat ihm weh. Im Eßzimmer hielten alle den Atem an und hörten ihn laut weinen.

»Wer ist's?« fragte die Mutter, sich erschrocken nach der Tür zum Kinderzimmer wendend.

Es war aber schon wieder still, und man hörte nur die Herzen klopfen. Plötzlich sagte jemand laut:

»Macht nichts, soll er sich nur ausweinen.«

Alle wandten sich erstaunt um: Schmiliks Schwester Rickel hatte es gesagt.

Sie wußte alles, was sich zwischen Mirele und Nossen Heller abgespielt hatte. Ein Student, den sie kannte, hatte es ihr erzählt.

Des Anstandes wegen hatte sie bisher geschwiegen,

aber jetzt... jetzt durfte sie es erzählen: als sie eines Abends mit dem Studenten durch die Straße ging, in der Nossen Heller wohnte, sah sie Mirele ganz allein aus der Vorstadt kommen und zu Nossen Heller ins Haus eintreten.

10

Schmilik wollte das Zimmer, in dem er allein saß, nicht verlassen.

Mirjam Ljubaschitz befand sich im Eßzimmer. Die letzten Tage blieb sie mit ihrem Kind Tag und Nacht beim Onkel und blickte immer so ernst drein wie eine tüchtige Hebamme während einer Geburt. Einmal sagte sie:

»Wenn Schmilik wirklich mit der Scheidung einverstanden ist, wozu noch zu Mirele gehen?«

Ihre Worte machten Eindruck. Man folgte ihr und ließ Schmilik nicht mehr weg.

Das ganze große Haus war von Unruhe ergriffen, als ob jemand von seinen Bewohnern gefährlich krank wäre. Im Salon war es vollgeraucht, unordentlich und schmutzig. Man hielt ganze Nächte hindurch Beratungen ab und aß nicht zu den üblichen Tageszeiten. Der Eßtisch war von zwei Uhr nachmittags bis zum Abend gedeckt, und die kleinen Kinder hungerten wie an einem Fasttag. Es war schon sehr spät, als man ihnen endlich ihr Essen gab; die Erwachsenen waren aber noch immer im Salon versammelt und besprachen ihre Probleme mit dem alten Hausfreund und Vertrauensmann, den man einst zu Reb Gdalje Hurwitsch geschickt hatte und der dort unter anderem ausrichten sollte:

»Die Seidenowskis verlangen weder Geld noch irgendwelche Zusagen.«

Man hatte diesen Mann noch am gleichen Abend telegraphisch herbestellt. Nun saß man mit ihm im Salon und erteilte ihm die Vollmacht:

Und wenn Mirele mit der Scheidung nicht einverstanden sei, solle er ihr ausdrücklich sagen: Man sei bereit, sie zu entschädigen. Sechstausend Rubel wolle man ihr für die Scheidung geben.

Schmilik war aufgeregt und beteiligte sich nicht an diesen Besprechungen. Sein ganzes bisheriges Leben lag hinter ihm wie in einem Nebel, wie in einem Traum: Er ging im Salon unaufhörlich auf und ab, hörte nicht, was gesprochen wurde, und dachte an das ihm bevorstehende Leben ohne Mirele. Nun wird er jeden Sabbat in der Schule, wo man ihn zum Vorstand wählen will, beten, und jemand wird auf ihn, während er auf dem Ehrenplatz an der Ostwand steht, mit dem Finger zeigen und sagen:

»Der arme junge Mann ist geschieden. Sie hat ihn nicht haben wollen, seine erste Frau.«

Als alle sich von ihren Plätzen erhoben hatten und Schmilik nicht mehr im Zimmer war, ging Mirjam Ljubaschitz auf den alten Hausfreund und Vertrauensmann zu und klopfte ihm mit dem Finger an die Stirn:

»Was Ihr für einen Kopf habt, Onkel!« sagte sie ihm. »Nur Euch allein haben wir diese Partie zu verdanken.«

Der Vertrauensmann fühlte sich nicht sehr wohl. Er duckte sich und fing an mit beiden Händen zu gestikulieren:

»Was kann ich dafür? Wer konnte es ahnen? Sie schien doch ein so nettes Kind zu sein, diese Mirele... Ein wohlgeratenes Kind!«

Als alle den Salon verlassen hatten, ging er noch

immer nachdenklich auf und ab und sprach nachdenklich und mißmutig vor sich hin:

»Was kann ich dafür? Wer konnte es ahnen?«

Gegen zwölf Uhr mittags klopfte der alte Hausfreund höflich an Mireles Schlafzimmertür.

Es war ihm recht unbehaglich zumute. Das Dienstmädchen, das ihn barfuß durch das Eßzimmer geleitete, hatte gesagt:

»Hört lieber auf mich, Onkel! Gebt es auf! Ihr werdet von ihr etwas erleben.«

Als er in Mireles Zimmer trat, verneigte er sich vor ihr höflich und ehrerbietig. Dann machte er einige Schritte und verneigte sich wieder. Er trug einen schwarzen Gehrock ohne Taschen und wußte nicht, was er mit seinen Händen anfangen sollte. Er begann mit verlegenem Lächeln: »Ich bin gekommen... Ich bin gekommen, um mit Euch zu reden.«

Mirele lag in Morgenkleid und Hausschuhen auf dem Bett. Sie ärgerte sich darüber, daß der Mann sie dazu gebracht hatte, ihm die Tür zu öffnen, und wollte ihn nicht anschauen. Während der zwei Wochen, die sie in ihrem Zimmer verbracht hatte, war sie stark abgemagert und hatte – sich selbst oder jemand anderem zum Trotz – zu niemanden auch nur ein einziges Wort gesprochen.

Es verdroß sie, daß man sie nicht in Ruhe ließ und Boten zu ihr schickte. Sie richtete sich im Bett auf und sagte zu dem Mann:

»Seid so gut und sagt der Schwiegermutter: wenn mir etwas Neues einfällt, werde ich sie schon benachrichtigen.«

Sie erwartete, daß der Mann nun gehen würde. Er fing aber wieder verlegen zu lächeln an:

»Versteht Ihr mich, die Sache ist nämlich die...«

Schweiß trat ihm auf die Stirn. Er zog ein Taschentuch hervor, setzte sich auf einen Stuhl in der Nähe ihres Bettes und begann sich das Gesicht abzuwischen.

»Mir selbst ist ja die ganze Geschichte gar nicht angenehm... Aber Ihr müßt mich verstehen! Die Leute halten mich für Euren guten Freund und sagen, daß ich an allem schuld sei... Also muß ich mit Euch reden... Ja, ja... Wenn bei uns Juden Eheleute, Gott behüte, sich nicht vertragen, und wenn keine Kinder da sind... Da hat sich auch eine meiner Töchter erst vor einem Jahr scheiden lassen...«

Mirele saß jetzt auf dem Bett. Ihr Herz fing heftig zu klopfen an.

»Scheidung?« unterbrach sie ihn plötzlich. »Gut. Sagt ihnen bitte, daß ich einverstanden bin.«

Der Mann geriet in höchste Aufregung. Er stand auf und wollte seinen Ohren nicht trauen.

»Ich gehe schon«, sagte er erregt. »Ich gehe schon und werde es ausrichten.«

An der Tür blieb er stehen, wurde nachdenklich und wandte sich noch einmal nach ihr um:

»Sie wollen Euch entschädigen, die Schwiegermutter und Schmilik... Sie haben es mir ausdrücklich aufgetragen...«

Mirele ließ ihn aber nicht zu Ende sprechen:

»Es ist schon gut!«

Sobald er gegangen war, legte sie sich wieder aufs Bett. Es war ihr, als ob sich gar nichts ereignet hätte, und sie nahm wieder das Buch, in dem sie vor dem Besuch des Alten gelesen hatte.

Es war ein dicker Band, der von den Frauen des Mittelalters und der Neuzeit handelte und den sie nicht von Anfang bis Ende bewältigen konnte. Das Buch interessierte sie eigentlich nicht. Sie blätterte nur, wie es ihre Gewohnheit war, darin herum, las hier eine halbe Seite und dort eine halbe Seite und dachte daran, was sich jetzt wohl im Haus der Schwiegereltern abspielen möge. Zwischen den mittelalterlichen Burgen und Minnehöfen, von denen das Buch handelte, sah sie Mirjam Ljubaschitz mit ihrem Kind, die Schwiegermutter, Schmilik mit dem unglücklichen Gesicht und den fremden alten Mann, der eben bei ihr gewesen war und vor dem Weggehen gesagt hatte:

Also einverstanden? Gut, gut, er gehe gleich hin und werde es ihnen ausrichten...

Sie legte das Buch wieder weg und versank in ihre Gedanken. Plötzlich fühlte sie wieder starkes Herzklopfen und setzte sich im Bett auf:

Halt! Sie werde jetzt wieder so frei sein, wie sie es in ihren Mädchenjahren gewesen...

Ein Gefühl von wiedererlangter Gesundheit und Kraft bemächtigte sich ihrer und wuchs in ihr mit dem freudigen Herzklopfen.

Sie schrie sogar vor Freude, sie fühlte in sich wieder die Mirele von vor zwei Jahren; ein einziges Mal schrie sie auf. Sie dachte an die verschneiten Felder ihres Städtchens, an die Schneebälle, mit denen sie vor einem Jahr den lahmen Studenten Lipkes beworfen hatte, und plötzlich überkam sie das Verlangen, sich in sehr kaltem Wasser zu waschen.

Als sie den alten Mann durch den Hof gehen sah, riß sie schnell das Fenster auf und rief ihm zu:

Sie hätte vergessen, ihn noch um das eine zu bitten. Er möchte so gut sein und den Seidenowskis sagen: sie bitte die Scheidung möglichst schnell und möglichst ohne Formalitäten zu machen.

Der bewölkte Himmel und der Garten mit den nassen Weichselbäumen blickte durchs offene Fenster in ihr Zimmer. Der heftige Herbstregen wollte gar nicht aufhören.

Das Dienstmädchen benutzte den Augenblick, in dem Mirele aus dem Zimmer gegangen war, und brachte das zerwühlte Bett in Ordnung und räumte die Bücher und Kleider auf, die überall herumlagen. Nun war das Zimmer voller frischer, kalter Luft. Mirele ging in eng geschnürten Schuhen und eng anliegendem schwarzen Kleid, das sie seit zwei Wochen nicht mehr angehabt hatte, auf und ab. Sie empfand eine tiefe Ruhe und Sicherheit bei jedem Schritt, im Bewußtsein ihrer Mädchenkraft, die ihre Brust in der enganliegenden Bluse erfüllte, und in Gedanken an die neugewonnene Freiheit, die sich ihrer allmählich bemächtigten:

Ja, nun müsse sie jemand davon schreiben... Von der Scheidung müsse sie jemand schreiben!

Sie suchte nach einem Stück Papier und sah plötzlich auf dem Tisch das Buch liegen, das Herz ihr geschickt hatte.

Wenn sie jetzt, zum Beispiel, diesem Herz telegraphierte, würde er wohl kommen.

Sie ließ das Buch aber liegen und trat vom Tisch weg. Dieser letzte Gedanke war dumm und überflüssig... Sie, Mirele Hurwitsch, ist erwachsen genug, um jetzt an wichtigere Dinge zu denken.

Da es noch immer nicht aufhören wollte zu regnen, ging sie an diesem Tag nicht aus dem Haus. Bis zwei Uhr nachts las sie von den Frauen in alten Zeiten, und als sie endlich einschlief, träumte sie, daß das Mittelalter ein seltsames, von ewiger Dämmerung umfangenes Land sei, in dem alle Menschen draußen im Mondlicht stünden und alle zugleich schrien; aber keiner wüßte, was der andere wolle. Sie aber schreite allein über ein Feld zu einer Kirche, in der viele Menschen versammelt seien und einander fragten:

»Ist die Frau ein Mensch oder nicht?«

Sie erwachte mit einem Ruck. Es war noch Nacht, und es wurde ihr bewußt, daß sie nun bald von Schmilik geschieden sein werde. Das Herz schlug ihr wieder vor Freude und Sehnsucht nach dem kommenden Tag der Befreiung. Sie schlief von neuem ein und sah im Traum nur noch eine fürchterlich finstere Nacht. Ein Blitz durchzuckte plötzlich die Finsternis und ließ sie einen kurzen Augenblick am Horizont das eigentliche, das neue Leben sehen, das sie, so sehnsüchtig gesucht hatte.

Sie erwachte erst gegen zehn Uhr und erinnerte sich sofort an alles, was gestern geschehen war:

Es sei ja möglich, daß die Scheidung sehr bald erledigt sein werde, vielleicht schon in den nächsten Tagen.

Sie blieb noch eine Weile im Bett liegen und dachte immer an dasselbe. Sie dachte auch an ihren letzten Traum, und alles war ihr klar:

Es fehle ja nur noch eine Kleinigkeit, um den Sinn ihres Lebens zu erfassen, den sie schon so lange, seit ihrer Kindheit, suche.

11

Im Laufe des Tages hörte es zu regnen auf, aber die schmutzigbraunen Wolken von gestern hingen noch am Himmel. Ein trübes Dämmerlicht schwebte in der Luft und verbreitete eine tiefe Stille über die frisch gewaschenen Häuser und die am sandigen Ende der Vorstadt stehenden Pfützen.

Bauernjungen mit bloßen Füßen trieben weiße Gänse vorbei, und irgendein junger vermögender Vorstadtbürger unterhielt sich mit jemand laut über die neu angeschafften Möbel, die man ihm eben mit einem Wagen vor sein Haus gebracht hatte:

»Das Büfett ist vorzüglich, aus Eichenholz ist das Büfett!«

Mirele zog sich an und ging zu Fuß über die Kettenbrücke in die Stadt.

Sie ging auf die Hauptpost und schrieb ein paar Worte an Herz. Sie hatte das Bedürfnis, jemand von ihrer neuen Lage zu berichten. Ihren Angehörigen darüber zu schreiben war noch zu früh und hatte auch keinen Zweck.

Als sie von der Post durch die Hauptstraße ging, sah sie aus der Ferne Montschik. Er trat eben aus einem Haus.

»Da ist ja Montschik!«

Sie verlangsamte die Schritte, und über ihr Gesicht glitt ein leises Lächeln.

Montschik müsse nur noch in die Bank gehen, die nur bis halb fünf geöffnet habe. Aber gibt es da noch eine Frage? Wenn er schon das Glück habe, Mirele zu begegnen, so könne der Kuckuck die Bank mit allen seinen Geschäften holen! Er habe ja Mirele schon so lange nicht gesehen, und es sei ihm ein Vergnügen, mit ihr ein wenig spazierenzugehen. Was, Mirele wisse gar nicht, was geschehen sei? Er könne ja nicht mehr in die Vorstadt kommen, weder zum Onkel noch zu Schmilik... Die Seidenowskis seien ganz unerträglich... Nein, diese Freude, daß er sie jetzt getroffen habe!... Heute früh wäre jemand auf der Börse auf ihn zugegangen und hätte ihn um einen Beitrag für den Nationalfond gebeten. Natürlich habe er ihm nichts gegeben... Warum hätte er ihm auch etwas geben sollen, wo er ein Gegner des Zionismus sei? Jetzt werde er aber den jungen Mann aufsuchen und ihm doch etwas geben, sein Ehrenwort drauf!

Einen ganzen Fünfundzwanziger werde er ihm geben.

So glücklich und aufgeregt war dieser immer zerstreute Montschik, und seine großen schwarzen Augen strahlten vor Freude. In seinem Glück ließ er sich sogar einigemal hinreißen, ihren Arm zu nehmen und ihr die Hand zu drücken.

Er sah sie mit glückstrahlenden Augen an und blieb plötzlich stehen.

Ob Mirele sich vorstellen könne, wie er sich freue, daß er ihr begegnet sei?

Er stand noch immer auf einem Fleck und sah sie an. Und plötzlich lachte er laut auf:

Ob Mirele es nicht selbst sehe, wie glücklich er sei?

Mirele ging langsam an seiner Seite und lächelte leise. Sie wußte ja, daß die Seidenowskis auch heute noch fest davon überzeugt waren:

Montschik sei in sie verliebt und wolle sie Schmilik abspenstig machen.

Aber Montschik...

Montschik werde wohl von seinen Gefühlen nie ein Wort sagen, und doch sei er ihr treuer ergeben als alle Männer, mit denen sie je zu tun gehabt hatte. Vielleicht sei er wirklich ihr bester Freund...

»Montschik, Sie sind ein guter Junge!«

Sie verlangsamte ihre Schritte und sagte:

»Wissen Sie schon, Montschik, daß ich mich von Schmilik scheiden lasse?«

Montschik begriff es im ersten Augenblick nicht. Er blieb wieder stehen und sah sie erstaunt und ernst an: Eben hatte er sie fragen wollen, wie es ihr in der Zeit, wo er sie nicht gesehen hatte, gegangen sei; irgendein Unsinn, der ihm in den Kopf gekommen war, hatte ihn aber davon abgehalten.

Im ersten Augenblick glaubte er, sie scherze. Erstarrt stand er da und blickte mit seinen weitaufgerissenen Augen nicht auf Mirele, sondern irgendwohin in die Ferne.

Nein! Es sei unmöglich... Es sei doch... Es sei doch einfach nicht zu glauben!

Mirele zupfte ihn am Ärmel, als wollte sie ihm sagen, daß er schon lange genug so mitten auf dem Trottoir stehe. Er zuckte die Achseln, kratzte sich den Nacken, biß sich in die Unterlippe und wurde wieder nachdenklich:

Der Teufel möchte ihn holen, wenn er begreifen könne, wie das so plötzlich gekommen sei! Nein, sei das auch wirklich ihr Ernst?

Er ging an ihrer Seite und dachte an die Scheidung und an die neue Lage, in der sich Mirele befand. Beiden war es auf einmal traurig zumute, und beide dachten an die Worte, die Mirele eben fallengelassen hatte:

»Denken Sie nur, Montschik, ich weiß noch gar nicht, was mit mir weiter geschehen wird.«

Sie weiß sogar nicht, wo sie wohnen werde, sobald sie das Haus der Seidenowskis verlassen müsse. Es ist ja möglich, daß sie schon in der nächsten Woche Not leiden wird. Jetzt fürchtet sie aber nichts. Die ganze Welt steht ihr offen. Gestern, als der Vermittler gegangen war, hatte sie sogar aufgeschrien beim Gedanken, daß sie sich nun mit kaltem Wasser waschen werde.

Nun, wenn sie einmal von den Seidenowskis fort ist, wird sie schon irgendwo Unterkunft finden...

Und das Elternhaus im Heimatstädtchen? Ach, das hat für sie keinen Wert mehr und ärgert sie nur. Nach der Mutter sehnt sie sich gar nicht; und der Vater... es ist besser, wenn sie in einiger Entfernung vom Vater lebt. Sie können einander sowieso nicht mehr helfen.

Sie denkt jetzt viel über sich selbst nach. Von Kind auf hat sie immer über sich nachgedacht.

Vor kurzem hat sie ein trauriges Buch von Turgenjew gelesen: ein russisches junges Mädchen, das sich im Leben nicht zurechtfinden kann, geht ins Kloster; sie erreicht aber damit gar nichts. Mirele ist aber kein kleines Kind mehr, und jeder Gedanke an ein Kloster liegt ihr fern und erscheint ihr dumm. Man hat sie von Kind auf nicht gelehrt, religiös zu sein. Und da sie das, was sie umgibt, nicht ertragen kann, muß sie eben weitergehen.

Sie weiß nicht, ob sie etwas finden wird, aber weitergehen muß sie auf jeden Fall!

Nun standen sie schon vor der Kettenbrücke. Montschik konnte sie der Seidenowskis wegen nicht in die Vorstadt begleiten. Eine tiefe Trauer leuchtete tief in Mireles verträumten Augen, und sie blickte nachdenklich zur Seite auf den breit dahinfließenden Strom. Ihre schwarzen Wimpern erschienen wohl wegen der blauen Flecke, die sie unter den Augen hatte, länger als sonst und verliehen einen seltsamen Reiz ihrem ganzen Gesicht mit dem anziehenden, geraden, streng geschlossenen Mund. Plötzlich blitzte in ihren Augen etwas auf:

»Montschik, ich kenne einen hebräischen Dichter, der meistens schweigt und lächelt. Einmal hat er aber von mir gesagt: Aus Mirele wird nichts werden, hat er gesagt. Sie ist nur ein Übergangspunkt in unserer Entwicklung.«

In ihren Augen leuchtete ein spöttisches Flackern auf. Damit sah sie Montschik an und sagte:

»Ich selbst, pflegt mein Bekannter zu sagen, bin nichts und werde auch nichts erreichen. Wichtig sind nur die, sagt er, die nach mir kommen werden.«

Sie wollte sich von ihm verabschieden und allein über die Brücke gehen. Montschik erwachte aber in diesem Augenblick wie aus einem Traum:

Ob es überhaupt eine Frage sei? Zu den Seidenowskis könne er ja nicht gehen, aber bis ans Ende der Brücke werde er sie jedenfalls begleiten.

Er war so aufgeregt, daß er gar nicht mehr wußte, wann er umkehrte und wie er in die Trambahn stieg. Als er den Fahrschein bezahlte, ließ er seine Brieftasche fallen. Ein alter General, der ihm gegenüber saß, hob die Brieftasche auf und reichte sie ihm. Er glotzte den General an und bedankte sich nicht einmal. Wirre Gedanken gingen ihm durch den Kopf:

Nein, es sei unmöglich! Wie könne er auch nur daran denken, Mirele zu heiraten? Einfach dumm! Er wisse wirklich nicht, wie er auf diesen närrischen Einfall komme. Erstens könne er sich dieses Glück gar nicht vorstellen... Mirele sei ja viel zu klug... Und zweitens... Was brauche sie ihn? Mirele brauche einen ganz anderen Mann... Vielleicht habe ihr Bekannter wirklich recht: Ein Übergangspunkt sei sie. Aber halt! Er, Montschik, habe in der letzten Zeit viel Geld verdient, und sie, Mirele... Sie werde doch in großer Not sein... Natürlich werde sie in Not sein... Es werde ihm große Freude bereiten, Mirele so viel zu geben, wie sie brauche... Vor allen Dingen müsse sie jetzt allein ins Ausland reisen... Zum Beispiel nach Italien. Der Winter stehe ja vor der Tür... Sie müsse sich von den Aufregungen des letzten Sommers erholen. Aber halt! Wie sagt man ihr das? Wie bietet man ihr das Geld an?

Als er endlich zur Besinnung kam, war die Trambahn schon weit über die Haltestelle gefahren, an der er hätte aussteigen sollen. Nun ging er zu Fuß heim. Die Aufregung wollte nicht weichen. Ein elegant gekleideter Kaufmann war ganz außer sich vor Freude, als er ihn auf der Straße traf. Er ließ die Dame, mit der er wohl den Abend verbringen wollte, stehen und fing an, von einem Geschäft zu reden: »Lieferungen hin, Lieferungen her...«

Montschik stand ihm gegenüber, biß sich in den Daumen und blickte zu Boden. Der elegante junge Mann glaubte, daß er ihn im Lärm der Droschken und Trambahnen nicht verstehen könne; er führte ihn in eine stillere Nebengasse und begann ihm alles von Anfang an zu erzählen. Montschik starrte ihn mit verträumten Augen an, nahm ihn schließlich am Arm und sagte:

»Menschenkind, Sie können zu mir reden, soviel Sie wollen: ich höre kein einziges Wort... Warum verstehen Sie es nicht? Ich bin jetzt mit einer wichtigen persönlichen Angelegenheit beschäftigt und nicht imstande, an etwas anderes zu denken...«

12

Die Seidenowskis wollten die Scheidung am Mittwoch nächster Woche vollziehen, und zwar in einer fremden Stadt unten am Fluß.

Die Idee stammte von Mirjam Ljubaschitz. Sie hatte einmal so ganz nebenbei gesagt:

»Ich kann es wirklich nicht verstehen! Wozu hier in der Stadt solches Aufsehen erregen?«

Die Tante griff die Idee sofort auf und ging mit Mirjam zu Jaakew-Jossel ins Kabinett:

»Hör einmal, Mirjam hat doch wirklich recht...«

In der letzten Zeit geschah hier im Haus nichts ohne Mirjams Rat und Genehmigung. Selbst als Schmilik sich einmal für einen ganzen Tag in seinem Zimmer einschloß und nichts zu sich nehmen wollte, rief man sie zur Hilfe:

»Wo ist denn Mirjam? Warum soll sie nicht zu Schmilik hineingehen und schauen, daß er etwas ißt?«

Mirjam ging auch wirklich zu ihm hinein, und Schmilik aß.

Der junge Ljubaschitz war an dieser Tätigkeit nicht beteiligt. Er machte sich über Mirjam lustig, und sein ganzer schwerer Körper zitterte vor Lachen:

»Mirjam, was ist aus dir geworden?«

Vor ihrer Verheiratung sei sie ja jemand gewesen, und ihr Name hätte in Studentenkreisen einen guten Klang gehabt. Und jetzt sei sie zu einer einfachen Kinderfrau herabgesunken. Sie werde ihm doch nichts einreden! Es sei schließlich kein großer Unterschied, ob man sich mit einem eigenen oder mit einem fremden Kind abgebe!

Mirjam war außer sich und sah ihn wie einen Verrückten an.

»Was sagt ihr zu diesem Schojelik?«

Ihr Kind fing eben auf Rickels Armen zu weinen an. Sie nahm es zu sich, blickte den jungen Ljubaschitz noch immer mit vor Zorn flammendem Gesicht an und war im Begriff, ihm ordentlich ihre Meinung zu sagen. Da kam aber die Tante hinzu, die das Kind weinen gehört hatte:

»Sag mal, Mirjam, hast du dem Kind schon etwas gegen die Bauchschmerzen gegeben?«

Nun vergaß sie sofort Schojeliks dumme Bemerkung und fing an zu klagen:

Sie wisse selbst nicht, was sie noch tun könne. Das Kind hätte die ganze Nacht erbrochen, und warme Umschläge hätten nichts genützt...

Allmählich kehrte wieder die alte Ruhe ins Haus zurück.
Die Eltern konnten wieder nach dem Essen schlafen, während sich die kleinen Kinder in einem anderen, entlegenen Zimmer aufhielten. Schmilik drückte noch immer nächtelang kein Auge zu, hatte furchtbare Kopfschmerzen und ärgerte sich über die Mutter, die ihm jeden Augenblick die Temperatur messen wollte:
Was wolle man mit dem Thermometer? Warum lasse man ihn nicht in Ruhe? Er habe ja kein Fieber!
Alle hatten sich schon daran gewöhnt, daß er von Tag zu Tag schlechter aussah, mit niemand redete, den ganzen Tag allein in seinem Zimmer saß oder in Strümpfen auf und ab ging. Einmal bekam er nachts einen Anfall und machte damit allen seinen Angehörigen, die eben erst die Lampen ausgeblasen und sich zu Bett gelegt hatten, große Sorge. Durch die stillen finsteren Zimmer tönten plötzlich aufgeregte Zurufe:
»Was ist geschehen?«
»Wer hat einen Anfall?«
»Macht Licht! Schnell!«
Im Schein der Lampe, die man in Schmiliks Zimmer angezündet hatte, leuchteten nackte Frauenschultern und Arme und weiße Männerunterhosen. Jemand hielt ihm den Kopf hoch; jemand anderes bespritzte ihn mit Wasser. Er schlug langsam die Augen auf und blickte traurig all diejenigen an, die sich um ihn drängten und einander zuraunten:
»Es ist nichts, es ist nichts... Ihm ist plötzlich schlecht geworden. Es war ihm vorgekommen, daß er blind wird.«

Er schlummerte ein, erwachte gleich wieder und schlummerte von neuem ein. Nun ließ man die Tür seines Zimmers weit auf, ließ die Lampe brennen, rückte einen Stuhl, auf den man eine geschälte Orange legte, vor das Bett und ging wieder schlafen. Schmilik erwachte aber bald wieder. Da er nicht mehr einschlafen konnte, stand er auf und fing an, auf und ab zu gehen.

Es war gegen ein Uhr nachts. In allen Zimmern schnarchte man wieder. Schmilik ging immer noch auf und ab und erwartete mit Ungeduld den Morgen:

Morgen werde er zu Mirele gehen und ihr sagen... Am Mittwoch früh, werde er sagen, fahre man in die Stadt unten am Fluß... Alles sei zu Ende. Er habe nur noch eine Bitte an sie: sie möchte mit ihm einen Abschiedsbesuch bei seinen Eltern machen... Sie brauche ja nur höchstens eine Viertelstunde dort zu bleiben... Sie könne während dieser Viertelstunde denken, daß sich gar nichts ereignet habe und daß sie mit ihm einfach zu Besuch gekommen sei.

Er wollte, daß Mirele von ihm denke: Er hat sich verändert, der Schmilik!... Ein ganz anderer sei er geworden.

Am nächsten Tag ging er mehrmals zu Mirele hinüber, traf aber in seiner Wohnung niemand außer dem Dienstmädchen. Er wartete, bis es dunkel geworden war, und ging wieder hinüber. Nun war Mirele da. Sie war soeben aus der Stadt gekommen. In ihrem Zimmer brannte eine Lampe, und vor dem offenen Schrank stand ihr großer Aussteuerkorb, in den sie morgens mit Hilfe des Dienstmädchens ihre Sachen verpackt hatte. Mirele lag auf dem Bett, mit dem Gesicht, das noch vor Kälte gerötet war, zur Tür und blickte ihn erstaunt und neugierig an. Er erschrak vor ihr und schlug die Augen nieder.

Er saß mit erschrockenem Gesicht auf dem Stuhl vor ihrem Bett und sprach ganz anders, als er es sich zurechtgelegt hatte:

Er hätte gemeint, daß sie vielleicht... daß sie vielleicht doch noch zu seinen Eltern hinübergehen würde...

Er sah sie nicht an. Plötzlich fühlte er, wie sie ihm mit ihrer weichen Hand das Knie streichelte. Er hob langsam die Augen und blickte sie an.

Sie war, immer noch auf dem Bett liegend, näher zu ihm gerückt, hatte den Kopf in eine Hand gestützt und blickte ihm gerade ins Gesicht.

»Schmilik, sag, hab ich dir etwas Böses getan?«

Schmilik bekam Herzklopfen.

»Böses? Nein... Wer sagt denn das?«

Mirele mußte früh aufstehen, um die übrigen Sachen einzupacken. Sie muß noch ins ruhige kleine Hotel vis-à-vis von Ida Schpoljanskis Wohnung gehen, um ein Zimmer zu mieten und ihre Sachen abholen zu lassen. Um zehn Uhr früh geht das Schiff in die Stadt, in der zwischen fünf und sechs die Scheidung stattfinden soll. Sie wird dann mit dem Zug zurückkehren, um nicht mit den Seidenowskis fahren zu müssen, und Montschik wird sie auf dem Bahnhof erwarten. Er hat es ihr versprochen. Gegen Abend wird sie wohl sehr müde sein. Sie fühlt schon jetzt große Müdigkeit im ganzen Körper. Aber was hilft's? Schmilik tat ihr leid, und sie hatte es ihm versprochen. Also muß sie sich den Schal umwerfen und zu den Schwiegereltern hinübergehen.

Das Dienstmädchen, das ihr die Tür aufmachte, taumelte zurück, so erschrocken war sie von Mireles plötzlichem Erscheinen. Im Eßzimmer wurde die Stimmung auf einmal gedrückt. Jemand trat ihr den Platz neben der

Schwiegermutter ab, und niemand traute sich, ein Gespräch zu beginnen. Jemand rief unter irgendeinem Vorwand die fremde Verwandte hinaus, die am Tisch gesessen hatte. Mirjam Ljubaschitz flüsterte Rickel etwas ins Ohr und verließ dann mit ihr das Eßzimmer. Mirele fühlte sich sehr unbehaglich und bereute schon, daß sie gekommen war. Sie dachte, nun habe sie ihre Pflicht getan und könne gehen...

Die Schwiegermutter fing aber plötzlich an mit den Augen zu zwinkern und rückte näher an sie heran. In den letzten Tagen ging ihr immer wieder ein ganz bestimmter Verdacht durch den Kopf. Nun wollte sie es wissen. Mirele errötete gleich nach der ersten Frage. Sie sah sie nicht an und antwortete kurz und mürrisch:

»Nein.«

»Ich kann mich nicht mehr erinnern.«

»Schon lange.«

Die Schwiegermutter richtete sich auf und bekam plötzlich das Gesicht einer erstaunten kleinstädtischen Großmutter.

Das genügt mir schon!, schien ihr Gesicht zu sagen.

Sie sah sich um. Außer ihr und Mirele war niemand im Zimmer.

»Mirele, du bist ja in anderen Umständen!...«

»Was?«

Sie glaubte, die Schwiegermutter sei verrückt geworden.

Sie erhob sich von ihrem Platz und sagte trotzig und sehr laut:

Sie verstehe gar nicht, wie die Schwiegermutter darauf komme... Und außerdem: Was habe das mit der Scheidung zu tun?

Da war aber schon wieder die ganze Familie im Eßzimmer, und niemand hörte auf ihre Worte. Jemand rief Schmilik herein. Jemand anderes ging mit der Neuigkeit zu Jaakew-Jossel ins Kabinett. Bei der Tür stand schon wieder Mirjam Ljubaschitz, und die Schwiegermutter erzählte es ihr.

Mirjam blickte Mirele an und schüttelte den Kopf: Natürlich, ist es denn eine Frage?

13

Nachts fühlte sich Mirele sehr schlecht und war nahe dabei zu erbrechen. Sie weckte das Dienstmädchen und schickte es mit einem Zettel zu Schmilik ins Kabinett. Sie schrieb ihm, daß sie ihn nicht liebe und mit ihm vor der Hochzeit ausgemacht habe, daß sie ihn zu jeder Zeit verlassen dürfe. Sie glaube nicht, daß sie in anderen Umständen sei. Jedenfalls wolle sie von ihm kein Kind; und wenn sie in anderen Umständen sei, so wäre es nur seine Schuld, und man müsse etwas dagegen tun.

Man überredete Schmilik, zur Brennerei zu fahren und dort einige Tage zu bleiben.

Alle standen um ihn herum, und die Schwiegermutter tröstete ihn vor der Abfahrt:

Was brauche man da noch viel zu reden? Jetzt sei die Sache ganz anders. Wenn Mirele einmal das Kind habe, werde sie sich schon ganz anders ihm gegenüber verhalten.

Mirele saß drei Tage in ihrem Zimmer, dachte mit Widerwillen an eine gewisse Stelle unterhalb der Brust und besuchte mehrmals die Schwiegermutter.

Sie glaubte jedesmal, daß sie ihr etwas Entscheidendes sagen und der Sache ein Ende machen würde. Wenn sie aber vor der Schwiegermutter saß, war ihre Entschlossenheit auf einmal verschwunden, und sie fühlte nur noch einen noch größeren Widerwillen gegen die Stelle unterhalb der Brust. Es ekelte sie vor dem »Setz dich, Mirele« der Schwiegermutter, vor Mirjam Ljubaschitz und ihrem Kind und vor dem jungen Ljubaschitz mit seinen Redensarten und seinem feuerroten, aufgedunsenen Gesicht. Das Ekelgefühl wuchs von Stunde zu Stunde, und es war ihr, als ob sie dieses Gefühl mit der Hand anfassen könnte: sie würde es packen und es aus sich herausreißen, und dann würde ihr wieder leicht und wohl ums Herz sein.

Einmal fuhr sie gleich von der Schwiegermutter aus in die Stadt. Sie sprach zweimal bei ihrer Cousine Ida Schpoljanski vor, traf sie aber nicht zu Hause und kehrte wieder heim. Sie lag auf dem Bett und versuchte sich zu trösten:

Wer weiß, vielleicht sei es am besten, nichts zu tun und die Dinge so laufen zu lassen, wie sie laufen? Vielleicht sei es vernünftig, noch viele Jahre stumm zu leiden... so wie jetzt, im Bett zu liegen, zu leiden und zu schweigen...

Sie liebe Schmilik nicht. Sie liebe niemand. Manchmal fühle sie sich zu Nossen Heller hingezogen, aber sie traue diesem Gefühl nicht. Eine Mutter liebe doch gewöhnlich ihr Kind. Wer weiß? Vielleicht werde auch sie ihr Kind lieben. Sie werde Mutter sein...

Und jemand werde sich über sie ebenso wie über Mirjam Ljubaschitz lustig machen. »Was ist aus dir geworden?« würde jemand sagen. »Du bist ja zu einer Kinderfrau herabgesunken!« Sie werde ihn aber gar nicht anschauen und nichts darauf sagen. Sie werde dem Kind besorgt auf Schritt und Tritt folgen und nur an das eine denken:

Mein Gott, daß es nur nicht fällt!

Dann kam ein schöner frostiger Sonntag, der Schnee funkelte und blendete noch mehr als sonst in den Sonnenstrahlen, und alle Läden waren geschlossen.

Durch die weiße Stadt jagten eigene und gemietete Schlitten. Und die Geschichte, die die gleichsam neugeborene Natur den stillen Feldern erzählte, bestand nur aus gedämpftem Schellengeläut und freudigem Pferdegewieher, das die schnell dahinsausenden Schlitten hinter sich zurückließen.

Mirele stand am Fenster. Sie war schon wieder ganz willenlos und furchtbar traurig. Vor einem Schlitten, der eben frei geworden war, stand ein junges Paar und blickte begehrlich darauf und auf das nasse Pferd, auf dem der Schnee gefror. Alle drei, der Kutscher und das junge Paar, freuten sich über den frischgefallenen Schnee und über ihre Liebe.

Mirele zog sich langsam an. Sie nahm langsam aus dem Schrank ihren Persianermantel heraus und blieb nachdenklich stehen. Dann zog sie den Mantel an und wurde wieder nachdenklich. Als sie schon an der Tür war, blieb sie wieder stehen und betrachtete ihre schmale Hand mit den langen Fingern, die die Klinke umspannten. Ihre Hände waren in der letzten Zeit so kraftlos geworden, und blaugrüne Adern schimmerten durch die totenblasse Haut. So stand sie eine Weile da und blickte auf ihre Hand. Schließlich ging sie wieder ins Schlafzimmer, zog den Mantel aus und legte sich aufs Bett. Es war ihr schon wieder so schwer und übel ums Herz, und sie konnte die Ohnmacht und Demut der letzten Tage nicht mehr ertragen.

Was wolle man von ihr?... Warum wolle man sie zu einer Mutter machen?... Sie könne ja nicht Mutter sein... Sie wolle kein Kind haben...

Am selben Tag ging sie wieder zu Ida Schpoljanski und erfuhr von ihr, daß es in der Stadt zwei Frauenärzte gebe, die *es* machten.

Der eine, ein älterer Christ, rede einem zuvor zwei Stunden lang ins Gewissen und verlange dafür zweihundert Rubel. Der andere sei Jude und jung. Er lasse sich dafür nur hundert Rubel zahlen.

Sie suchte den jüngeren Arzt auf und sprach mit ihm. Während sie seine Fragen beantwortete, fühlte sie sich durch seine Blicke, die unkeuschen Gedanken, die er sich wohl über sie machte, und seinen Ton verletzt. Er gab ihr zu verstehen, daß er *es* zwar machen werde, sie aber für ein sündiges Geschöpf halte, das verworfener sei als er.

Vielleicht sei sie noch Fräulein und wünsche nicht, daß es jemand von ihren Angehörigen erfahre? Nun, ihm sei es ja gleich. Er möchte ihr nur sagen, daß er es auch hier in seiner Wohnung machen könne. Die Gefahr sei aber dann größer, und er müßte in diesem Falle doppeltes Honorar verlangen.

Er sagte noch: »Jedenfalls können *wir* noch zwei Wochen warten und einige Mittel einnehmen, die nicht schaden und vielleicht sogar helfen würden. Man müsse es versuchen...«

Sein *wir* schnitt sie ins Herz. Sie unterbrach ihn und gab ihm zu verstehen, daß sie ihn für einen Scharlatan halte. Aber trotzdem: sie wolle ihm das doppelte Honorar geben.

Dann lag sie wieder im Eßzimmer auf dem Kanapee und zählte die Tage:

Wann sind die zwei Wochen um?... Es wird der Montag in der nächsten Woche sein.

Sie hat niemand, dem sie von sich, von der ihr bevorstehenden Gefahr, die sie aber gar nicht fürchtet, und auch davon, daß ihre Hoffnung auf das neue Leben schon sehr zweifelhaft und gering geworden ist, erzählen konnte. Und doch fühlt sie immer noch irgendeine Sehnsucht im Herzen und macht immer neue Pläne. Sie denkt auch an Nossen Heller und an seine Kopekenzeitung, die schon zu erscheinen begonnen hat und sogar in Schmiliks Kabinett aufgetaucht war.

Da hat ja sogar so ein Nossen Heller etwas erreicht...

Schmilik saß im Kabinett und studierte die neue Zeitung. Er sprach kein Wort, dachte nur an Mirele und traute sich nicht, mit ihr zu sprechen. Er sah aus, als habe er tagelang gefastet. Meistens hielt er sich in der Brennerei auf. Und wenn er nach Hause kam, lag er im Kabinett. Der junge Ljubaschitz besuchte ihn einmal und wurde sehr gesprächig. Schmilik ärgerte sich, daß Ljubaschitz so laut und lustig sprach, während Mirele im Nebenzimmer auf dem Kanapee lag, und unterbrach ihn:

»Pst! Etwas leiser... Was freust du dich so?...«

14

Nun kam auch schon der Montag.

Als Schmilik gegen elf Uhr früh mit der Trambahn aus der Stadt kam, erblickte er an der Haltestelle Mirele.

Sie stand in ihrem Persianermantel mit einem Dienstmann da, dem sie irgendeinen Brief übergab und wohl die äußere Erscheinung des Adressaten beschrieb, während der Mann mit der roten Mütze mit dem Kopf nickte.

Schmilik fuhr, er wußte selbst nicht warum, wieder in die Stadt. Als er gegen drei Uhr heimkam, war Mirele noch nicht da. Er wartete eine Weile, ging dann in den Hof und ließ den Wagen anspannen. Jemand meldete seinen Eltern, daß Schmilik schon wieder zur Brennerei fahre. Seiner Mutter kam das sehr verdächtig vor. Sie ging sofort zu ihm hinüber und traf ihn schon im Fahrpelz.

»Schmilik«, sagte sie zu ihm. »Du bist ja erst gestern in der Brennerei gewesen!«

Schmilik ließ den Kopf hängen.

»Morgen abend«, antwortete er, »ist Weihnachten, und ich muß heute mit den Arbeitern abrechnen.«

Und er wandte sich von ihr weg und blickte ungeduldig zum Fenster hinaus, ob der Wagen nicht schon käme.

Am Abend desselben Tages, als man in den Vorstadthäusern schon Licht angezündet hatte, hielt vor Schmiliks Haus ein zweispänniger Schlitten. Ein Dienstmann half Mirele aussteigen und führte sie am Arm ins Haus. Sie war erschreckend blaß und konnte kaum gehen. Mit Hilfe des Mannes in der roten Mütze schleppte sie sich ins Schlafzimmer und legte sich ins Bett. Das erschrockene Dienstmädchen, das allein das Haus bewachte, wollte schon Alarm schlagen und zu der Schwiegermutter laufen; Mirele gebot ihr aber mit matter Stimme Schweigen und winkte sie ans Bett heran:

Nein, es sei nicht nötig... Es sei nicht nötig... Sie möchte lieber ihr Portemonnaie nehmen und den Dienstmann bezahlen. Sie solle sich nicht unterstehen, jemand auch nur ein Wort zu sagen.

Vor Mattigkeit und Schmerz war sie erschöpft und schläfrig, und ihr Gesicht war zu einer Grimasse verzogen. Sie lag im Bett mit geschlossenen Augen und irrte im Halbschlummer zwischen den schmerzhaften Geschehnissen des überstandenen Tages umher. Sie dachte an das stundenlange Warten im Empfangszimmer des Arztes, an die junge Dame in Trauer, die dort saß, an die aufgeregte Kleinstädterin, die erschrocken hin und her rannte, und an das blöde, verschämte Lächeln des jungen Mädchens mit intelligenten Zügen, das in Begleitung einer älteren jüdischen Hebamme gekommen war. Alles vermischte sich mit dem frostigen Sonnenschein, der durch das Doppelfenster hereinblickte, und alles verschwand in dem Augenblick, wo sich hinter ihr die Tür des Sprechzimmers schloß. Als sie wieder draußen war, fühlte sie sich so schwach und elend und glaubte, gleich in eine Ohnmacht zu fallen, als sie endlich den Dienstmann in der Ferne erblickte. Nun ist alles vorbei, draußen ist Nacht, sie liegt auf ihrem Bett, hat noch einige Schmerzen und denkt nur an das eine:

Die Gefahr, ein Kind zu bekommen, sei vorüber... Jetzt stehe ihr eine neue Gefahr bevor: Es sei möglich... sehr möglich, daß sie von diesem Bett nicht mehr aufstehen werde...

Als Schmilik am Morgen des dritten Tages von der Brennerei heimkam, lag sie schon seit zwei Tagen im Fieber. Ihre Lippen waren trocken, und im Haus gab es keine einzige Medizinflasche.

Mirele nahm seine Hand und bat ihn, die Sache geheimzuhalten:

»Schmilik, ich habe es tun müssen. Sonst wären wir beide unglücklich geworden...«

Er ließ verschämt den Kopf sinken, machte ein unglückliches Gesicht und nickte:

»Gut... Niemand soll davon etwas erfahren.«

Schmilik war in der letzten Zeit wirklich verändert. Als die Mutter ihn im Lauf des Tages auf die Seite nahm und ihn über Mirele ausfragte, wurde er böse und erwiderte unwirsch:

Was wolle man eigentlich von Mirele? Alle kämen jetzt mit ihren Anklagen gegen Mirele!

Dann ging er stundenlang in seiner Wohnung auf und ab und dachte an seinen neuen Plan, den er Mirele vorschlagen wollte. Er könne ja mit ihr für einige Tage wegfahren und nachher das Gerücht verbreiten, daß die Scheidung schon vollzogen sei.

Er, Schmilik, werde ja sowieso nie wieder heiraten. Sein ganzes Leben und das viele Geld, das er jetzt verdiene, freue ihn nicht mehr. Darum möchte er wenigstens die Gewißheit haben, daß es irgendwo eine Mirele gebe, deren Lebensunterhalt er bezahle... Er sei aber bereit, ihr den Scheidungsbrief zu geben, wann immer sie danach verlange.

Beim alten Seidenowski kamen plötzlich viele Telegramme für Mirele an. Schmilik wurde einigemal geholt und zu Rate gezogen. Er war zu Tode erschrocken, las mit Herzklopfen jedes neu angekommene Telegramm und fuhr schließlich mit dem Schnellzug irgendwohin. Nach einigen Tagen kam er blaß und mit roten Augen zurück. Offenbar hatte er stundenlang geweint. Mirele saß mit mattem Gesicht auf dem Bett und war fieberfrei. Sie blickte nachdenklich zum Fenster und fragte ihn nach nichts. Er stand mit unglücklichem Gesicht vor ihr, verging vor Angst und hatte schon eine fertige Lüge auf der Zunge:

»Ich bin bei Tante Perl gewesen. Die Arme hat eben einen Sohn verloren...«

Gegen Abend kam der junge schlanke Arzt. Er wollte nicht gern gesehen werden und kam deshalb, als es schon dunkel war. Er sah sich scheu wie ein Dieb nach allen Seiten um und blieb höchstens zwei Minuten bei Mirele.

Er sagte, daß alles in Ordnung sei und daß Mirele morgen aufstehen könne.

Er hatte große Eile. Schmilik begleitete ihn mit einer brennenden Lampe in der Hand so ehrfurchtsvoll wie einen *Zaddik* hinaus. Der Arzt streifte ihn mit einem verschmitzten Blick und hieß ihn die Lampe wieder zurücktragen.

»So einen Idioten hat sie zum Mann«, dachte er sich.

Schmilik war sehr erregt und hatte fünfundzwanzig Rubel in der Hand bereit. Der Arzt entriß ihm das Geld mit einem schnellen Griff und legte ihm gleichzeitig die andere Hand auf die Schulter.

»Eine ungewöhnlich kräftige Frau haben Sie«, schmeichelte er ihm zum Abschied. »Auf alle Juden sei es gesagt.«

Es blieb Mirele nur noch eine Kleinigkeit zu tun. Zu Schmilik, der im Kabinett über Rechnungen gebeugt saß, hineinzugehen und ihm zu sagen:

»Schmilik, morgen fahren wir mit dem Schiff in die Stadt unten am Fluß...«

Sie fühlte sich aber noch furchtbar schwach. Und Schmilik war eines Morgens plötzlich nach Warschau abgereist und hatte ihr beim Dienstmädchen einen Brief hinterlassen, in dem er ihr seinen neuen Plan mitteilte.

Wegen dieses Briefes hatte er eine ganze Nacht nicht geschlafen; er hatte ihn einigemal umgeschrieben und immer von neuem gelesen. Schließlich war er mit dem Brief zufrieden und konnte deswegen nicht mehr einschlafen. Mirele durchflog aber nur die ersten Zeilen und blickte das Dienstmädchen erstaunt an:

»Was?«

Dann steckte sie den Brief in den Umschlag und gab ihn dem Dienstmädchen zurück. Sie machte das ungewöhnlich langsam und bedächtig. Sie war jetzt überhaupt merkwürdig ruhig und hatte nach der Krankheit mehr Geduld als sonst. Sie kam allmählich wieder zu Kräften und wartete ruhig auf die nächste Woche, wo sie wieder vollkommen gesund sein und Schmilik aus Warschau heimkommen würde.

Jeden Nachmittag zog sie sich ihren Mantel an und band sich den Schal um. Da sie noch zu schwach war, um in die Stadt zu gehen, stand sie einige Zeit draußen vor dem Haus oder ging langsam auf und ab und weckte Sehnsucht in den Herzen all der jungen Geschäftsleute, die mit ihren eigenen Wagen oder Mietdroschken vorbeifuhren. Alle drehten sich nach ihr um und konnten sich von ihrem Anblick nicht satt sehen. Es war ihnen allen dabei so seltsam zumute, als hätten sie noch niemals gesündigt und jahrelang nur von ihr, der unbekannten Braut, geträumt.

Bei den Schwiegereltern wußte man bereits, was sie in der vergangenen Woche getan hatte. Die Schwiegermutter hatte sich mitten am Tag mit ihrem Mann eingesperrt; sie saß mit vor Entrüstung glühendem Gesicht, rümpfte die Nase und verging schier vor Verdruß:

»Ich sage dir, selbst bei den Christen kann man so ein verworfenes Geschöpf nur selten finden!«

Mirele ging indessen in ihrem Zimmer auf und ab, dachte an die Schwangerschaft, von der sie erlöst war, und glaubte fast gar nicht mehr an das neue Leben, das ihr bevorstand. Da sie nicht wußte, was sie anfangen sollte, ging sie jeden Abend in die Stadt und blieb oft den ganzen Abend aus. Anfangs wußte niemand, was sie tat und wo sie die Abende verbrachte. Einmal sah sie aber jemand von den Verwandten ihres Mannes in die Straße einbiegen, wo Nossen Heller wohnte, und im Haus der Schwiegereltern sprach man es nun ganz offen aus:

»Gibt es da noch einen Zweifel, eine Frage? Sie ist ein Auswurf der Menschheit... Sie liebt den jungen Mann noch von ihrer Mädchenzeit her und verbringt bei ihm alle Abende.«

Als Schmilik eines Tages aus Warschau zurückkam, ließ er sein Bett ins Kabinett hinübertragen, hörte auf, seine Eltern zu besuchen und lebte wie ein Einsiedler. Seine Schweigsamkeit und sein unglückliches Aussehen verrieten einen stummen Trotz, und man hatte den Eindruck, daß er, während er in seinem Zimmer auf und ab ging, mit seinen Gedanken irgendwo in weiter Ferne, viele hundert Meilen weit weg war. Ida Schpoljanski traf ihn einmal in der Stadt und fragte ihn wegen der Scheidung. Er antwortete kühl und ruhig:

»Wer weiß? Vielleicht wird sich noch alles wenden.«

Ida rief sofort Mirele telephonisch zu sich, ging mit ihr lange durch die stillen Straßen und erzählte es ihr:

»Jetzt wirst du es sehen... Schmilik wird dir den Scheidungsbrief nicht mehr geben wollen!«

Sie habe mit ihrem Abram vor vier Jahren dasselbe erlebt. Anfangs sei auch er bereit gewesen, ihr den Scheidungsbrief zu geben, wäre aber im entscheidenden

Augenblick für ganze vier Wochen verreist und hätte ihr durch seinen jüngeren Bruder Sjoma sagen lassen: »Ida braucht ja den Scheidungsbrief vorläufig noch nicht. Und wenn sie ihn einmal braucht, will ich ihn ihr innerhalb von zwei Stunden schicken.«

Mirele kam an jenem Abend mit traurigem, müdem Gesicht zu Heller, lag länger als sonst auf seinem Kanapee und war sehr nachdenklich. Es war ja klar – nicht Heller zuliebe kam sie Abend für Abend her, sondern nur weil er ein stilles Zimmer hatte, in dem sie in aller Ruhe an ihr künftiges Leben denken konnte. Sie brach fast nie das Schweigen, das in diesem Zimmer herrschte; sie ließ sich von ihm das nicht sehr saubere Kopfkissen mit ihrem eigenen Taschentuch überziehen, legte ihren Kopf darauf und wiederholte immer vor sich hin:

So wohl fühle sie sich in diesem Zimmer... Sie habe sich noch nirgends so wohl gefühlt...

Besonders wohl fühlte sie sich vielleicht deshalb, weil Heller endlich zur Vernunft gekommen war und ihr keine Heiratsanträge mehr machte.

Sie erzählte von ihrem Gespräch mit Ida und sagte:

Das, was Ida ihr eben erzählt habe, mache auf sie nicht den geringsten Eindruck. Sie brauche Schmilik nur ein Wort zu sagen, und er werde ihr sofort den Scheidungsbrief geben. Sie denke an etwas anderes: Vor eineinhalb Monaten hätte sie noch genau gewußt, wozu sie die Scheidung brauche; und nun liege sie da und denke an alles, was sie in ihrem Leben bis heute getan habe. Alles habe sie nicht aus eigenem Willen getan, sondern nur aus Neugier und Mitleid.

So wenig Freude habe sie bisher an ihrem Leben gehabt; eigentlich wollte sie jetzt wieder achtzehn Jahre alt sein. Und wenn sie wirklich achtzehn Jahre alt wäre, so hätte sie wieder keinen anderen Ausweg, als wieder Mitleid mit ihrem Vater zu haben, wieder Schmilik zu heiraten, sich von ihm scheiden zu lassen und wieder zu denken: »Schön, nun bin ich also von ihm geschieden. Was fange ich aber morgen an?«

Heller steckte die Hände in die Hosentaschen und fing an, auf und ab zu gehen. Er hielt seinen Ärger nur mit Mühe zurück:

Sie habe für ihn nichts übrig... Sie komme gar nicht ihm zuliebe her, sondern nur wegen seines Kanapees und des stillen Zimmers, wo sie in aller Ruhe an sich selbst denken könne. Keine einzige Frau habe wohl je einen Mann so behandelt.

Während sie sich anzog und fortging, wandte er keinen Blick von ihr. Sie schien ganz in ihre Gedanken vertieft, so daß er vor ihr unwillkürlich Respekt hatte.

Nun erwartete er sie jeden Abend in seinem stillen, von einer Lampe mit grünem Schirm erleuchteten Zimmer und sehnte sich nach ihr, wie man sich nach seiner Frau sehnt, mit der man erst kurz verheiratet ist. In seinem Zimmer schwebte ihr Duft. Er fühlte sich zu der Stelle, wo sie gelegen hatte, hingezogen, sehnte sich nach ihrem abweisenden, traurigen Gesicht, und dachte daran, daß er ihr zuliebe einmal das Studium für die Aufnahmeprüfung aufgegeben hatte, daß seine gewesene Braut sehr bald einen jungen Witwer, einen Juristen hier in der Stadt, heiraten werde; daß seine Kopekenzeitung sich kaum rentiere und daß man in der Stadt bereits sage: Sie halte sich nur noch durch ein Wunder, seine Kopekenzeitung, und werde bald ganz eingehen.

Mirele besuchte ihn noch ein einziges Mal und blieb nur wenige Minuten. Sie stand noch unter dem Eindruck der unangenehmen Auseinandersetzung, die sie eben mit

Schmilik wegen der Scheidung gehabt hatte, und atmete so schwer wie ein Mensch, der einen ganzen Tag gefastet hat. Ohne ihn anzublicken, wandte sie sich gleich wieder zum Gehen. Er wollte sie begleiten, sie hieß ihn aber zu Hause bleiben. Er ging trotzdem nach, holte sie an der nächsten Straßenecke ein und sagte ihr einige Worte, an die er selbst nicht mehr glaubte:

Jemand möchte ihm seine Kopekenzeitung abkaufen und biete ihm fünftausend Rubel... Mit diesem Geld könnten sie ins Ausland reisen... Es würde vielleicht reichen, bis er die Ingenieurprüfung abgelegt haben würde.

Sie sah ihn gar nicht an, ging schnell weiter und zuckte nur stumm die Achseln. Er blieb stehen und sah aus der Ferne, wie sie in die Trambahn stieg und nach Hause fuhr, das ihr so verhaßt war.

Das nächste Mal begegnete er ihr auf der Straße vor dem großen vornehmen Haus, in dem der Vetter ihres Mannes, Montschik, wohnte. Sie ging mit einer brünetten Dame, die fünf oder sechs Jahre älter aussah als sie: Es war wohl ihre Cousine Ida Schpoljanski. Heller blieb stehen und zog den Hut. Sie ging dicht an ihm vorbei und bemerkte ihn, wandte sich aber nicht um. Ihre Figur sah so trotzig und abweisend aus und erzählte von ihrem Unglück: daß sie sich in diesem Leben nicht zurechtfinden könne, sich aber etwas in den Kopf gesetzt habe und nun weder auf sich selbst noch auf sonst jemand Rücksicht nehme.

Sie bog mit ihrer Begleiterin um die Ecke und entschwand seinen Blicken. Er seufzte, setzte sich den Hut wieder auf und ging weiter.

Nun mußte er zu Montschik Seidenowski hinaufgehen, dem Verwandten ihres Mannes, in dessen Gegenwart er sich recht ungemütlich fühlen würde, und ihn fragen:

Ob er ihm für seine Kopekenzeitung nicht einen Teilhaber mit Kapital verschaffen könne?...

15

Montschik hat einen niederen, breiten, massiven Schreibtisch. Zwischen allerlei anderen massiven Gegenständen stehen zwei Lederrahmen mit den Bildern seines verstorbenen Vaters und Mireles darauf. Wenn er am Schreibtisch sitzt, schauen ihm beide Bilder direkt ins Gesicht. Ab und zu richtet er den Blick auf Mireles Bild, stützt den Kopf in die Hand und denkt sich:

In Mirele gehe etwas vor...

Einige Zeit nachdem er sie zum letzten Mal über die Kettenbrücke begleitet hatte, kam zu ihm ein Dienstmann mit einem Brief von ihr. Sie bat ihn, ihr zweihundert Rubel zu leihen. Diese zweihundert Rubel bekam er später mit einem hebräischen Zettel von Schmilik zurück: »Lieber Vetter! Vielen, vielen Dank für das Geld, das du meiner Frau Mirele, leben soll sie, geliehen hast.«

Aus dem Eßzimmer kam sein elfjähriger Bruder gelaufen, und er begrüßte ihn laut:

»Ach, da ist ja Reb Ljolja!... Was gibts Neues, Reb Ljolja?«

Ljolja haßte wie er alle die jungen Leute, die zu seiner Schwester kamen, und konnte, ebenso wie er, ihr Singen nicht vertragen. Montschik liebte ihn, weil er ein gut gewachsener, schmächtiger kleiner Jude war, glänzende

Fähigkeiten hatte, die Schwester oft auf Lügen ertappte, und vor allen Dingen, weil er überzeugt war, daß aus Ljolja etwas Ordentliches werden würde. Er liebte ihn auch, weil Mirele einmal gesagt hatte, daß er ihr gut gefalle, und ihm dabei den Kopf gestreichelt hatte. Nun nimmt er ihn bei der Hand und fragt ihn etwas, während seine Augen noch immer auf Mireles Bild gerichtet sind und er noch immer denkt: In Mirele gehe etwas vor!...

Einmal saß er gegen drei Uhr nachmittags vor seinem Schreibtisch und begrüßte mit einem müden *Guten Tag* den letzten der paar Dutzend Klienten, mit denen er seit dem frühen Morgen zu tun gehabt hatte.

Seine Gedanken waren noch mit den aufregenden Ereignissen des gestrigen Tages beschäftigt: In der Vorstadt, bei seinem Onkel Jaakew-Jossel, war die Familie in hellem Aufruhr. Mirele wohnte seit zwei Tagen im Hotel auf der stillen Boulevardstraße. Gegen elf Uhr abends hatte man seine Mutter, die Tante Esther, ans Telephon gerufen und ihr über die aufregenden Geschehnisse berichtet:

Schmilik sei verschwunden... Seit gestern abend sei er verschwunden... Man habe ihn schon überall gesucht... Die ganze Stadt habe man abgesucht... Wie?... In der Brennerei?... Er sei auch nicht in der Brennerei...

Montschik lag schon zu Bett und wartete bis drei Uhr nachts auf seine Mutter. Er hatte entsetzliche Kopfschmerzen, und der Schrecken, der bei den Seidenowskis herrschte, weckte einen Widerhall in seinem Hirn. Er sprach es nicht aus, wußte aber, daß alle Verwandten ihn in Verdacht hatten. Der Verdacht ist lächerlich, aber er kann unmöglich zu den Seidenowskis gehen.

Seine Mutter kam erst gegen vier Uhr morgens heim. Er machte ihr in Nachthemd und Unterhose die Tür auf und saß dann lange auf ihrem Bett. Seine Gedanken arbeiteten mit rasender Eile, die Mutter aber ließ sich Zeit... Sie wußte wohl auch schon von dem Verdacht, den alle gegen ihn hatten, und erzählte ihm gemächlich von den traurigen Ereignissen:

»Was gibt's da noch viel zu reden?... Er ist verschwunden, Schmilik, und man fürchtet, daß ihm etwas zugestoßen ist...«

»Er ist doch nicht bei Sinnen...«

Gleich nachdem Mirele ins Hotel gezogen war, klebte er draußen einen Zettel an, daß das Haus zu vermieten und die Möbel zu verkaufen seien. Man sagt, daß er seinen Eltern einen Brief zurückgelassen habe. Sie schämen sich wohl, den Brief zu zeigen...

Ida Schpoljanskis Schwager wollte ihn gestern vor Kromowskis Apotheke gesehen haben. Jemand hatte in der Abendzeitung gelesen, daß man im Spitalwäldchen einen Erhängten gefunden habe, und man lief sofort zum Anatomischen Institut.

Montschik schlief erst bei Morgengrauen ein, und er träumte, daß er im gleichen Hotel wohne, in das Mirele gezogen war; er hätte ein Zimmer neben dem ihren und schaue zum Fenster hinaus; draußen gehe aber Schmilik auf und ab.

Nachdem er einen halben Tag durchgearbeitet hatte, war er müde und zerstreut. Jetzt erschien ihm das, was er sich morgens beim Aufstehen gedacht hatte, lächerlich und undurchführbar, nämlich daß er heute Mirele im Hotel aufsuchen müsse und daß sie sich über seinen Besuch freuen werde. Er hatte noch in einigen Banken zu tun und mußte dann an der Börsenecke jemand treffen.

Er schloß in großer Eile alle die Papiere, die auf seinem Tisch herumlagen, in den Kassenschrank ein und zog sich schnell den Mantel an. Als er auf die Straße trat, wurde er so blaß und starr als hätte er ein Gespenst erblickt.

Auf dem Trottoir vor ihm stand Schmilik mit mattgelbem, fahlem Gesicht: Er wollte ihm aber auf keinen Fall sagen, wo er sich in den beiden letzten Nächten herumgetrieben hatte. Er war gekommen, um Montschik um eine Gefälligkeit zu bitten:

Vor zwei Tagen, erzählte er, sei Mirele von ihm fortgegangen und hätte kein Geld nehmen wollen... Er habe sie darum gebeten, sie hätte aber nichts nehmen wollen... Und jetzt... möchte vielleicht Montschik zu ihr hinaufgehen und sie bitten, Geld von ihm zu nehmen?...

16

Nach einigen Wochen trat ein schlanker junger Mann in schwarzem Herbstmantel und breitkrempigem ausländischem Hut aus einer Pension mit möblierten Zimmern in der Hauptstraße und schlug langsam den Weg zur Kettenbrücke ein.

Es war Herz, der Bekannte der Hebamme.

Sechs Wochen lang hatte er in seinem gottvergessenen Städtchen über Mireles Brief gelächelt, in dem sie ihn gebeten hatte, herzukommen. Nun war er wirklich hergekommen, eigentlich ohne jede ernste Absicht. Als er gegen Mittag in seinem Pensionszimmer aufwachte, fiel ihm plötzlich ein, daß er noch Junggeselle sei; daß er schon im dreiunddreißigsten Lebensjahr stehe und daß ihm viele seiner Werke nicht mehr gefielen; daß Mirele, an die er während der Reise immer gedacht hatte, hier in dieser Stadt einen Mann und eine Menge Verwandte habe. Während er sich anzog, mußte er einigemal laut über sich selbst lachen. Ja, das hat er wirklich verdient! Er verdiene es wirklich über sich selbst zu lachen...

Einige Tage trieb er sich in den Straßen der Stadt herum und lächelte ungewiß und sarkastisch immer vor sich hin.

Ja, was habe er hier eigentlich zu suchen?

Da er aber schon einmal in dieser Stadt war, die er noch nicht kannte, sah er sich die Straßen und das Theater an, ging zur Kettenbrücke hinunter, blieb neben einer Gruppe von Gassenjungen stehen, die Sonnenblumenkerne knackten, und sah mit ihnen auf die Eisdecke des breiten Stroms hinunter, die schon Sprünge bekommen hatte und jetzt ruhevoll auf irgendeine Nachricht aus weiter Ferne wartete.

Einmal ging er über die Kettenbrücke in die Vorstadt. Unterwegs lächelte er über Mireles Brief, den er in der Tasche stecken hatte.

Es war kurz vor *Purim,* es war warm und die Luft war erfüllt von Sonnenschein und Frühlingsahnung. Die Droschkenräder dröhnten lauter als sonst auf den eben erst vom Schnee befreiten Pflastersteinen. Die Sonne verwandelte sich gegen Abend in eine Lache flüssigen Silbers: Sie übergoß die nahen und fernen Hügel mit ihrem Licht und schien zu sagen:

»Vor allem interessieren mich die schwarzen Erdflecke im schmelzenden Schnee...«

Auf den Bäumen, die die Straßen einfaßten, saßen

zahllose Vögel und machten einen Heidenlärm. Erzieherinnen eilten mit ihren kleinen Zöglingen nach Hause. Durch die Luft schwebte schon der Duft von leichtem Frost, jungen Mädchen und die Freude der *Chejder*-Jungen, die nun keinen Abendunterricht mehr hatten.

Herz kam vor Schmiliks Haus, sah, daß es zugesperrt war, und blieb stehen. Ein Mann, der zufällig des Weges kam, zeigte ihm das große Haus der Seidenowskis. Er ging dorthin und erkundigte sich nach Mirele.

Im Eßzimmer der Seidenowskis war man gerade mit der Bereitung des *Purim*-Gebäcks beschäftigt, und die ganze Familie, mit allen Verwandten und Kindern, stand um den langen Tisch herum. Der kleinste Junge hatte beide Hände in die Schüssel mit den noch warmen Honigplätzchen gesteckt, und jemand schrie ihn an:

»Pfui! Was leckst du die Finger?«

Herz wurde im Vorzimmer vom Dienstmädchen empfangen. Das Mädchen wußte nicht, was sie ihm auf seine Frage, ob Mirele zu Hause sei, antworten sollte, und ging mit ihrem Zweifel ins Eßzimmer. An die zehn Personen liefen sofort zu ihm hinaus. Im kleinen Vorzimmer drängten sie sich um den fremden jungen Mann, der sich schon wieder anschickte zu lächeln.

Eins der jungen Mädchen wollte wissen, wer er sei, und nannte ihm das Hotel, in dem Mirele wohnte:

»Zwei Zimmer bewohnt sie im Hotel!«

Eine andere wußte, daß Mirele die ganze Zeit auf jemanden gewartet hatte, der zu ihr in die Stadt kommen sollte. Es fiel ihr ein, daß Schmilik vor einigen Tagen vergebens versucht hatte, sie im Hotel zu sprechen, und sagte:

»Sie wird wohl krank sein... Sie liegt sicherlich schon seit einigen Tagen im Bett...«

Plötzlich erschien auf der Schwelle die Schwiegermutter selbst. Sie zwinkerte mit ihren kurzsichtigen Augen und fragte:

»Ja, was steht ihr hier alle herum?«

Man wies auf den fremden jungen Mann, der sich nach Mirele erkundigt hatte. Sie kam einige Schritte näher und betrachtete ihn eine Weile mit zusammengekniffenen Augen. Dann streckte sie ihre Hand aus und drückte ihren jüngsten Sohn an sich, wie wenn sie Angst hätte, daß der Fremde ihn mit seiner Berührung verunreinigen könne. Sie spie aus wie es abergläubische Menschen bei der Erwähnung irgendeiner bösen Krankheit tun, und sagte ihm mit einer Miene, als hätte sie für ihn nicht das geringste Interesse:

»Na ja... Sie wohnt in der Stadt... Im Hotel wohnt sie.«

IV Das Ende vom Lied

1

Es war um die Zeit der großen Schneestürme zwischen Weihnachten und Neujahr.

Mit vor Frost gerötetem Gesicht stand Welwel Burnes im Eßzimmer seines Vaters. Er war soeben von seinem Gut gekommen und konnte nicht begreifen, was da vorging: Fast alle Familienmitglieder drängten sich mit traurigen Gesichtern um einen Angestellten, welcher berichtete:

»Er liegt im Sterben, Reb Gdalje... Der Arzt aus der Kreisstadt sagt, daß er hier auf dieser Welt nichts mehr zu suchen hat. Auch seine Schwester ist schon aus dem Ausland gekommen... Und die Tochter... die Tochter, sagt man, ist krank... Wahrscheinlich verheimlicht man ihr dort, im Haus der Schwiegereltern, die Telegramme, die man von hier fast jede Stunde abschickt.«

Es war still, und durch die Doppelfenster blickte stumm die graue Winterdämmerung herein, die alle Zimmerecken mit Trauer erfüllte. Das große schwarze Büfett, das schon ganz in Dunkelheit gehüllt war, blickte die düsteren Menschen mit stummem Vorwurf an:

»Ihr habt ja zwei Jahre auf Reb Gdalje geschimpft...

Und nun liegt er auf dem Totenbett, und die *Talmud-Thora*-Jungen gehen schon für ihn Psalmen lesen.«

Jemand wies auf die *Talmud-Thora*-Jungen, die eben vorbeigingen, und alle stürzten ans Fenster:

In Reb Gdaljes Haus brennen trotz der frühen Stunde alle Lampen, wie wenn er schon in Agonie läge. Wie traurig muß es dort in allen Zimmern sein! Durch das finstere Gäßchen schleppt sich ein Zug von etwa vierzig *Talmud-Thora*-Jungen in abgerissenen Schafpelzen; sie waten durch den tiefen Schnee, von zwei *Melamdim* zur Assatener Betstube geführt.

Da kam der städtische Schächter ins Haus; es war derselbe Schächter, den man einst, als die Verlobung aufgelöst wurde, als Vermittler zu Reb Gdalje geschickt hatte. Er erzählte:

Er komme eben von dort... Soeben werde das Testament umgeschrieben. Von den achtzehntausend Rubeln, die die Kaufleute aus der Kreisstadt für seinen Anteil am großen Kaschperiwker Wald gäben, seien zwölftausendsiebenhundert für die Bezahlung der noch unbeglichenen Schulden bestimmt, und tausenddreihundert bekomme die Gemeinde.

Der Schächter hatte ein trauriges, besorgtes Gesicht und sah so geheiligt und von allem Irdischen abgekehrt aus, wie wenn er eben ein Bad genommen hätte und sich an irgendein gottgefälliges Werk mache.

Awrohom-Mejsche Burnes stand vor ihm und rauchte eine Zigarette. Zuletzt rief er den Schächter ins Kabinett und fragte ihn um Rat:

Was glaube er? Solle er, Awrohom-Mejsche Burnes, jetzt vielleicht zu Reb Gdalje hineinschauen?

Auch Welwel kam ins Kabinett und hörte dem Gespräch zu. Der Schächter runzelte die Stirn:

Ob das eine Frage sei? Natürlich wäre es gut, wenn er es täte.

Welwel fühlte sich auf einmal erleichtert. Er ging leise ins finstere Vorzimmer, wo sein Fahrpelz hing, zog den Pelz an und schlich hinaus.

Er schlich wie ein Dieb durch die Hintergäßchen zu Reb Gdaljes Haus. Seine Füße versanken im tiefen Schnee, und die Schöße des langen und weiten Pelzes ließen überall Spuren zurück. Nach dem letzten Schneesturm herrschte eine tiefe Stille. Die vereinzelten erleuchteten Häuschen, die blasse Abenddämmerung, die ganze Natur, alles schien so stumm und voller Ahnungen wie in einem Traum. In einem Nebengäßchen wurde laut eine Tür aufgestoßen; eine Frau erschien an der Schwelle und schrie zu einer Nachbarin hinüber:

»Gott muß ihm helfen, dem Reb Gdalje!... Er hat es sich wahrlich verdient!«

Welwel sah Reb Gdaljes Vetter, den gewesenen Kassier, zum Haus des Sterbenden gehen. Er holte ihn ein:

»Einen Augenblick... Wie steht es? Schlecht, was?«

Der Kassier blieb stehen und seufzte:

»Wie soll es stehen? Natürlich schlecht.«

Reb Gdaljes Vetter schien gar nicht erstaunt, Welwel Burnes jetzt draußen zu sehen, und antwortete ihm wie einem guten Freund Reb Gdaljes. Er ging weiter. Mehrere Juden standen um einen ehemaligen Angestellten Reb Gdaljes herum und hörten ihm zu, während er berichtete, daß Gitele schon seit drei Tagen Migräne habe:

Reb Gdaljes Schwester sitze dort bei ihr im finstern Schlafzimmer und lasse sie nicht vom Bett aufstehen.

Welwel machte einen Bogen, ging um das Haus herum

und blieb vor einem erleuchteten Fenster stehen. Es war das ehemalige Zimmer Mireles.

Hier wird er wohl liegen, Reb Gdalje...

Ein kränklich aussehender, hustender, gelehrter alter Mann kam eben durch das schmale Gäßchen, das von der Assatener Betstube herführte. Der Mann blieb ächzend neben Welwel stehen, sah ihn mit seinen halbblinden Augen an und fragte:

»Wer ist's?... Welwel?«

Der alte Mann klagte über das Alter, über das Leben und den Tod. Welwel wartete ab, bis er in Reb Gdaljes Flur verschwunden war, und blickte zum Fenster hinein. Nun konnte er alles sehen, was im Zimmer vorging. Er glaubte den Geruch der Arzneien, des Kranken und des nahen Todes wahrzunehmen. Im Zimmer herrschte tiefe Stille. Vor dem Tischchen, auf dem eine Lampe mit blauem Schirm brannte, saß der vielgeplagte Feldscher. Er hatte schon einige Nächte nicht geschlafen und blickte traurig auf das Krankenbett, das vom schwachen blauen Lampenschein erleuchtet war. Der Rabbiner Reb Awremel huschte auf den Fußspitzen hin und her und hatte einen unglücklichen, zerfahrenen Gesichtsausdruck. Seine rechte Schulter war in die Höhe gehoben, und von der gesenkten linken Schulter hing der Arm kraftlos, wie gelähmt, herab. Die Hand verschwand ganz im Ärmel und pendelte automatisch hin und her. Im Bett lag offenbar bewußtlos der Kranke. Man hatte ihm der Blutegel wegen, die der Arzt, der eben das Haus verlassen hatte, ansetzen ließ, den Schädel abrasiert, und Bart und Schläfenlocken sahen daher ungewöhnlich lang und das Gesicht ungewöhnlich klein und mager aus. Jetzt bewegte er auf einmal ganz langsam den Kopf. Alle, die im Zimmer waren, wandten sich sofort zu ihm. Welwel konnte sehen, wie man Reb Gdalje, wohl auf seinen Wunsch, im Bett aufsetzte, wie man ihm den Oberkörper entblößte und ein neues sauberes, weißes Hemd anzog, in dem er so geheiligt und rein aussah, wie am *Jom-Kippur*-Abend nach vierundzwanzigstündigem Fasten. Man ließ ihn behutsam und langsam wieder in die Kissen sinken und beugte sich über ihn. Er schien etwas zu sagen. Jemand brachte Mireles Bild herein und zeigte es hinter dem Rücken des Kranken dem Rabbiner. Reb Awremel machte eine abweisende Handbewegung:

Nein, nicht nötig!

Reb Gdalje hatte wohl nach seiner Tochter gefragt.

Alle beugten sich wieder über ihn und lauschten seinen Worten. Es war wohl sehr traurig, was er sagte. Seine Schwester wandte sich ab und begann zu schluchzen und sich Tränen aus den Augen zu wischen. Welwel sah plötzlich, wie der Feldscher dem Rabbiner etwas zuraunte und wie dieser in großer Eile aus dem Zimmer lief. Welwel verließ seinen Posten am Fenster und ging zur Haustür. Irgendein Angestellter Reb Gdaljes suchte gerade einen Wagen, um aus dem nächsten Dorf Blutegel zu holen. Welwel packte den Mann am Ärmel und führte ihn zum Haus seines Vaters:

»Ich habe meinen Wagen hier ... Er ist angespannt ... Sagt dem Kutscher, daß er die Pferde ordentlich peitschen soll.«

Gegen Mitternacht hörten alle, die im Burnesschen Eßzimmer versammelt waren, draußen ein Rennen und Schreien. Die beiden Mädchen, die am Tisch saßen, erblaßten. Eine von ihnen griff sich ans Herz. Jemand blickte durchs Doppelfenster hinaus, sah viele Leute durch die blasse Nacht laufen und wandte sich erschrocken zum Tisch:

»Ach!... Reb Gdalje ist schon verschieden!«
Eins der beiden Kinder, die angekleidet auf dem Kanapee schliefen, erwachte und begann vor Schreck zu weinen. Die Mädchen fürchteten sich, allein zu Hause zu bleiben. Welwel zog sich schnell den Pelz an und lief mit Herzklopfen aus dem Haus. Jetzt schlich er nicht mehr durch die Hintergäßchen, sondern ging gemeinsam mit vielen anderen Leuten durch die breite Straße. In den meisten Häusern brannte Licht. Auf dem Markt stand eine Gruppe Männer, die alle zugleich redeten, als ob sie den Neumondsegen verrichteten. Jemand schrie:
»Was? Werd' ich den Sarg tragen?...«
»Laß dir Zeit!«
Das ganze Städtchen war auf den Beinen. Alle gingen zu Reb Gdaljes Haus. Von allen Ecken und Enden des Städtchens strömten die Leute herbei. Welwel betrat gleichzeitig mit den anderen das Haus und wurde aus einem Zimmer ins andere geschoben. Im überfüllten Eßzimmer sah er seinen Vater. Der alte Burnes stand mit düsterem Gesicht an einen Schrank gelehnt, die silberne Zigarettenspitze im Mund. In der Tür zum dritten Zimmer drängten sich die Leute Kopf an Kopf; viele Lichter brannten im Zimmer, und weinende Stimmen klangen von dort herüber. Welwel wurde von allen Seiten gestoßen. Jemand zeigte hinter seinem Rücken auf Reb Gdaljes Schwiegersohn, der eben mit dem Zug gekommen war. Welwel wollte gar nicht weiter, aber da befand er sich schon im Sterbezimmer, wo viele Kerzen brannten. Hier gab es kein Gedränge mehr. Links standen Gitele, die ausländische Schwester und der eben angekommene Schwiegersohn über die Leiche gebeugt; auf der anderen Seite stand mit verwirrtem Gesicht der Rabbiner Reb Awremel und sah Welwel merkwürdig an; er wollte

wohl, daß Welwel sähe, daß er tatsächlich der beste Freund des Verstorbenen gewesen sei und daß aus seinen Rabbineraugen aufrichtige Tränen flossen.

Der Leichenzug setzte sich bei Morgengrauen in Bewegung. So schmal und kurz war der Sarg, als läge ein Kind darin. Man trug ihn in solcher Hast, als ob er einen Gegenstand enthielte, den man möglichst schnell vor Menschenaugen verbergen müßte. Der Rabbiner und der *Dajen*, die beiden Schächter, der Schwiegersohn und ein einfacher junger Mann, der in Reb Gdaljes Mühle einzukaufen pflegte, trugen den Sarg. Jemand schob Welwel an den Sarg heran und stieß den einfachen jungen Mann fort:

»Laßt, laßt, es ist ja Welwel Burnes.«

Und Welwel schob seine Schulter unter den Sarg und trug ihn, Seite an Seite mit dem Schwiegersohn, bis zum Friedhof. Als man den Sarg auf den Boden setzte, war Welwel wie benebelt. Der einfache junge Mann fühlte sich mit ihm irgendwie vertraut, weil er ihm den Platz am Sarg abgetreten hatte. Er ging auf ihn zu und sagte:

»Wie leicht doch Reb Gdalje geworden ist! Nicht wahr?«

Der junge Mann blickte ihm ins Gesicht, und Welwel konnte sich unmöglich erinnern, wo er ihn schon einmal gesehen hatte.

2

Gitele und Reb Gdaljes Schwester saßen *Schiwe*, und der Rabbiner Reb Awremel brachte zweimal am Tag einen *Minjon* zusammen. Jeden Mann, den er auf der Straße sah, schleppte er hin:

»Es wird Euch gar nicht schaden... Reb Gdalje hat es sich wahrlich verdient.«

Die Leute folgten ihm, gingen hin und sahen Gitele im leeren, stillen Salon neben Reb Gdaljes Schwester auf niederem Schemel sitzen und stumm zu Boden blicken.

Reb Gdaljes Schwester wollte, daß Gitele zu ihr ins Ausland ziehe. Wenn kein Fremder zugegen war, wandte sie sich, neben Gitele sitzend, an den Kassier und den Rabbiner:

»Wen hat sie noch hier? Ich meine, was soll sie hier bleiben? Für einige Zeit kann sie jedenfalls zu mir ziehen.«

Der Rabbiner und der Kassier wußten darauf nichts zu erwidern. Und die Schwester glaubte schon selbst nicht mehr an die Ernsthaftigkeit ihres Vorschlags. Gitele hielt den Kopf immer gesenkt, im Zimmer war es still, und die Leere des Todes pochte an die Wände und erinnerte daran, daß Reb Gdalje schon tot sei und Gitele kein Heim mehr habe.

Man suchte einen Käufer für das Haus und konnte keinen finden. Man verkaufte heimlich, ohne Giteles Wissen, die Möbel und gab einem Schreiner den Auftrag, gleich nach ihrer Abreise die Türen und Fenster mit Brettern zu vernageln.

Zum Abschiednehmen kamen der Rabbiner Reb Awremel, der gewesene Kassier mit seiner Frau, die Rabbinerin Libke und eine alte, ewig jammernde Witwe, die bei Gitele einst jeden Freitag eine *Challe* für ihre arme Schwester zu holen pflegte. Die Frau stöhnte und ächzte und erzählte in einem fort von ihrer verstorbenen älteren Tochter.

Sie hätte immer zu Gott gebetet: Herr der Welt, was taugt dir meine Tochter? Nimm doch lieber mich...

Gitele war in allzu viele Pelze und Tücher gehüllt, so daß man ihr Gesicht gar nicht sah. Sie saß wie versteinert auf einem Fleck, sprach kein Wort und verließ als letzte das Haus. Als sie aber in den Schlitten steigen wollte, wurde es ihr plötzlich übel. Es schwindelte ihr, und man glaubte, daß sie gleich umfallen müßte. Man wollte sie stützen und ihr in den Schlitten helfen. Sie ließ es aber nicht zu, ging noch einmal die Verandastufen hinauf und küßte die *Mesuse*.

In der Stadt erzählte man sich nachher, daß Welwel Burnes zum Bahnhof gekommen sei und sich von Gitele verabschiedet hätte.

»Lebt wohl!« habe er zu ihr gesagt.

Gitele sei von ihrem Platz im Coupé zweiter Klasse aufgestanden und habe ihm geantwortet:

»Gott wird Euch noch helfen!«

Am letzten warmen Sabbat vor *Pessach* gingen fünf Schneiderjungen den frisch ausgetretenen Fußpfad durch das Städtchen. Sie freuten sich, daß der Morast zu trocknen begonnen hatte und daß *Pessach* vor der Tür stand, und rempelten jedes Dienstmädchen an, das des Wegs kam.

Die Veranda vor Reb Gdaljes verlassenem Haus gefiel ihnen gut. Sie stellten sich hin, wärmten sich in der Sonne, führten einen Ringkampf auf und schlugen dabei aus Versehen einige Fensterscheiben ein.

Das sah ein älterer Bürger, der eben zum Nachmittagsgebet ging. Er blieb stehen und schrie die Schneiderjungen an:

»Fort von der Veranda, ihr Gassenjungen! Der böse Geist fahre in eure Knochen! Keine Ehrfurcht habt ihr im Leib!«

Die Schneiderjungen gehorchten ihm und gingen weiter. Die eingeschlagenen Scheiben wurden nicht wieder eingesetzt, und die blinden Fenster erzählten stumm vom Vorort der fernen Bezirkshauptstadt und von Reb Gdaljes Tochter, die nach dem Tod des Vaters gar nicht hergekommen war, um sich wenigstens einmal umzusehen. Die Leute blickten auf das Haus, das leer und ohne einen Erben dastand, und dachten sich:

»Reb Gdalje ist also wirklich tot...«

Der Rabbiner Reb Awremel entnahm der Gemeindekasse Geld und ließ ein Grabhäuschen auf Reb Gdaljes Grab errichten. Die besseren Bürger der Stadt waren damit nicht einverstanden, er aber stritt sich mit ihnen herum und setzte seinen Willen durch:

»Macht nichts, macht nichts... Die Sache ist vollkommen in Ordnung! Reb Gdalje hat der Gemeinde eintausenddreihundert Rubel hinterlassen, und sie errichtet ihm dafür ein Grabhäuschen. Das eine hat mit dem anderen nichts zu tun.«

Er saß tagelang zu Hause und lernte *Mischnajes*. Als das Grabhäuschen fertig dastand, war er gerade beim Abschluß. Er begab sich mit einigen *Minjonim* auf den Friedhof, lernte auf Reb Gdaljes Grab das letzte Kapitel und sprach das *Kaddisch*. In der Assatener Betstube währte an diesem Tag die Mittagsstunde länger als sonst. Reb Awremel war mit den *Minjonim* vom Friedhof in die Betstube eingekehrt, und da sie eine Leere im Magen spürten, tranken sie auf Reb Gdaljes Seelenheil Branntwein.

In der Betstube war es still wie immer wochentags. Auf den Betpulten und Bänken lag der erste *Pessach*-Staub. Der *Schames* hatte schon gefrühstückt. Man sprach vom weißen Hemd, das Reb Gdalje sich vor dem Tod hatte anziehen lassen: Man sagt, daß er das Hemd von seinem Ur-Urgroßvater geerbt hätte.

Der Rabbiner hielt ein Schnapsgläschen in der Hand und erzählte den Versammelten von Reb Gdalje:

»Es war... es war in seiner letzten Stunde. Sagt er mir: Awremel, sagt er mir, was weinst du?... Es ist doch dumm! Wenn ich nicht wüßte, daß ich hier jemand zurücklasse, ginge ich so lustig wie zum Tanz hinüber!«

Die Leute hörten ihm schweigend zu. Einer von ihnen, ein magerer Kerl mit erschrockenem Gesicht, ein Tagedieb und großer Schmeichler, der vom ausgetrunkenen Gemeindeschnaps schon etwas angeheitert war, beugte sich hinter dem Rücken des Rabbiners zu jemand vor und sagte seine Meinung. Er machte Andeutungen darüber, daß Mirele einst die jungen Männer wie ein Rudel Hunde hinter sich herumzuschleppen pflegte und daß sie nach dem Tod des Vaters gar nicht hergekommen war, und meinte:

»Reb Gdalje hat wohl seine Tochter gekannt. Er wird schon gewußt haben, was sie ist.«

Tarabais Söhne kamen erst zu den beiden letzten *Pessach*-Tagen aus der Bezirkshauptstadt heim; auch der Polytechniker, der Freund Nossen Hellers, kam wieder mit. Er traf einmal die Hebamme Schatz, die in die Nähe der Zuckerfabrik gezogen war, und erzählte ihr unter Berufung auf Heller, was für eine Krankheit Mirele gehabt hatte, als ihr Vater im Sterben lag.

Im Burnesschen Haus wußte man bereits, daß Mirele nicht mehr bei ihrem Mann, sondern in einem Hotel mit dem Bekannten der Hebamme, dem Dichter Herz, wohnte; daß sich niemand auskenne, ob sie schon geschieden sei oder nicht; daß sie mit niemand von den Verwandten ihres Mannes zu tun haben wolle, mit Ausnahme eines seiner Vettern, der noch unverheiratet sei und viel Geld verdienen solle. An einem Sonntagnachmittag sagte jemand im Burnesschen Eßzimmer:

»Was soll man noch viel darüber reden? Welwel kann wirklich dem lieben Gott danken, daß er so schön heraus ist!«

In diesem Augenblick kam aber Welwel aus dem Kabinett seines Vaters ins Eßzimmer; alle fühlten sich auf einmal sehr unbehaglich und konnten ihm nicht in die Augen schauen. Die beiden Mädchen schlichen sich nacheinander aus dem Eßzimmer. Die Mutter setzte sich schwerfällig auf das Kanapee.

Es wurde still.

»Welwel«, fragte die Mutter nach einer Weile, »wann wird es ein Ende nehmen, Welwel?... Wann wird einmal die glückliche Stunde schlagen?«

Welwel verzog das Gesicht und beugte sich zu ihr etwas vor:

»Wie?...«

Dann wandte er sich mit finsterem Gesicht zum Fenster und blickte hinaus. Er wußte nicht, was man von ihm wollte und warum man ihm den Kopf wirr machte. Er blickte zum Haus des ehemaligen Kassiers, Reb Gdaljes Vetter, hinüber, aus dem eben die Möbel hinausgetragen und auf zwei Wagen geladen wurden:

Reb Gdaljes Vetter ziehe also auch schon in die Kreisstadt, und hier im Städtchen bleibe niemand zurück...

Nun beginne eine Reihe langer, heißer, langweiliger Sommertage. Das Städtchen werde ganz leer sein, und es würde niemanden mehr geben, vor dem man Ehrfurcht haben könne. Und er, Welwel Burnes... er denke an die dreihundert Desiatinen Ackerland am Miratowschen Wasser, die man ihm anbiete.

Ja, er müßte diese dreihundert Desiatinen pachten.

3

Vom lahmen Studenten Lipkes kam bald nach *Schwues* ein Brief: Er habe sich den Fuß operieren lassen, und die Operation sei geglückt.

In der Assatener Betstube sprach man darüber am Freitag abend nach dem Gottesdienst:

Was sei denn dabei?... Die Adern wären ihm bloß zusammengewachsen, und es sei wohl möglich, daß er jetzt wie alle Menschen werde gehen können.

Die Leute standen vor einem der Ehrengäste an der Ostwand, der eben aus der Bezirkshauptstadt gekommen war. Er erzählte von den Seidenowskis, die im Vorort lebten, und von einem ihrer Verwandten, mit dem er gesprochen hatte:

Sie wohne noch immer im Hotel, Mirele. Es sei nicht wahr, daß sie schon geschieden sei.

Unendlich langweilig zog sich die Sommerwoche hin. Und dann kam ein schwüler Freitag, so leer wie der ausverkaufte Bauernwagen, der auf dem Markt seit dem frühen Morgen nutzlos herumstand.

Um die Mittagsstunde wußte man noch, wieviel Weiber bei Sonnenaufgang den Gemüsewagen belagert hatten; durch die offenen Fenster hörte man noch das verspätete Klopfen eines Messers, mit dem Fische gehackt wurden, und einige Worte, die eine Frau ihrer Nachbarin über die Straße hinüberrief. Ein Krämer eilte zu seinem Geschäftsfreund, um eine Schuld zu bezahlen. Der Provisor Saffian kehrte in seine Apotheke zurück; er ärgerte sich über den Rauch, der aus den Schornsteinen stieg und sich schwer auf die Gasse legte, und schimpfte auf das ganze Städtchen:

»Weiß der Teufel, mit was für einem Mist sie ihre Herde heizen!«

Plötzlich ertönten fremde Wagenschellen. Ein Bahnhofswagen sauste durchs Städtchen, erschreckte einen Hahn und einige Hennen, bog scharf um eine Ecke und blieb vor dem Haus des Rabbiners stehen.

Es war seltsam: Im Wagen saß in hellem Strohhut mit weißem Schleier Mirele Hurwitsch und nickte lächelnd der Rabbinerin Libke zu, die sofort vor die Tür trat.

Die Rabbinerin Libke sagte mit geheuchelter Freundlichkeit:

Ob das überhaupt eine Frage sei?... Sie werde ihre Tochter Chanke zu sich ins Schlafzimmer nehmen, und Mirele könne natürlich gern in Chankes Zimmer wohnen.

Sie führte sie an der Hand ins Haus. Mirele lächelte und nahm alle ihre Worte für bare Münze.

Ja, sie hätte es schon vorher gewußt, daß sie hier ein paar Wochen bleiben könne... Nein, auf keinen Fall länger als ein paar Wochen.

Die ausgeputzten Mädchen, die am Sabbatnachmittag vom Spaziergang heimkehrten, machten einen Umweg durch das hintere Gäßchen, auf das die Fenster des Rabbinerhauses hinausgingen.

Das Gäßchen lag sauber und still da. Die Häuser warfen sabbatliche Schatten und prahlten:

»Mein Schatten ist länger!«

»Und der meinige ist noch länger!«

Durchs offene Fenster tönte die feurige, etwas komische Melodie, die Reb Awremel gerade einstudierte. Auf den Stufen vor dem Haus saß in roter Perücke die Rabbinerin Libke und gähnte. Ohne sich umzuwenden, rief sie zu ihrer elfjährigen Tochter ins Haus hinein:

»Chanke, bring das Obst her. Im Schrank steht ein Teller mit Obst.«

Mirele saß, den Kopf in die Hände gestützt, an ihrer Seite und blickte traurig auf das Gäßchen. Sie sagte:

Ja, auch ihr täte es leid, daß der Vetter ihres Vaters, der ehemalige Kassier, in die Kreisstadt gezogen sei.

Im Städtchen wußte man schon, daß Mirele im Korridor des Hotels einen Skandal mit ihrem Mann gehabt hatte und aus diesem Grund die Stadt hatte verlassen müssen.

Nossen Heller, mit dem sie einst hier im Städtchen tagelang herumgezogen war, hatte sein ganzes Kapital an der Kopekenzeitung verloren. Nun war er irgendwo in dieser Gegend angestellt und verdiente sechzig Rubel Monatsgehalt. Über Mirele verbreitete er die übelsten Gerüchte. Einmal traf er den Photographen Rosenbaum und zeigte ihm einen sehr bedenklichen Zettel, den ihm Mirele einmal im Winter durch einen Dienstmann geschickt hatte. Der Photograph Rosenbaum, ein kräftiger, hagerer Kerl mit sonnenverbranntem Gesicht, pflegte danach jeden Abend den mürrischen Provisor Saffian zu necken:

Saffian, man könne doch wirklich nicht wissen, von wem Mirele schwanger gewesen sei!...

Eines Nachmittags kam plötzlich aus der Bezirkshauptstadt Montschik und blieb nur von einem Zug bis zum andern.

Die Leute wußten, daß Mirele ihm nicht gleichgültig war, aber nicht deswegen, sondern nur seinem Vetter zuliebe die Reise unternommen hatte: Er wollte sie bitten, zu ihrem Mann zurückzukehren; daß er, Montschik, viel Geld verdiente und dann überhaupt... daß er überhaupt ein anständiger Mensch sei...

Während der Unterredung zwischen Montschik und Mirele stand die Rabbinerin Libke hinter der Tür und hörte, wie Mirele kategorisch erklärte:

»Es wird niemals sein! Hören Sie es, Montschik?... Niemals!«

Nachher saßen sie beide im Eßzimmer. Montschik starrte zerstreut vor sich hin und sagte einigemal mit hoffnungsloser Gebärde:

Er wolle davon nicht mehr reden... Kein Wort werde er mehr darüber verlieren...

In Mireles Augen leuchtete tiefe Trauer und Sehnsucht. Ihr Gesicht glühte, und sie biß sich in die Unterlippe. Sie erinnerte sich plötzlich daran, daß Montschik achtzehn Stunden im Zug gesessen hatte, und wollte ihm nicht glauben, daß er nicht hungrig sei. Und sie bereitete ihm gleich am Tisch eine Eierspeise.

Die Rabbinerin Libke wollte zeigen, daß sie auch mit feinen Menschen umzugehen verstehe. Sie saß manierlich am Tisch und wandte sich an Montschik in der Sprache, die man in Warschau redet:

»Hätten Sie nicht Lust, sich unser Städtchen anzusehen?«

Montschik sprang zerstreut von seinem Platz auf und sah Mirele an:

Ja, gewiß... Er habe ja noch nie im Leben ein jüdisches Städtchen gesehen.

Die Leute standen vor den Haustüren und blickten ihnen nach. Er trug einen neuen hellen Anzug und blendend weiße, großstädtische, gestärkte Wäsche. Sie hatte ein leichtes, weißes einfaches Kleid an und ging mit bloßem Kopf. Sie zeigte ihm aus der Ferne das Burnessche Haus und führte ihn zum leeren Haus ihres Vaters:

»Das da war mein Zimmer!«

Sie gingen auf die Veranda hinauf und steckten die Köpfe zum Fenster hinein. Mirele hob beide Arme, um den Kamm festzuhalten, der ihr aus dem dichten Haarknoten herausfallen wollte. Der Kamm fiel zu Boden. Montschik hob ihn auf, und sie nahm ihn auffallend langsam aus seiner Hand. So standen sie eine Weile da und sahen einander lächelnd an.

Es dunkelte schon, und sie führte ihn noch immer durch das Städtchen. Montschik sagte:

Das Ganze, ja das Ganze sei so traurig... Und doch...

Wer weiß? Vielleicht hätte es sich für ihn gelohnt, sechsundzwanzig Jahre auf dieser Welt zu leben, nur um diese letzten Augenblicke zu durchkosten?!

Mirele sah ihn an und reichte ihm einen Finger ihrer kalten linken Hand, damit er ihn drücke.

Nun war es schon ganz dunkel und abendlich kühl. Hinter dem Rabbinerhaus ging der blasse Vollmond auf. Durchs Gäßchen schlenderten junge Mädchen, und vor der offenen Tür wartete schon der Wagen, mit dem Montschik vor einigen Stunden angekommen war. Die Rabbinerin hatte auf die Fensterbank eine brennende

Lampe gestellt und damit die festliche Stimmung, die im Gäßchen herrschte, vergrößert.

Mirele half Montschik die Reisetasche packen.

»Montschik, schauen Sie bitte her! Ist das Ihr Handtuch, Montschik?«

Montschik war zerstreut und hörte kaum, was man zu ihm sagte. Zwei junge Leute kamen zu ihm kurz vor der Abfahrt und baten ihn um eine Spende für die *Talmud-Thora*. Er holte fünf Goldstücke aus der Tasche und warf einen fragenden Blick auf Mirele. Ob das nicht zu wenig sei?

Mirele ging mit ihm hinaus. Sie fürchtete, daß er den Zug versäumen werde.

Er hätte eigentlich gar nicht herkommen sollen, sagte sie. Das Herz täte ihr weh. Es fehle nur wenig, daß sie die Dummheit begehe und ihn nicht fahren lasse.

Sie drückte ihm beide Hände und begleitete ihn zum Wagen. Dann stand sie mit der Rabbinerin Libke und sah, wie der Kutscher auf die Pferde einschlug, den Wagen wendete und in Richtung des Bahnhofs verschwand. Sie sagte:

Morgen werde er schon zu Hause sein. Viele Geschäfte erwarteten ihn dort... So sei es besser...

Sie blickte eine Weile in die Richtung, in die der Wagen verschwunden war, und dachte daran, daß es so wirklich besser sei.

Am dritten Tag nach Montschiks Abreise kamen auf einmal zwei Telegramme aus der Vorstadt. Die Telegramme erzählten, noch ungeöffnet, daß Montschik wieder zu Hause sei, daß er immer an den Tag denken müsse, den er hier verbracht habe, und schon wieder in den Banken und auf der Börse beschäftigt sei; daß Schmilik ihn aufgesucht und die kategorische Absage gehört hätte, die sie ihm durch Montschik habe mitteilen lassen. Die Rabbinerin Libke hatte große Lust zu wissen, was in den Telegrammen stand. Mirele stellte aber nur fest, woher die Telegramme kamen, und gab sie ungeöffnet dem Telegraphenboten zurück:

Man möchte hintelegraphieren, daß sie die Telegramme nicht annehme; daß sie die Annahme einfach verweigere.

Sie blieb noch längere Zeit im Städtchen bei der Rabbinerin Libke wohnen. Die Leute blickten ihr nach, wenn sie täglich zur Post ging, von wo aus sie jetzt eine Menge Briefe und Telegramme abschickte, und sagten sich, daß sie ein Mensch sei, der nirgends ein Heim habe. Sie hatte auch schon den denkbar schlechtesten Ruf, und Nossen Heller verbreitete über sie noch immer die übelsten Gerüchte. Der Provisor Saffian, der einmal in seiner Apotheke stand und Etiketten an die Arzneiflaschen klebte, sah sie vorbeigehen und wandte sich an einen gebildeten Kunden:

Der Herr möchte doch so freundlich sein und diese Mirele da anschauen... Alle Nichtstuer könnten sich an ihr ein Beispiel nehmen. Ob ihm jemand überhaupt erklären könne, wozu dieses Geschöpf auf dieser Erde lebe?

Einige einfache Juden, die ohne Mützen in der Apotheke standen, hörten ihm schweigend zu: Sie vergaßen für einen Augenblick ihre kranken Kinder, für die sie die Arzneien holen sollten, und blickten mit großem Respekt Saffian an, der nach Apotheke roch, mit großem Ernst die Rezepte studierte, ehe er sie aus der Hand gab, und der einen solchen Haß gegen alle Nichtstuer hatte.

4

Mirele bekam auf ihre Briefe und Telegramme keine Antwort. Sie irrte allein durch das Städtchen und sah von Tag zu Tag trauriger und niedergeschlagener aus.

Die Leute gingen ihr ganz offen aus dem Weg. Es war keine Ehre mehr, mit ihr zu sprechen. Sie wußte es, sprach jedoch niemals davon. Nachdem sie aber einmal trauriger und länger als sonst in der vorderen Gasse umhergeirrt war, ging sie plötzlich auf die beiden Töchter des Awrohom-Mejsche Burnes zu, erkundigte sich nach allen Familienmitgliedern und brachte die Rede auch auf Welwel, der ihretwegen aufgehört hatte, von seinem Gut in die Stadt zu kommen.

Sie könne unmöglich verstehen, warum Welwel sich vor ihr verstecke. Sie wisse sehr gut, daß er immer noch ihr bester Freund sei. Sie wisse auch, daß er auf dem Bahnhof gewesen sei, um ihrer Mutter das Geleit zu geben.

Als sie die beiden Mädchen wieder einmal traf, begrüßte sie sie sehr freundlich und fragte:

Ob sie nicht Lust hätten, morgen einen Wagen zu mieten und mit ihr einen Ausflug, etwa acht oder zehn Werst weit, zu machen?

Es war an einem heißen Sonntag gegen drei Uhr nachmittags, als Welwels Mutter ihres Asthmas wegen gerade ins Ausland abgereist war und vor dem Burnesschen Haus noch der Wagen stand, mit dem Welwel vor einigen Stunden von seinem Gut gekommen war, um sich von der Mutter zu verabschieden.

Da steht Awrohom-Mejsche Burnes' Haus mit offenen Fenstern da, schaut ein wenig traurig auf die jungen

Bäumchen, die vor ihm in einer Reihe stehen, und sieht so aus, als würde es sich selbst trösten wollen: Alle Emporkömmlinge haben wohl so kleine und junge Bäume vor ihren Häusern!

In den Zimmern ist es still und kühl. Man hört draußen leise das Laub rascheln und fühlt, daß die Hausfrau für längere Zeit fortgereist ist; daß die beiden Töchter, die sich niemals merken können, wo sie die Schlüssel hingelegt haben, die Hauswirtschaft führen werden; daß es daher im Haus viel freier und lustiger zugehen wird als sonst; daß die Töchter bis spät in die Nacht hinein Besuch haben werden und daß, wenn eines der kleinen Kinder einmal trotzig wird und zu weinen anfängt, es niemand geben wird, der es tüchtig anschreien kann: man wird ihm eben fünf Kopeken schenken müssen, damit es schweigt.

Awrohom-Mejsche Burnes ging im Kabinett schweigend auf und ab, rauchte eine Zigarette und runzelte wie immer seine plebejische Stirn. Am Schreibtisch ihm gegenüber stand, mit dem Plan der neu gepachteten dreihundert Desiatinen in der Hand, Welwel und beriet sich mit ihm, was er anbauen solle:

Sollte man nicht hier an dieser Stelle Hirse anbauen?

Plötzlich kam das ältere Mädchen ins Zimmer und erzählte, daß soeben Mirele gekommen sei und im Salon sitze. Das Mädchen fühlte sich schuldig und rechtfertigte sich:

Wie könnte man sie auch abweisen?... Wenn sie durchs offene Fenster hereinschaue und frage: »Darf ich bitte für ein Weilchen hereinkommen?« Das Mädchen ging wieder in den Salon und ließ den Vater und den Bruder in einer höchst peinlichen Situation zurück. Sie schämten sich, einander anzusehen. Beide hatten das

Gefühl, Mirele sei imstande, auch ins Kabinett zu kommen. Welwel war blaß und atmete so schwer, als ob er soeben ein Kunststück vorgeführt und eine zehn Pud schwere Last gehoben hätte. Er blickte den Vater an und wartete, was dieser tun würde. Das Gesicht des Alten war aber so verdüstert, verraucht und erstarrt, daß man darin gar keine Veränderung sehen konnte. Er runzelte noch mehr seine plebejische Stirn und blies noch mehr Rauch vor sich hin. Schließlich ging er durch die Hintertür hinaus, setzte sich in Welwels Wagen und fuhr zur Ziegelei, wo er geschäftlich zu tun hatte.

Welwel verließ gleich nach ihm durch dieselbe Tür das Haus und begab sich durch Hintergassen zum Branntweinmonopolladen, um dort Geld zu wechseln.

Im Salon sprach man indessen davon, daß ein Grammophon wie durch die Nase singe und einen auf die Dauer vor lauter Langeweile umbringen könne; daß der kleine Sjoma schon wisse, wer Tolstoi sei, sich aber schäme, es zu sagen; und daß die verarmte Gutsbesitzerin vom Dorf Pritschepa, eine alte Jungfer von vierzig Jahren, wieder einmal verrückt geworden sei, sich für ihr letztes Geld ein Automobil angeschafft habe und sich einbilde, daß der einzige Sohn des hiesigen Grafen sie heiraten werde.

Außer Mirele und Welwels beiden Schwestern saßen auf den roten Plüschmöbeln der junge Verwandte der Burnesschen Familie, ein *Externer*, der den Kindern Hebräischunterricht erteilte, und die Nichte der Gasthofbesitzerin, ein nicht übermäßig kluges junges Mädchen, das zahnärztliche Kurse besuchte; etwas abseits stand der neue Hauslehrer, ein junger Student, den Awrohom-Mejsche Burnes aus Zentralrußland hergeholt, der aber in seiner Kindheit in einer *Jeschiwe* gelernt hatte. Der

Student sah Mirele heute zum erstenmal aus der Nähe. Er wußte schon alles, was sie durchgemacht hatte, und hatte über sie schon oft, ohne sie je gesprochen zu haben, mit den beiden Burnes-Mädchen und mit Provisor Saffian gestritten:

Was erzählten sie ihm für Ammenmärchen? Nach alledem, was er über sie gehört habe, stelle er sich vor, daß sie sehr interessant sein müsse und daß in ihr sicher etwas stecke.

Nun stand er ganz im Bann ihres jungen müden Gesichts, das sie, auf dem roten Plüschsofa sitzend, etwas nach oben gerichtet hielt, im Bann ihres Lächelns und ihrer Stimme, die so gedämpft klang, wie die Stimme eines Menschen, der viel durchgemacht hat, aber noch immer trotzig an dem Seinigen festhält und mit fremden Ansichten nicht rechnet. Er schwieg die ganze Zeit und dachte an sie wie ein Bräutigam an seine Braut denkt. Er vergaß immer wieder, daß der junge Verwandte – der *Externe* – Nichtraucher war, und bettelte ihn immer wieder an:

»Seid so gut, gebt mir eine Zigarette!«

Als Welwels ältere Schwester den Wagen abfahren hörte, vergaß sie sich, reckte den Hals wie eine Henne, die glaubt, daß ihr jemand nachschleicht, und spitzte die Ohren. Mirele wußte schon, daß im Kabinett niemand mehr war, und bat, niemand verstand warum, den *Externen* um einen Bleistift und ein Stück Papier.

Sie hielt den Bleistift in der einen und das Papier in der anderen Hand, doch niemand sah sie schreiben. Als aber Welwel später in die Tasche seines Staubmantels griff, fand er darin einen Zettel, auf dem mit Mireles Hand geschrieben stand:

»Du bist ein lieber Mensch.«

Während der Heimfahrt las er den Zettel immer von neuem. Dann trug er ihn einige Tage in seiner Brieftasche mit sich herum und verschloß ihn zuletzt in ein besonderes Fach seines Kassenschranks.

Mirele war es schließlich doch gelungen, hier im Städtchen ihren Plan auszuführen.

Eines Morgens erhielt sie plötzlich die Antwort, auf die sie die ganze Zeit gewartet hatte, und war ganz glücklich darüber. Als sie mit dieser Antwort von der Post heimging, sprach sie unterwegs den Provisor Saffian an. Sie sagte ihm, daß seine neue Brille in Schildpattfassung ihm sehr gut zu Gesicht stehe, und beschwor ihn, endlich einmal zu heiraten:

Saffian möchte ihr glauben, sie meine es ganz ernst. Er habe ja eine gute Stellung, was solle er noch so einsam und allein durchs Leben ziehen?

Saffians linke Nasenhälfte und seine Lippen begannen nervös zu zittern. Wegen des Heiratens hatte er schon längst eine eigene Ansicht, die er ihr erklären wollte. Mirele ließ ihn aber nicht zu Worte kommen und fragte, auf welchen Tag der Neunzehnte dieses Monats fallen werde:

Sie müsse es unbedingt wissen.

5

Der Neunzehnte nach christlichem Datum fiel genau auf den ersten *Aw*. Der Tag strahlte die ganze Sonnenglut aller vorhergehenden Sommertage wieder.

Auf dem Städtchen ruhte schon die traurige Stimmung der *Neun Tage*. Um ihr zu entrinnen, schliefen die Männer den ganzen Nachmittag durch. Die Hähne krähten zu den unpassendsten Stunden und ganz ohne Grund, wohl aus bloßer Langeweile. Die Frauen konnten mit ihrem Strickzeug nicht ruhig zu Hause sitzen und mußten, von einer verborgenen Melancholie getrieben, ihre Nachbarinnen aufsuchen.

Erst gegen drei Uhr nachmittags hielt vor dem Gasthof am Rand des Marktes ein vom Bahnhof kommender Wagen. Aus dem Wagen stieg ein großgewachsener junger Mann mit glattrasiertem Gesicht und in Watte und Tücher gewickeltem Hals.

Man erkannte ihn gleich:

Es war Herz, der Bekannte der Hebamme.

Mirele war es also gelungen, ihn dazu zu bringen, zu ihr ins Städtchen zu kommen. Alle Leute blickten zum Rabbinerhaus hinüber, wo sie sich auf den Stufen vor der Tür neben der Rabbinerin langweilte. Man spottete:

Zur passendsten Zeit habe sie ihn kommen lassen! Ausgerechnet zu *Tische-b'Ow!*

Sie brachte bald heraus, daß Herz Angina hatte. Als sie im Hintergäßchen den Stadtfeldscher traf, sagte sie zu ihm:

Herz gehöre zu den Menschen, die lieber sterben würden als sich über eine Krankheit zu beklagen. Wenn der Feldscher ihn aber unerwartet überfiele, würde er sich vielleicht doch behandeln lassen.

Der Feldscher folgte ihrem Rat und ging in den Gasthof.

Sie saß aber schon wieder mit traurigem Gesicht auf den Stufen neben der Rabbinerin und beklagte sich bei ihr, daß der Tag sich so ungewöhnlich lang hinziehe:

Gegen sechs Uhr pflege sonst der Schatten der Häuser immer die Mitte der Straße zu erreichen. Aber heute... heute ziehe sich der Tag so ungewöhnlich lang dahin. Einen so langen Tag habe es wohl den ganzen Sommer nicht gegeben.

Später, als der Schatten des Rabbinerhauses mit den Schatten der anderen Häuser zusammengeflossen war, stand sie auf und schlug den Weg zur Post ein. Hier traf sie die beiden Burnes-Mädchen, die mit ihrem Hauslehrer, dem Studenten, spazierengingen. Sie blieb vor ihnen mit traurigem Gesicht stehen und erkundigte sich nach dem kürzesten Weg, der über die Felder zur Bahnlinie führte. Dann brachte sie die Rede auf ein reiches Mädchen aus der hiesigen Gegend, eine Waise, die seit vielen Jahren verlobt sei und noch immer nicht geheiratet habe:

Ob sie sich an dieses Mädchen gar nicht mehr erinnern könnten? So viele Geschichten hätte man sich hier einst über sie erzählt!

Die beiden Burnes-Mädchen sahen sie an und dachten an ihren älteren Bruder, der ihretwegen noch immer nicht geheiratet hatte, und an Herz, der ihretwegen hergekommen war. Sie antworteten:

Nein, sie könnten sich an so ein Mädchen nicht erinnern. Sie glaubten auch nicht, von der Sache je etwas gehört zu haben.

Die unerwartete Begegnung machte auf den Studenten starken Eindruck. Er hatte große Lust, mit Mirele auf großstädtische Manier durch die Gassen zu gehen, und sagte, an ihre Worte anknüpfend:

Die Geschichte sei sehr interessant...

Mirele hörte ihm aber gar nicht zu. Sie verabschiedete sich, setzte den Weg fort und trieb sich den ganzen Abend draußen vor dem Städtchen herum.

Abends, als alle Leute sich zu Tisch setzten und man auf der leeren finsteren Straße niemand mehr erkennen konnte, schlich sie in den Gasthof am Rand des Marktes und blieb längere Zeit in Herzens Zimmer.

Die roten Vorhänge am erleuchteten Fenster waren herabgelassen, und draußen war keine Menschenseele, außer der Nichte der Gasthofbesitzerin, dem jungen Mädchen, das zahnärztliche Kurse besuchte. Sie wollte gerne wissen, worüber Herz und Mirele sprachen. Sie ging leise in das unbewohnte anliegende Zimmer, drückte das Ohr an einen Spalt in der Verbindungstür und hörte, wie sie die alten Wunden aufrissen:

»Herz«, sagte Mirele, »ich habe auf dich so lange gewartet! Niemand hat auf dich so sehnsüchtig gewartet wie ich.«

Dann wurde es wieder still. Herz schmollte und antwortete ihr nicht.

»Herz«, fing Mirele von neuem an, »in der letzten Zeit weiß ich nicht mehr, was in mir vorgeht: Ich weiß nicht, warum ich an dich so viel gedacht habe; ich weiß nicht einmal, warum ich hergekommen bin.«

Sie wurde nachdenklich und fügte nach einer Weile hinzu: Sie hätte erwartet, daß sie sich hier im Städtchen besser fühlen werde. Sie glaube immer, daß sie sich irgendwo anders besser fühlen werde.

Herz spielte mit einem Teelöffel. Er hatte sich soeben mit dem kochenden Wasser aus dem Samowar eine Borsäurelösung zum Gurgeln bereitet und rührte sie im Glas um.

Gut, unterbrach er sie. Aber warum habe sie darauf bestanden, daß er zu ihr in dieses Städtchen komme, wo alle Menschen sie kennen und wo man ihn aus allen Fenstern anglotze? Auch die Hebamme Schatz wohne noch in der Nähe... Er komme sich jetzt so lächerlich vor wie ein kleinstädtischer Bräutigam... Und alles nur wegen einer Laune von ihr, die sich nur ein verwöhntes Einzelkind leisten könne!

Mirele antwortete ihm nichts. Nach einer Weile klang ihre Stimme so müde, wie wenn sie gekommen wäre, ihn um ein Almosen zu bitten: »Herz, mir scheint noch immer, daß du mehr weißt als ich.«

Sie glaube noch immer, daß es irgendwo Menschen gebe, die *etwas* wüßten und es verheimlichten... Herz möge ihr verzeihen, daß sie ihn habe herkommen lassen... Außer den Dingen, die sie sich einbilde, sei ihr ja in diesem Leben fast nichts mehr geblieben... Und nun wohne sie hier im Städtchen... Sie verzehre sich vor Langeweile und denke immer darüber nach. Jeden Abend sitze sie mit der Rabbinerin Libke auf den Stufen vor dem Haus und starre in den Feuerbrand am westlichen Himmel, wo die Sonne untergehe. Eines Abends habe sie am brennenden Horizont eine andere rotleuchtende Mirele zu sehen geglaubt, die ihr zuwinkte und sagte: »Niemand weiß, wozu Mirele Hurwitsch durch die Welt irrt. Auch ich, die andere Mirele, die ich am leuchtenden Horizont in Flammen stehe, bin einmal herumgeirrt und habe nicht gewußt wozu und wohin.«

Herz verstand nicht, was sie damit sagen wollte, und lächelte ironisch. Solange sie sprach, lächelte er so. Das Gespräch freute ihn nicht, und er unterbrach sie:

»Ja, warum sollen wir aber gleich am ersten Abend von so erhabenen Dingen reden?«

Er könne ihr zum Beispiel erzählen, wie ihn einmal im Hotel der Vetter ihres Mannes, Montschik, besucht habe... Im Gehrock sei er erschienen. Ja, und auch ihr Mann selbst... Man hätte ihm im Hotel erzählt, daß ihr

Mann zweimal dagewesen sei und nach ihm gefragt hätte.

Mirele sah ihn an und sagte nichts mehr. Seine letzten Worte hatten sie tief verletzt. Sie wurde auf einmal blaß und verließ, ohne ihm *Gute Nacht* zu wünschen, das Zimmer. Im finsteren Korridor blieb sie unentschlossen stehen, kehrte aber nicht mehr um. Sie band sich nur den Schal fester um den Hals und verschwand im Finstern.

Als das Mädchen, das die zahnärztlichen Kurse besuchte, in den Korridor trat, stand Herz in der Tür seines erleuchteten Zimmers und bat sie um Tinte und Schreibzeug; man möchte ihm auch noch die Lampe nachfüllen. Das Mädchen ging noch einmal vor das Haus und sah sich um. Es war stockfinster und kühl. Das Städtchen schlief, und Mirele war nicht mehr zu sehen. Man konnte unmöglich erraten, welchen Weg sie eingeschlagen hatte: den nach links, zum Haus der Rabbinerin, oder den nach rechts, der an der Post vorbei ins freie Feld führte.

Spät nach Mitternacht hob die Rabbinerin Libke den Kopf vom Kissen, beugte sich etwas zum anderen Bett vor, in dem ihr Mann schlief, und begann ihn mit gedämpfter Stimme zu wecken:

»Awremel! Awremel! Schläfst du, Awremel?«

In den Zimmern war es traurig, finster und still. Die Nacht umfing das Haus von allen Seiten und zog sich über das dunkle Städtchen weit über die Felder hin, wo die Trauer aller Schlafenden leise an die Erde pochte.

Der Rabbiner fuhr erschrocken auf und fragte mit heiserer und verschlafener Stimme:

»Was?...«

Dann lagen sie beide halbwach in ihren Betten, hoben

die Köpfe in die Finsternis und hörten, wie Mirele in ihrem Zimmer schluchzte. Die Töne entrangen sich stoßweise ihrer Brust, und man mußte unwillkürlich an ihre Kinderjahre denken. Man hörte, wie das Bett unter ihrem vor Weinen bebenden Körper knarrte, und es schien, daß jemand über sie gebeugt stehe, sie am Halse würge und zu ihr spreche:

»Du hast dein Leben zugrunde gerichtet... Dein Leben ist verpfuscht, für immer verpfuscht...«

Die Rabbinerin setzte sich verschlafen im Bett auf und rückte sich die Haube zurecht.

»Sie ist bei ihm gewesen, den ganzen Abend hat sie bei ihm im Gasthof gesessen.«

Dann öffnete sie leise den Fensterladen und blickte hinaus. Über dem Städtchen ruht schon die graue Morgendämmerung. In allen Häusern schläft man noch, aber im Gasthof am Rand des Marktes leuchtet noch immer ein Fenster. Hinter dem roten Vorhang sitzt wohl Herz, über seine nächtliche Schreibarbeit gebeugt.

6

In der Nacht vor *Erew-Tische-b'Ow* goß es in Strömen. Der Regen prasselte unaufhörlich auf die schlafenden Dächer nieder und versuchte vergebens sie zu wecken; er durchnäßte unbarmherzig den einsamen Bauernwagen, der sich durch den dichten Morast des Städtchens schleppte, und zeigte ihm das einsame erleuchtete Fenster im Rabbinerhaus.

Mit Mirele war wieder etwas los. Die Rabbinerin lag

schlaflos da und dachte daran, daß die Leute sich wohl schon darüber wunderten, wie sie es dulde, daß Mirele, die beim Rabbiner wohne, mit einem jungen Mann im Gasthof zusammenkomme. Sie konnte es einfach nicht fassen, womit sie diese Strafe verdiente. Jede Minute schlug sie die Augen auf und wandte sich seufzend an ihren Mann, absichtlich so laut, daß es Mirele in ihrem Zimmer hören konnte:

»Ein wahres Unglück... Wie sagt man aber einem Menschen: Pack deine Sachen und geh!?«

Am nächsten Morgen war es heiß, schwül, und der Tag nahm trübsinnig seinen monotonen Lauf. Eine Glasscherbe glänzte mit den Regenpfützen zwischen den Erdschollen in der Sonne; die frischgewaschenen Häuser beeilten sich, zu *Tische-b'Ow* trocken zu werden, wußten aber nicht, ob nicht noch ein neuer Regen käme.

Hinter der verschlossenen Tür hörte man immer noch Mirele ruhe- und pausenlos auf und ab gehen.

Gegen elf Uhr kam sie heraus und ging zum Gasthof, vor dem schon der für Herz bestellte Wagen wartete. Sie hatte blaue Ringe unter den Augen, und ihre Schultern schienen zu sagen, daß ihre Lage hier im Städtchen und überall in der Welt hoffnungslos sei und daß alles ein Ende nehmen müsse. Sie blickte auf den Wagen, der vor dem Gasthof wartete, und ihre Gedanken arbeiteten nach der durchwachten Nacht fiebrig und hastig.

Sie hatte ihm noch etwas zu sagen.

Als sie aber vor Awrohom-Mejsche Burnes' Haus war, gab sie die Absicht auf und blieb stehen:

Das sei ja ein lächerlicher Selbstbetrug, wenn sie sich einbilde, daß sie es mit Herz im Ausland werde aushalten können!

Vor der Veranda des Burnesschen Hauses sah sie Welwels jüngere Schwester stehen und wandte sich an sie:

Ob Broche ihr nicht sagen könne, der wievielte heute sei? Sie glaube, daß sie sich nun lange genug hier im Städtchen aufgehalten habe...

Sie ließ das erschrockene Mädchen unter dem Eindruck ihres todmüden Gesichts mit den blauen Ringen unter den Augen stehen, ging über den schon ausgetrockneten Morast zur Post und gab dort ein Telegramm auf. Indessen hörte sie, wie der Wagen sich hinter ihrem Rücken in Bewegung setzte und wie der Kutscher mit großem Eifer auf die Pferde einhieb:

»Hü!... Wir wollen zu den *Kines* wieder daheim sein!«

Libke erwartete sie im Eßzimmer.

Ja... Sie und Awremel müßten es ihr sagen! Natürlich hätten sie sie gern als Gast bei sich gehabt, aber...

Die Rabbinerin hielt die Hände so komisch auf dem Bauch gefaltet und zwinkerte verlegen mit den Augen. Mirele wollte ihr gar nicht weiter zuhören:

Ja, sie wisse es, sie wisse es... Morgen werde sie nicht mehr hier sein...

Dann ging sie in ihr Zimmer, verriegelte hinter sich die Tür und machte auch die Fensterläden zu.

Sie mußte wenigstens einige Stunden schlafen. Der Kopf wollte ihr zerspringen, das Hirn fieberte und wollte wissen, was nach einigen Stunden geschehen würde. Sie wollte aber daran gar nicht denken. Durch eine Ritze im Fensterladen drang ein glühend heißer Sonnenstrahl herein und spaltete die Dunkelheit, die sonst im Zimmer herrschte, in zwei Teile. Das Licht störte sie und ließ sie nicht einschlafen. Sie konnte höchstens ihre Bluse ausziehen, sich aufs Bett werfen, mit den glühenden bloßen

Armen den glühenden Kopf umschlingen und sich einbilden, daß ihr sechsundzwanzigjähriges Leben vielleicht doch noch nicht ganz verloren sei... Das gab ihr einige Erleichterung, und sie hörte für einen Augenblick auf, an den kommenden Tag zu denken, an dem sie wieder obdachlos sein würde. Bevor sie in einen schweren Schlaf verfiel, dachte sie noch daran, wie lange es schon her sei, daß sie hier im Städtchen einen Vater Reb Gdalje Hurwitsch gehabt habe. Und in ihrem müden Hirn lebte plötzlich ein altes Bild auf: ein warmer Tag vor sieben oder acht Jahren; die Sonne geht unter, und alles ist mit rötlichem Schein übergossen. Am Fenster steht ihre Mutter Gitele. Sie ist schon sabbatlich gekleidet, schaut auf die Straße hinaus, die in die Kreisstadt führt, und jammert wie jeden Freitagabend:

»Sieh nur an, schon so spät, und Gdalje kommt noch immer nicht!«

Am Tag nach *Tische-b'Ow* verließ sie am frühen Morgen das Rabbinerhaus und kam nicht wieder zurück.

Am Nachmittag sah man sie auf dem leeren Spazierplatz vor der Post auf der Landstraße vor dem Städtchen auf und ab gehen. Hier traf sie den jungen Mann, der in der Mühle ihres Vaters manchmal eine Fuhre Mehl zu kaufen pflegte, und bat ihn, ihr einen Wagen zum Bahnhof zu bestellen und beim Rabbiner auszurichten, daß man dem Kutscher ihre Sachen aushändigen möchte.

Als sie gegen Abend im Wagen saß und aus dem Städtchen fuhr, hatte sie zuerst große Eile. Als aber der Kutscher nach einigen Werst etwas langsamer zu fahren anfing, trieb sie ihn nicht mehr zur Eile an und hieß ihn, nicht zum Bahnhof, sondern zum einsamen jüdischen Gasthaus zu fahren, das sich unter seinem roten Dach hinter den unter Bäumen versteckten Häusern der Bahnhofsangestellten langweilte und Tag und Nacht darauf wartete, daß irgendein Brautpaar es für die erste Zusammenkunft wähle.

Sie blieb in diesem Gasthaus über eine Woche wohnen und schien auf jemand zu warten.

Verschiedene Leute beobachteten sie, wie sie viermal am Tag mit traurigem Gesicht zum Bahnhof ging. Sie ging den Zug entlang, blickte in jedes Fenster hinein, sprach mit niemand ein Wort und ging dann wieder ins Gasthaus zurück. Die Leute standen in einer kleinen Gruppe am Ende des Perrons und sahen ihr nach:

Wie sie heruntergekommen sei, die Arme!

Eines Tages stieg sie aber in den Zug und fuhr in Richtung Grenze ab.

Im Städtchen sprach man viel davon, doch niemand wußte zu sagen, wohin sie fortgereist war.

7

An einem ganz gewöhnlichen Donnerstag, als Mirele schon längst über alle Berge war, kam Welwel Burnes nach Abfahrt des letzten Abendzugs zur Bahnstation und ging direkt zum Gasthaus mit dem roten Dach.

Unter seinem Staubmantel trug er einen neuen schwarzen Anzug und neue, noch niemals getragene Wäsche. Er ließ sich ein Zimmer geben und schickte den Wagen zurück zum Gut.

Dem Kutscher sagte er, daß er ihn morgen mittag wieder abholen solle. Punkt zwölf.

Im Gasthaus waren alle Zimmer leer, und in der Nähe gab es keine anderen Häuser. Die Leere zog von draußen zu ihm ins Zimmer herein, und die Minuten erschienen ihm viel länger als auf dem Gut. Er saß auf dem mit Kattun überzogenen Kanapee, ging auf dem rotgestrichenen Fußboden auf und ab oder blickte zum Fenster hinaus und sah auf die Gänse, die draußen im Gras herumliefen.

Er kam zweimal auf den Bahnsteig. Einmal am Abend nach der Abfahrt der beiden Güterzüge, und das andere Mal am frühen Morgen, als der leere Bahnhof noch schlief und die nächste Signallaterne, bei der man gestern eine Leiter vergessen hatte, in den Strahlen der aufgehenden Sonne wie ein rotes Auge funkelte.

Er schlug den Fußpfad ein, der vom Gasthaus zum nahen Wäldchen führte, und stand eine Weile auf einem hohen, frisch aufgeworfenen Erdhügel.

Im Wäldchen war es still. Die Wipfel der Bäume rauschten kaum hörbar, und ab und zu wirbelte ein welkes gelbes Blatt durch die Luft. Die stillen Bäume schienen etwas zu wissen. Die schlanken, gepflegten Stämme lauschten dem kaum hörbaren Rauschen der Wipfel und dachten an Mirele, die über eine Woche im nahen Gasthaus gewohnt hatte:

Ja... Auch sie sei einmal hergekommen... Sie habe mit niemand gesprochen, sei aber einmal langsam zwischen uns jungen Bäumen herumgeirrt.

Im Spätherbst kam der geheilte Student Lipkes wieder heim. Unterwegs erfuhr er vom Kutscher:

Ach wo! Sie sei schon seit mehr als einem Monat fort, diese Mirele!

Er schlief im Haus seiner Mutter die Nacht, den Vormittag und den Nachmittag durch. Er wußte nicht, wozu er aufstehen sollte. Im Schlaf wußte er auch, daß Mirele fort war; daß sein letzter Gedanke, als man ihm vor der Operation die Chloroformmaske aufsetzte, ihr gegolten hatte, und daß er auch später, als er in den Sommerferien langsam zu Kräften kam, und auf der Reise hierher, als er jeden Augenblick in den Gang des Wagens hinaustrat, um sein geheiltes Bein, mit dem er sie überraschen wollte, zu betrachten, nur an sie gedacht hatte.

Gegen Abend irrte er ziellos durchs Städtchen und fühlte sich wie nach einem Hochzeitskehraus. Er hatte niemanden, dem er erzählen könne, daß er sich mit Mirele wieder ausgesöhnt habe, daß er, wenn er im letzten Sommer täglich beim Morgengrauen aufstand und sich an seine medizinischen Lehrbücher machte, zugleich mit dem Tagespensum immer die Worte wiederholt habe:

»Ich bin ihr nicht feind... Ich bin ihr nicht feind... Ich bin ihr nicht feind.«

Er blieb vor Reb Gdaljes verlassenem Haus stehen und sah es lange an. Dann bog er langsam in die breite Seitengasse ein und erblickte aus der Ferne das Haus des Rabbiners. Es war neu und ungewohnt, langsam und aufrecht durch dieselben Gassen zu gehen, in denen er sechsundzwanzig Jahre lang auf Krücken gehumpelt war, den Oberkörper bei jedem Schritt auf die Seite werfend, wie es ein Unter-*Schames* bei der *Schmejn-Esre* tut.

Die Rabbinerin, die vor dem Haus saß, sah ihn gehen. Sie stand auf und kam ihm langsam entgegen:

»So, so!... Nun seid Ihr, unberufen, gesund wie alle Menschen.«

Sie sprach mit ihm von der Operation, von seinem Bruder, der angeblich viel Geld verdiene und wohl schon ein reicher Mann sei, und von ihrer Tochter Chanke, die wahrscheinlich alles vergessen habe, was sie bei ihm einst gelernt hätte. Sie möchte Lipkes bitten, ihre Tochter einmal zu prüfen: Ob Chanke überhaupt noch ein Diktat schreiben könne?

Lipkes ging ins Haus und begann mit der Prüfung.

Im Zimmer war es still, und die Rabbinerin war schon wieder hinausgegangen. Chanke saß am Tisch und schrieb. Er ging langsam auf und ab, diktierte ihr etwas und blickte auf die Decke und die Wände des Zimmers, in dem sechs Wochen lang Mirele gewohnt hatte. Im offenen Schrank lagen einige Sachen, die sie zurückgelassen hatte, und zwischen ihnen ein zusammengeballtes, halb beschriebenes Stück Papier. Lipkes hob das Papier auf und sah, daß es ein angefangener und nicht zu Ende geschriebener Brief war. Er lautete:

»Montschik, alle meine Pläne sind wieder ins Wasser gefallen. Alles, was ich mir vornehme, fällt immer ins Wasser. Herz ist so ungerecht mir gegenüber. Früher ärgerte ich mich darüber. Ich spreche davon, was mir weh tut, und er erzählt mir vom absterbenden Geschlecht, das in diesem Leben keinen Platz mehr habe. Nun ist es vorbei, und es fällt mir schwer, davon zu sprechen. Hier, wo ich jetzt bin, möchte ich nicht länger bleiben. Ich weiß nicht, wohin ich gehen soll, aber irgendwohin muß ich gehen. Von den Bäumen fallen schon die welken Blätter, und so sieht es auch in meinem Herzen aus. Ich lebe jetzt meinen Herbst, Montschik. Vom Tag meiner Geburt an lebe ich ihn und habe eigentlich nie einen Frühling gehabt. Jemand hat für mich meinen Frühling gelebt, und ich sehe es von Tag zu Tag klarer: noch ehe ich geboren wurde, hat jemand für mich meinen Frühling gelebt.«